# E-Z DICKENS SUPERHEROO LIBRO 1 KAJ 2
Tatuita Anĝelo; LA TRI

## Cathy McGough

Stratford Living Publishing

Aŭtorrajto Copyright © 2015 Cathy McGough

Ĉi tiu versio unue publikigita en februaro 2026.

Ĉiuj rajtoj rezervitaj. Neniu parto de ĉi tiu libro rajtas esti reproduktita en iu ajn formo sen skriba permeso de la eldonisto aŭ la aŭtoro, krom kiel permesite de la usona kopirajta leĝo sen antaŭa skriba permeso de la Eldonisto ĉe Stratford Living Publishing.

ISBN BROŜURITA: 978-1-997879-35-0

Cathy McGough asertis sian rajton laŭ la Leĝo pri Kopirajto, Dezajnoj kaj Patentoj de 1988 esti identigita kiel la aŭtoro de ĉi tiu verko.

Cover art powered by Canva Pro.

Ĉi tio estas fikcia verko. La roluloj kaj situacioj estas tute fikciaj. Simileco al iuj ajn personoj, vivantaj aŭ mortintaj, estas tute hazarda. Nomoj, roluloj, lokoj kaj okazaĵoj estas aŭ produktoj de la aŭtoro imago aŭ estas uzataj fikcie.

# Kion diras legantoj

**KINKO STELOJ - PLEJ ŜATATA LIBRO UNU: Tatuita Anĝelo**

"Post kiam tragedio orfigas knabon, li malkovras, ke li havas specialajn povojn, kiuj helpos lin savi vivojn en la junulara aventurlibro E-Z Dickens Superheroo (Libro Unu: Tatuita Anĝelo) de Cathy McGough. Dektrijara Ezekiel Dickens, E-Z por siaj amikoj kaj familio, estas ordinara knabo kun pasio por basbalo. Akcidento forprenas de li liajn gepatrojn kaj kondamnas lin al rulseĝo,

Enigmoj kaj fantomoj abundas en la supernatura aventuro por junaj plenkreskuloj, E-Z Dickens Superheroo de Cathy McGough. Kun pozitiva mesaĝo, ĉi tiu rakonto povas helpi tiujn, kiuj suferas pro traŭmato kaj vundo, resaniĝi kaj ŝanĝi sian perspektivon.

"KVAJN STELOJ - AMAZONA RECENZISTO - LIBRO UNUA: Tatuita Anĝelo

Kiam E-Z vekiĝas en la hospitalo post tragika akcidento, liaj gepatroj estas mortintaj kaj la 13-jarulo ne povas movi siajn piedfingrojn. Kvankam ligita al rulseĝo, li malkovras, ke li povas flugi - kun flugiloj kreskantaj el liaj brakoj, kie tatuoj devus esti. Li ne estas lasita sola en stranga nova mondo, ĉar li havas sian Onklon Sam, kiu ekprenas la respondecon pri lia edukado, kune kun supernaturaj estaĵoj, kiuj aperas kiam oni tion plej malplej atendas.

Mi ŝatas E-Z-on.

Li estas stranga, kaj kvankam akcidento devojigis liajn revojn fariĝi profesia basbalisto, li ne kompatas sin kaj kuntrenadas la leganton kun si. Lia sinteno estas kuraĝiga (malgraŭ la fakto, ke li havas flugilojn, neniu vortludo celita). Legantoj aklamos lin. Estas bone vidi handikapitan rolulon ludantan centran rolon en la intrigo, anstataŭ resti ĉe la flanko, kontribuante malmulte al la agado.

Aplaŭdo por la aŭtoro. Ankaŭ plaĉas al mi la koncepto, ke fantomoj donas al E-Z specialajn povojn, sed mi dezirus, ke ili estus pli evoluigitaj kiel aliaj ĉefroluloj. Tamen, lerta rakonto. La libro plaĉos al junaj adoleskantoj. Bonege.

KINKO DA STELOJ - Amazon-recenzisto - LIBRO DU: LA TRI

E-Z DICKENS SUPERHEROO LIBRO DU: LA TRI de Cathy McGough estas bonega superhero-aventur-rakonto. La ĉefroluloj, E-Z, Lia kaj Alfred, kondukos vin en aventuron kun surprizoj, kiujn vi ne atendas. Kaj kian rilaton havas la Arĥanĝeloj kun ilia misio? Malkovru mem. Mi vere ĝuis la intrigon, la verkstilon kaj la rakonton, kiu tenis min en suspenso ĝis la lasta ĉapitro.

Mi rekomendas ĉi tiun libron al ĉiu, kiu ŝatas superherojn, suspenson, agon, aventuron, adoleskantojn, junularan literaturon aŭ fikcion.

# Enhavtabelo

| | |
|---|---|
| Dediĉo | IX |
| Libro Unu: Tatuita Anĝelo | XI |
| PROLOGO | XIII |
| Kaŭzo | XVII |
| Efiko | XXI |
| *** | XXIV |
| *** | XXVII |
| *** | XXVIII |
| *** | XXXII |
| ĈAPITRO 1 | 1 |
| ĈAPITRO 2 | 10 |
| ĈAPITRO 3 | 12 |
| ĈAPITRO 4 | 14 |
| *** | 18 |
| *** | 20 |

| | |
|---|---|
| *** | 22 |
| *** | 26 |
| ĈAPITRO 5 | 28 |
| *** | 31 |
| *** | 36 |
| *** | 39 |
| ĈAPITRO 6 | 41 |
| *** | 51 |
| ĈAPITRO 7 | 54 |
| *** | 62 |
| ĈAPITRO 8 | 65 |
| ĈAPITRO 9 | 67 |
| ĈAPITRO 10 | 69 |
| *** | 74 |
| *** | 77 |
| *** | 79 |
| ĈAPITRO 11 | 80 |
| *** | 85 |
| ĈAPITRO 12 | 86 |
| ĈAPITRO 13 | 92 |
| ĈAPITRO 14 | 97 |
| ĈAPITRO 15 | 99 |
| *** | 102 |

| | |
|---|---|
| ĈAPITRO 16 | 103 |
| *** | 108 |
| ĈAPITRO 17 | 113 |
| *** | 117 |
| *** | 119 |
| *** | 120 |
| ĈAPITRO 18 | 124 |
| ĈAPITRO 19 | 130 |
| Epiloĝo | 135 |
| Libro Dua<br>LA TRI | 141 |
| ĈAPITRO 1 | 143 |
| *** | 150 |
| ĈAPITRO 2 | 153 |
| *** | 157 |
| ĈAPITRO 3 | 158 |
| ĈAPITRO 4 | 161 |
| *** | 164 |
| ĈAPITRO 5 | 166 |
| ĈAPITRO 6 | 170 |
| ĈAPITRO 7 | 175 |
| ĈAPITRO 8 | 179 |
| ĈAPITRO 9 | 185 |
| ĈAPITRO 10 | 189 |

| | |
|---|---|
| ĈAPITRO 11 | 195 |
| ĈAPITRO 12 | 200 |
| ĈAPITRO 13 | 206 |
| *** | 214 |
| *** | 216 |
| ĈAPITRO 14 | 219 |
| ĈAPITRO 15 | 224 |
| ĈAPITRO 16 | 231 |
| ĈAPITRO 17 | 234 |
| ĈAPITRO 18 | 239 |
| ĈAPITRO 19 | 242 |
| ĈAPITRO 20 | 245 |
| ĈAPITRO 21 | 251 |
| ĈAPITRO 22 | 255 |
| *** | 256 |
| ĈAPITRO 23 | 262 |
| ĈAPITRO 24 | 265 |
| ĈAPITRO 25 | 270 |
| *** | 280 |
| ĈAPITRO 26 | 282 |
| DANKON! | 289 |
| Pri la aŭtoro | 291 |
| Baldaŭ! | 293 |

# Dediĉo

Por Dorothy, kiu kredis.

# *Libro Unu:*

# Tatuita Anĝelo

# PROLOGO

La unua estaĵo flugis sur la bruston de E-Z kaj surteriĝis, kun sia mentono etendita antaŭen kaj manoj sur siaj koksoj. Ĝi turniĝis unufoje, laŭhorloĝe. Turniĝante pli rapide, el la flustro de ĝiaj flugiloj elsonis kanto. La kanto estis malalta ĝemego. Malĝoja kanto el la pasinteco, festo de vivo, kiu ne plu ekzistis. La estaĵo sin apogis malantaŭen, kapo ripozanta kontraŭ la brusto de E-Z. La turniĝo haltis, sed la kanto plu sonis.

La dua estaĵo aliĝis, farante la saman riton, dum ĝi turniĝis maldekstren. Ili kreis novan kanton, sen la bip-bipoj kaj zum-zumoj. Ĉar kiam ili kantis, onomatopeo ne estis bezonata. Male ol en ĉiutaga konversacio kun homoj, kie ĝi ja estis. Tiu kanto supermetiĝis sur la alian kaj fariĝis ĝoja, laŭta festado. Odo por la estonteco, pri vivo ankoraŭ nevivita. Kanto por la estonteco.

Ŝpruco da diamanta polvo elpafiĝis el iliaj oraj okulkuvoj dum ili turniĝis en perfekta sinkroneco. La diamanta polvo ŝprucis el iliaj okuloj sur la dormantan korpon de E-Z. La interŝanĝo daŭris, ĝis ĝi kovris lin per diamanta polvo de kapo ĝis piedo.

La adoleskanto daŭre dormis profunde. Ĝis la diamanta polvo trapikis lian karnon – tiam li malfermis la buŝon por kriegi, sed neniu sono eliris.

"Li vekiĝas, bip-bip."

"Levu lin, zum-zum."

Kune ili levis lin, dum li malfermis siajn vitrecajn okulojn.

"Dormu pli, bip-bip."

"Ne sentu doloron, zum-zum."

Ŝanceliĝante lian korpon, la du estaĵoj akceptis lian doloron en sin.

"Leviĝu, bip-bip," li komandis.

Kaj la rulseĝo leviĝis. Kaj, poziciigante sin sub la korpon de E-Z, ĝi atendis. Kiam guto da sango malsupreniris, la seĝo kaptis ĝin. Absorbis ĝin. Konsumis ĝin – kvazaŭ ĝi estus vivaĵo.

Dum la potenco de la seĝo kreskis, ĝi ankaŭ akiris forton. Baldaŭ la seĝo povis teni sian majstron en la aero. Tio permesis al la du estaĵoj plenumi sian taskon. Ilian taskon kunigi la seĝon kaj la homon. Ligante ilin, por la tuta eterneco per la potenco de diamantpolvo, sango kaj doloro.

Dum la korpo de la adoleskanto tremis, la truoj sur lia haŭto resaniĝis. La tasko estis plenumita. La diamantpolvo fariĝis parto de lia esenco. Tiel, la muziko ĉesis.

"Estas farite. Nun li estas kugloprova. Kaj li havas superforton, beep-beep."

"Jes, kaj tio estas bona, zum-zum."

La rulseĝo revenis sur la plankon, kaj la adoleskanto sur sian liton.

"Li havos neniun memoron pri tio, sed liaj veraj flugiloj tre baldaŭ ekfunkcios, beep-beep."

"Kaj la aliaj kromefikoj? Kiam ili komenciĝos, kaj ĉu ili estos rimarkeblaj, zoom-zoom?"

"Tion mi ne scias. Li eble spertos fizikajn ŝanĝojn... ĝi estas risko inda por redukti la doloron, beep-beep."

"Interkonsentite, zoom-zoom."

# Kaŭzo

Ĉ IUJ FAMILIOJ HAVAS MALKONSENTOJN. Iuj kverelas pri ĉiu bagatelo. La familio Dickens konsentis pri la plej multaj aferoj. Muziko ne estis unu el ili.

"Nu, Paĉjo," diris la dekdujara E-Z. "Mi enuas kaj ili nun ludas semajnfinon dediĉitan nur al Muse per la satelito."

"Ĉu vi ne kunportis viajn aŭdilojn?" demandis lia patrino Laurel.

"Ili estas en mia dorsosako en la kofro." Li suspiris.

"Ni povus ĉiam halti por preni ilin..."

Martin, la patro de la knabo, kiu stiris, kontrolis la horon. "Mi ŝatus alveni al la dometo en la montoj antaŭ ol mallumiĝos. Muse estas en ordo por mi. Krome, ni baldaŭ estos tie."

Laurel turnis la butonon de la satelita sistemo en ilia tute nova ruĝa kabrioleto. Ŝi hezitis momenton ĉe "Classic Rock". La dissendisto diris, "Sekvas la himno de Kisu, Mi volas rokenroli la tutan nokton". Ne tuŝu tiun butonon."

"Atendu, tio estas bona kanto!" kriis la knabo.

"Kio, ne plu da Muzo?" demandis Laurel, tenante sian manon sur la butono.

"Post Kisu, bone?"

"Do Kisu estu," diris Martin, ŝaltante la nevipelojn. Ankoraŭ ne pluvis, sed tondro tondris. Branĉetoj kaj aliaj derompaĵoj svingis en kaj el ilia veturilo dum ili supreniris la monton.

Laurel ternis kaj metis legosignon sur sian paĝon. Ŝi krucis la brakojn, tremetante. "Tiu vento certe ululas. Ĉu vi kontraŭas, se ni remetos la tegmenton?"

"Mi voĉdonas jese," diris E-Z, forigante branĉetojn el sia blonda hararo.

PLAK.

Ne estis tempo por krii—kiam la muziko silentis.

La oreloj de la knabo ankoraŭ zumis pro la sono kombinita kun la eksplodo de kvar aersakoj. Sango gutis laŭ lia frunto dum li tuŝis la aĵon sur siaj kruroj: arbo. Sango kolektiĝis sur kaj ĉirkaŭ la ligna entrudulo. Li glitis sian fingron laŭ la trunko de la arbo. Ĝi sentiĝis kiel haŭto; li estis la arbo, kaj la arbo estis li.

"Panjo? Paĉjo?" li ploregis, la brusto leviĝante. "Panjo? Paĉjo? Bonvolu respondi!"

Li devis voki helpon. Kie estis lia poŝtelefono? La frapo de la akcidento ĵetis ĝin for. Li povis vidi ĝin, sed ĝi estis tro malproksime por atingi. Aŭ ĉu ne? Li estis kaptisto, kaj iuj diris, ke lia ĵetbrako estis kiel kaŭĉuko. Li koncentriĝis, streĉis kaj streĉis ĝis li sukcesis.

La signalo estis forta dum liaj sangaj fingroj premis 9-1-1, poste li malkonektis. Por ke ili trovu lin, li devis uzi la novan plibonigitan servon. Li tajpis E9-1-1. Tio donis al la aŭtoritatoj permeson aliri lian lokon, telefonnumeron kaj adreson.

"Krizservo. Kio estas via urĝaĵo?"

"Helpu! Ni bezonas helpon! Bonvolu. Miaj gepatroj!"

"Unue diru al mi, kiom-jara vi estas? Kio estas via nomo?"
"Mi havas dek du jarojn. Oni nomas min E-Z."
"Bonvolu konfirmi vian adreson kaj telefonnumeron."
Li faris tion.
"Saluton, E-Z. Rakontu al mi pri viaj gepatroj. Ĉu vi povas vidi ilin? Ĉu ili konscias?"
"Mi, mi ne povas vidi ilin. Arbo falis sur la aŭton, sur ilin kaj miajn krurojn. Helpu. Bonvolu."
"Ni nun ricevas vian lokon."
E-Z fermis la okulojn.
"E-Z?" Pli laŭte, "E-Z!"
La knabo rekonsciiĝis. "Mi, pardonu, mi."
"Ni sendas helikopteron. Provu resti veka. La helpo estas survoje.""Dankon," liaj okuloj malleviĝis kaj fermiĝis, li perforte malfermis ilin. "Mi devas resti veka. Ŝi diris resti veka." Lia tuta deziro estis dormi, dormi por fini la tutan doloron.

Super li, du lumoj, unu verda kaj unu flava, flagris antaŭ liaj okuloj. Dum sekundo, li pensis vidi etajn flugilojn batantajn dum la du objektoj flosis.

"Li estas en malbona stato," diris la verda, alproksimiĝante por pli proksime rigardi.

"Ni helpu lin," diris la flava, flosante pli alte.

E-Z levis sian manon por forpeli la flagrantajn lumojn. Alta sono dolorigis liajn orelojn.

"Ĉu vi konsentas helpi nin?" kantis la lumoj.

"Jes. Helpu min."

Tiam ĉio mallumiĝis.

# *Efiko*

SAM, LA ONKLO DE E-Z, estis en la hospitalo kiam li vekiĝis. La knabo ne demandis, kie estis liaj gepatroj, ĉar li ne volis aŭdi la respondon. Se li ne scius, li povus ŝajnigi, ke ili fartas bone. Ke ili enpaŝus en lian ĉambron kaj ĵetus siajn brakojn ĉirkaŭ lin iam ajn. Sed profunde en si li sciis, fakte li kredis, ke ili mortis. Li imagis en sia menso, kiel li forĵetus la litkovrilojn kaj kurus al ili, kaj ili kuniĝus en grupa brakumo kaj plorus pri tio, kiel bonŝancaj ili estis. Sed atendu momenton, kial li ne povis movi siajn piedfingrojn? Li denove provis, forte koncentriĝante, sed nenio okazis.

Sam, kiu observis, diris, "Ne ekzistas facila maniero diri tion al vi," dum li subpremis singulton.

"Miaj kruroj," diris E-Z, "mi, mi ne povas senti ilin."

Onklo Sam premis la manon de sia nevo. "Viaj kruroj..."

"Ho ne. Ne diru. Simple ne." Li perforte liberigis sian manon de sia onklo. Li kovris sian vizaĝon, kreante baron inter si kaj la mondo, dum larmoj ruliĝis laŭ liaj vangoj.

Onklo Sam hezitis. Lia nevio jam ploris, jam funebris, kaj tamen li devis diri al li pri liaj gepatroj. Ne ekzistis facila maniero diri tion, do li elspudis ĝin: "Viaj gepatroj. Mia frato kaj via panjo... ili ne travivis."

Scii la vortojn kaj aŭdi ilin estis du malsamaj aferoj. La unu igis ilin fakto. E-Z ĵetis sian kapon malantaŭen kaj bojis kiel vundita besto, treme, dezirante forkuri, kien ajn. Nur for.

"E-Z, mi estas ĉi tie por vi."

"Ne! Tio ne veras. Vi mensogas. Kial vi mensogas al mi?" Li baraktis, kunpremante la pugnojn kaj frapante ilin sur la matracon, dum li koleregis senĉese, sen ajna signo de haltado.

Sam premis la butonon apud la lito. Li provis lin trankviligi, sed E-Z estis nekontrolebla, baraktanta kaj sakranta. Du flegistinoj alvenis; unu enmetis la nadlon, dum la alia, kune kun Sam, provis lin senmovigi, kaj li flustris milde, ke ĉio bonege fartos.

Sam rigardis, dum lia nevo en sonĝlando aŭ kie ajn li nun estis – elpremis rideton. Li karesis tiun rideton, pensante, ke pasos iom da tempo antaŭ ol li revidos tian sur la vizaĝo de sia nevo. Estis antaŭ ili longa kaj malfacila vojo. Lia nevo devos rekte alfronti la tagon, kiam lia vivo diseriĝis. Kiam li faros tion, li povos batali, kaj kune ili povos konstrui por li tute novan vivon.

Nova – malsama – ne la sama. Nenio plu iam ajn estus la sama.

Ĉio ĉar ili estis en la malĝusta loko je la malĝusta tempo. Viktimoj de la naturo: arbo. Arbo, kiu fariĝis la armilo de la naturo pro homa neglekto. La ligna strukturo estis morta, radikoj super la grundo de jaroj konkuris por atento. Kaj kiam oni diris al li, ke ĝi estis markita per X por esti faligita printempe – li volis kriegi.

Anstataŭe, li telefonis al la plej bona advokato, kiun li konis. Li volis, ke iu pagu – por pagi la prezon por du vivoj tro frue ĉesigitaj, kaj por la frakasitaj kruroj kaj vivo de sia nevo.

Sed kio estis la senco? Nenio povis ŝanĝi la pasintecon – sed en la estonteco li helpus sian nevon trovi sian vojon. En tiu momento Sam elpensis planon.

Sam similis plenkreskan version de Harry Potter (sen la cikatro.) Kiel la sola vivanta parenco de E-Z, li prenus la zorgon pri sia nevo. Rolon, kiun li neglektis en la pasinteco. Li provus esti kiel sia pli aĝa frato Martin – ne por anstataŭi lin.

Li forĵetis la ekskuzojn, kiuj bolis en li. Provante igi lin uzi laboron por liberigi lin de respondeco. Li forirus, forviŝus ĉiujn devojn. Tiam li povus ĉesi riproĉi sin. Malamante sin pro la tuta perdita tempo.

Dum lia nevio plu dormis, li telefonis al la ĉefdirektoro de sia programara kompanio. Kiel sperta altranga programisto ĉe la pinto de sia fako, li esperis, ke ili atingos kompromison. Li diris al ili, kion li volas fari.

"Kompreneble, Sam. Vi povas labori malproksime. Nenio ŝanĝiĝos. Faru tion, kion vi devas fari. Ni subtenas vin. Familio unue – ĉiam."

Kiam li finis la vokon, li revenis al la litrando de sia nevo. Por nun, li translokiĝos en la familian hejmon, por ke E-Z povu resti proksime al siaj amikoj kaj lernejo. Kune ili remuntus la pecojn kaj rekonstruus lian vivon. Tio estus, se li ne tute panikiĝus. Kiel fraŭlo, li havis malmultan aŭ neniun sperton pri infanoj – des malpli pri adoleskantoj.

F ORLASINTE LA HOSPITALON – pelitaj de la sorto – ili havis neniun alian elekton ol krei ligon, kiu superis la sangan.

E-Z rezistis, en neado pensante, ke li povas fari ĉion mem. Finfine li havis neniun elekton ol akcepti la proponitan helpon.

Sam ekagis – estis tie por li – kvazaŭ li sciis, kion lia nevo bezonis, antaŭ ol tiu petis. Kaj li estis tie por E-Z en la due plej malbona tago de lia vivo – kiam oni diris al li, ke li neniam plu povos marŝi.

"Envenu," diris D-ro Hammersmith, unu el la plej elstaraj ortopediaj neŭrologiaj kirurgoj.

En sia rulseĝo, E-Z eniris, sekvata de Sam.

Hammersmith estis fama pro riparo de neripareblaĵoj, kaj li intencis ripari lin. En antaŭaj konsultoj li promesis al la junulo, ke li denove ludos basbalon.

"Mi bedaŭras," diris Hammersmith. Post kelkaj sekundoj da malkomforta silento, li plenigis ĝin ŝovante kelkajn paperfoliojn.

"Pri kio precize vi bedaŭras?" demandis E-Z, puŝante per la tuta forto por moviĝi antaŭen en sia seĝo. Ne kapablante plenumi la taskon, li restis kie li estis.

"Kion li petis," diris Sam, moviĝante senpene antaŭen en sia seĝo.

Hammersmith tusetis. "Ni esperis, ke ĉar ĉio funkciis normale, la paralizo eble estos provizora. Tial mi sendis vin por pliaj ekzamenoj kaj sugestis iom da fizioterapio. Nun ne plu estas dubo, mi bedaŭras diri al vi, E-Z, sed vi neniam plu marŝos."

"Kiel vi povas fari tion al li?" demandis Sam.

La definitiveco de liaj vortoj trafis lin. "Eligu min el ĉi tie, Onklo Sam!"

"Atendu," diris Hammersmith, nekapabla rigardi ilin en la okulojn. "Mi petis helpon de kolegoj tra la mondo. Ilia konkludo estis la sama."

"Koran dankon."

"E-Z, estas tempo por vi pluiri. Mi ne volas doni al vi plian falsan esperon. "

Sam stariĝis, metante siajn manojn sur la tenilojn de la rulseĝo.

"Ni serĉos duan, trian, kvaragan opinionon!"

"Vi povas fari tion," diris Hammersmith, "sed ni jam faris tion. Se ekzistus io nova, ie - io, kion ni povus utiligi - ni farus tion. Aferoj eble ŝanĝiĝos dum via vivo, E-Z. La kampo de esplorado pri stamĉeloj progresas. Dume, mi ne volas, ke vi vivu vian vivon pro la 'se'oj' kaj la 'eble'oj'.

Tiam, alparolante Sam, "Ne lasu vian nevon malŝpari sian vivon. Helpu lin rekonstrui sin kaj reveni al la mondo de la vivantaj. Ho, kaj mi malŝatas mencii tion, sed ni baldaŭ bezonos la rulseĝon reen – ŝajnas, ke ni iomete mankas je ili. Se vi ne kontraŭus aranĝi aliajn aranĝojn."

"Bone," diris Sam, dum ili forlasis la oficejon de Hammersmith sen paroli. Li metis la rulseĝon en la kofron, alligis iliajn sekurzonojn kaj ekstartigis la aŭton.

"Ĉio boniĝos."

E-Z, kies larmoj ruladis laŭ liaj vangoj, viŝis ilin for. "Mi bedaŭras."

"Vi neniam devas pardonpeti al mi, karulo, pro montrado de viaj sentoj."

Sam frapis sian stirradon per la pugnoj, poste eltiris la aŭton el la parkloko, skirigante la pneŭojn.

Ili veturis kelkajn momentojn sen paroli, poste li etendis la manon kaj ŝaltis la radion. Ĝi plenigis la silenton inter ili kaj donis al E-Z la ŝancon plene elplori sen havi senton de embaraso. Kiam ili enveturis la enveturejon hejme, ili estis trankvilaj kaj malsataj. La plano estis maratone spekti kelkajn programojn kaj mendi picon.

Kelkajn tagojn poste alvenis tute nova rulseĝo.

Du lumoj: unu flava kaj unu verda, fulmis proksime al la nova rulseĝo de E-Z.

"Ĉi tiu ne taŭgas, bip-bip."

"Mi konsentas, tio tute ne taŭgas. Li bezonas ion pli malpezan, pli fortan, fajrorezistan, kuglorezistan, kaj sorban, zum-zum."

"Vi-scias-kiu diris, ke ni ne perdu tempon – do, ni faru tion, antaŭ ol la homo vekiĝos, bip-bip."

La lumoj dancis ĉirkaŭ la rulseĝo. Unu anstataŭigis la metalon kaj la alia la pneŭojn. Kiam ili finis la procezon, la seĝo aspektis same kiel antaŭe, sed ĝi ne estis la sama.

E-Z flustris dum sia dormo.

"Ni foriru de ĉi tie! Bip bip!"

"Rekte malantaŭ vi! Zuum zuum!"

Kaj tiel ili faris, dum la junulo plu dormis.

***

JARON POSTE ŜAJNIS AL E-Z, ke Onklo Sam ĉiam estis tie. Ne ke li anstataŭigis liajn gepatrojn. Ne, li neniam povus fari tion, fakte li eĉ ne provus – sed ili bone interkonsentis. Ili estis amikoj. Ili estis pli ol tio, ili estis familio. La sola familio, kiu restis al la dek-tri-jarulo en la mondo.

"Mi volas danki vin," li diris, provante ne ploriĝi.

"Vi ne devas danki min, karulo."

"Sed mi ja devas, Onklo Sam, sen vi, mi estus rezigninta."

"Vi estas pli forta ol tio."

"Mi ne estas. Ekde la akcidento mi timas, mi volas diri, vere timas. Mi havas koŝmarojn."

"Ni ĉiuj timas; helpas, se oni parolas pri tio. Mi volas diri, se vi volas paroli kun mi pri tio."

"Tio okazas foje nokte – kiam vi dormas. Mi ne volas veki vin."

"Mi estas en la apuda ĉambro kaj la muroj ne estas tiom dikaj. Nur kriu al mi kaj mi venos. Ne gravas al mi."

"Dankon, mi esperas, ke mi ne bezonos, sed estas bone scii."

Ili reiris spekti televidon kaj neniam plu diskutis la aferon.

Ĝis unu nokto, kiam E-Z vekiĝis kriante kaj Sam, kiel promesite, estis tie.

Li ŝaltis la lumon. "Mi estas ĉi tie. Ĉu vi fartas bone?"

E-Z alkroĉiĝis al la rando de la lito, kiel iu, kiu estis sur la rando de klifo. Li helpis lin reen sur la matracon.

"Ĉu nun pli bone?"

"Jes, dankon."

"Ĉu vi volas paroli pri tio? Mi povas fari iom da kakao."

"Kun marŝmaloj?"

"Tio komprenĝas. Mi tuj revenos."

"Bone." E-Z fermis la okulojn dum sekundo, kaj la alttonaj bruoj rekomenciĝis. Li kovris la orelojn kaj rigardis la flavajn kaj verdajn lumojn dancantajn antaŭ siaj okuloj. Li forprenis la manojn, aŭdante la nudpiedajn paŝojn de sia onklo laŭ la koridoro.

"Jen," diris Sam, metante tason da varma kakao en la manon de sia nevo. Li lokiĝis en la rulseĝo, kie li trinketis kaj suspiris.

Per sia maldekstra mano, E-Z svingis en la aeron, preskaŭ verŝante sian trinkaĵon.

"Kion vi faras?"

"Ĉu vi ne aŭdas ĝin? Tiu orelŝira bruo?"

Sam atente aŭskultis, sed nenio. Li skuis la kapon. "Se vi aŭdas ion strangan, kial vi provas forbateti ĝin?"

E-Z koncentriĝis pri sia varma trinkaĵo, poste englutis miniaĝan marĉmalagon. "Do vi supozeble ne vidas la lumojn?"

"Lumojn? Kiajn lumojn?"

"Du lumoj: unu verda kaj unu flava. Proksimume grandaj kiel la pinto de via fingro. Ĉi tie ŝaltante kaj malŝaltante

– ekde la akcidento. Trorompante miajn orelojn kaj palpebrumante antaŭ miaj okuloj. Ĝenante min."

Sam iris al la kapotabulo kaj rigardis el la perspektivo de sia nevo. Li ne atendis vidi ion ajn – kaj kompreneble li ne vidis – la klopodo estis por trankviligo. "Ne, sed rakontu pli, por ke mi povu pli bone kompreni, kiel ĝi komenciĝis."

"Ĉe la akcidento, mi vidis du lumojn, flavan kaj verdan kaj, ne ridu, sed mi pensas, ke ili parolis al mi. Tial mi havas koŝmarojn."

"Kian specon de lumoj? Ĉu vi celas, kiel kristnaskaj lumoj?"

"Nu, ne, ne kiel kristnaskaj lumetoj. Tio estas nenio. Ili jam malaperis. Verŝajne posttraŭmata stresmalsano, aŭ retrospekto."

"Posttraŭmata stresmalsano kaj retrospekto estas du tute malsamaj aferoj. Mi scivolas, ĉu vi devus paroli kun iu. Mi celas, kun iu krom mi."

"Ĉu vi celas, kiel miajn amikojn?"

"Ne, mi celas profesiulon."

POP.

POP.

Ili revenis denove. Klakantaj antaŭ lia nazo kaj krucigantaj liajn okulojn. Li sin retenis. Provis ne forpeli ilin per manfrapo. Dum Sam prenis sian tason per unu mano kaj palpis sian frunton per la alia, li manfrapis la aeron. "For de mi!"

Sam rigardis, kiel lia nevo senmoviĝis, kiel glacia skulptaĵo ĉe la Vintra Festivalo. Sam klakis la fingrojn antaŭ liaj okuloj, sed estis neniu reago. E-Z sopiris kaj malantaŭen kliniĝis, profunde enspiris kaj post kelkaj sekundoj jam ronkis kiel soldato. Sam suprenŝovis la litkovrilojn. Li kisis sian nevon sur la frunto, poste revenis al sia ĉambro. Finfine li ekdormis.

La sekvan tagon, Sam sugestis al E-Z, ke li skribu siajn sentojn, eble en taglibro. Dume li informiĝus pri rendevuo kun profesiulo.

"Vi celas psikiatron?"

"Aŭ psikologo. Kaj dume, skribu ĝin. Kiam vi vidas ilin, kiel ili aspektas – registru la aperojn."

"Tagejo, mi volas diri, kiu mi estas, Oprah Winfrey?"

"Ne," diris Sam. "Kara, vi havas koŝmarojn, aŭdas akrajn bruojn, kaj vidas lumojn. Ili eble estas signo de, kiel vi diris, PTSD aŭ io medicina. Mi devas esplori kaj paroli kun via kuracisto, ricevi lian konsilon. Dume, skribi viajn pensojn, teni taglibron eble helpos. Multaj viroj skribis taglibrojn aŭ tenis taglibron."

"Nomu unu, kies nomon mi rekonus?"

"Nu, Leonardo da Vinci, Marco Polo, Charles Darwin."

"Mi celas iun el ĉi tiu jarcento."

"Vi jam menciis Oprah."

La mensa sano de E-Z pliboniĝis post kelkaj sesioj kun terapiisto/konsilisto. Ŝi estis afabla kaj ne juĝis la adoleskanton, kiel li timis, ke ŝi farus. Anstataŭe, ŝi proponis sugestojn kaj specifajn strategiojn por lin trankviligi kaj helpi. Ŝi, kiel ankaŭ lia onklo Sam, sugestis, ke li ĉion skribu – en ĵurnalo aŭ taglibro.

Anstataŭe, li verkis mallongan rakonton por lerneja tasko, inspiritan de la plej ŝatata birdo de lia patrino: kolombo. Post kiam li ricevis A+-on por sia verko, lia instruistino partoprenigis lian rakonton en tutprovincan verkokonkurson. Unue, li estis ĉagrenita, ke ŝi partoprenigis lian rakonton sen demandi lin. Sed kiam li gajnis, li estis nekredeble feliĉa. De tiam, lia instruistino partoprenigis lian rakonton en tutlandan konkurson.

Dum lia nevo profundiĝis en la arton de verkado, Sam ekhavis novan ŝatokupon: genealogion. Iun nokton, dum ili vespermanĝis, li elpafis:

"Nun, kiam vi verkis novelon kaj iom sukcesis, eble vi devus provi verki romanon."

"Mi? Romanon? Neniel."

"Vi havas verkistan sangon," malkaŝis Onklo Sam. "Spurante nian historion, mi malkovris, ke vi kaj mi estas parencoj de la sola kaj unika Charles Dickens."

"Eble VI devus verki romanon, do." Li ridis.

"Mi ne estas tiu kun premiita noveleto."

La verdaj kaj flavaj lumoj palpebrumis super lia telero. Almenaŭ li ne povis aŭdi tiun alttonan bruon dum Onklo Sam plue babiladis.

"... Finfine, vi kaj mi, ni estas trans-tempaj kuzoj de Charles Dickens. Rigardu ĉion, kion vi superis. Vi estas mirinda knabo - kion vi havas por perdi?"

Lia nomo estas Ezekiel Dickens, kaj jen lia rakonto.

# ĈAPITRO 1

En la unuaj dek tri jaroj de sia vivo, li estis konata per pluraj nomoj. Ezekiel, lia naskiĝnomo. E-Z, lia kromnomo. Kaptisto en sia basbala teamo. Verkisto de mallongaj rakontoj. Filo de siaj gepatroj. Nevo de sia onklo. Plej bona amiko. Nun ili havis novan nomon por li.

Ne ke li ĝenus la vorton "handikapulo". Fakte, iuj el la alternativoj lin malpli plaĉis. Kiel la komentoj, kiujn diris iuj homoj, ĉar ili pensis, ke ili estas politike korektaj. "Ho, jen la knabo, kiu estas enfermita en rulseĝo." Ili diris tion, montrante lin – kvazaŭ ili pensus, ke li estas ankaŭ aŭdhandikapita. Aŭ ili dirus, "Mi bedaŭris aŭdi, ke vi nun estas rulseĝulo."

Tio igis lin ektremi. Sed la komento, kiu finfine superŝutis la tason, estis: "Ho, vi estas tiu infano, kiu nun uzas rulseĝon." La vido de iu ajn, precipe pli juna persono en rulseĝo, malkomfortigis iujn homojn. Se ili sentis sin tiel, kial ili devis diri ion?

Tio vekis memoron el la pasinteco. Memoron pri siaj gepatroj, spektantaj la filmon Bambi en la televido dum pluva sabata posttagmezo.

Panjo faris siajn famajn popkornajn globetojn. Ili havis sodon, M&M-ojn, marĉmaloojn, kaj la plej ŝatatajn Twizzlers-ojn de paĉjo. Thumper la kuniklo diris, "Se vi ne povas diri ion bonan, tute ne diru ion ajn." Kiam la patrino de Bambi mortis, estis la unua fojo, kiam li iam vidis sian patrinon kaj patron plori pro filmo. Ĉar li estis tiel ŝokita pro ilia konduto, li mem ne verŝis eĉ larmon.

Iuj el la stultuloj en la lernejo nomis lin "arboknabo". Kelkaj el ili estis samteamanoj, kiuj iam admiris lin, kiam li estis reĝo malantaŭ la kaptplato. Li malamis la kromnomon "arboknabo". Li ne kompatis sin (plejofte) kaj li ankaŭ ne volis, ke iu kompatu lin.

Kiam venis la tempo por li reveni al la lernejo en tiu unua tago, li faris tion kun la helpo de siaj amikoj. PJ (mallongigo de Paul Jones) kaj Arden subtenis kaj puŝis lin, laŭbezone. Ili baldaŭ estis konataj kiel La Tornada Trio. Plejparte ĉar kien ajn ili iris, kaoso sekvis. Tiam E-Z lernis atendi la neatenditan.

Do, kiam liaj amikoj venis al li iun matenon kelkajn monatojn poste por konduki lin al la lernejo – kaj tiam diris, ke ili ne iros – li ne estis tro surprizita. Kiam ili diris, ke ili devas okulbindi lin – tion li ne atendis.

En la malantaŭa seĝo li demandis. "Kien ni iras?" Neniu respondo. "Ĉu mi ŝatos tion?"

"Jes," diris liaj amikoj.

"Do kial la blindaĵon kaj la kaŝagadon?"

"Ĉar ĝi estas surprizo," diris PJ.

"Kaj vi pli aprezos ĝin, kiam ni alvenos tien."

"Nu, mi ne povas forkuri." Li mokridis.

La patrino de Arden parkumis. "Dankon, Panjo," li diris.

"Telefonu al mi, kiam vi bezonos, ke mi venigu vin," ŝi diris.

La du amikoj helpis E-Z-on en lian rulseĝon kaj for ili iris.

"Ĉu nur mi sentas, ke ĉi tiu seĝo ŝajnas pli malpeza ĉiufoje, kiam ni elprenas ĝin?" demandis Arden.

"Tio estas vi!" respondis PJ. Dum ili trairis malebenan terenon, E-Z povis flari freŝe tranĉitan herbon. Kiam liaj amikoj forprenis la okulkovrilon – li estis ĉe la basbala kampo. Larmoj leviĝis en liaj okuloj, kiam li vidis siajn eksajn samteamanojn, la kontraŭan teamon, kaj Trejniston Ludlow. Ili estis en plena uniformo, vicigitaj laŭ la freŝe kalkita bazlinio.

"Bonvenon reen!" ili aklamis.

E-Z forviŝis la larmojn per sia maniko dum la seĝo proksimiĝis al la ludkampo. Ĉar la akcidento forprenis de li lian revon profesie ludi basbalon, li evitis la ludon. Kun bulo en la gorĝo, li estis tiel plena de emocioj, ke li apenaŭ povis spiri.

"Li restas senvorta," diris PJ, kubute puŝetante Ardenon.

"Tio ja estas unuafoje."

"Dankon, uloj. Vi ne eraris, ke tio estas surprizo."

"Atendu ĉi tie," instrukciis liaj amikoj.

E-Z restis sola por ĝui la vidon de la basbala kampo. La loko, kiu iam estis lia plej ŝatata loko sur la tero. Li denove ploriĝis, rigardante la verdan herbon brili en la sunlumo. Li viŝis la larmojn for, kiam liaj amikoj revenis portante sakon da ekipaĵo. Arden kliniĝis, "Surprizo, amiko, vi kaptos hodiaŭ!"

"Kion vi celas? Mi ne povas ludi en ĉi tio!" li diris, frapante siajn manojn sur la brakapogilojn de la rulseĝo.

"Jen, spektu ĉi tion, dum ni pretigas vin," diris PJ, dum li transdonis sian poŝtelefonon kaj premis la ludbutonon.

E-Z spektis mire, kiel ludantoj kiel li eniris la basbalkampon. Li pli atente rigardis iliajn seĝojn, kiuj havis modifitajn radojn. Ludanto rulveturis al la batplato, trafis la pilkon, kaj rapidis ĉirkaŭ la bazoj.

"Ŭaŭ! Tio estas mirinda!"

"Se ili povas fari tion, ankaŭ vi povas!" diris Arden, dum li surmetis la genu-protektilojn sur la krurojn de sia amiko, kaj PJ fiksis la brust-protektilon. Survoje al la kampo, liaj amikoj ĵetis al li la kaptistan maskon kaj lian ganton.

"Batiisto al la plato!" kriis Trejnisto Ludlow.

La ĵetisto ĵetis la unuan rapidpilkon rekte en la zonon kaj li kaptis ĝin.

La dua ĵeto estis suprensalto. E-Z kuris al ĝi, rapidege transflugante, leviĝante. Etendante sin. Li eĉ surprizis sin mem kiam li kaptis ĝin. Ili ne rimarkis tion, sed li leviĝis. Lia postaĵo forlasis la sidlokon de lia seĝo, kaj li tute ne sciis, kiel li faris tion.

"Ŭaŭ," diris PJ, "tio estis bonega kapto."

"Jes, vi verŝajne maltrafus ĝin, se ne estus la seĝo."

E-Z ridetis kaj daŭrigis ludi. Kiam la ludo finiĝis, li sentis sin bone. Normala. Li dankis la knabojn, ke ili reenmetis lin en la ritmon.

"Venontfoje, vi batas," diris PJ.

E-Z mokridis dum la patrino de Arden veturigis ilin tra la rapidmanĝejo, kaj poste reen al la lernejo. Se ili rapidus, ili alvenus ĝustatempe antaŭ la komenco de ilia sekva leciono. Lernantoj amasigis la koridorojn, dum li rulveturis al sia ŝranketo. Liaj samklasanoj aŭdis la pla-pla-sonon de la pneŭoj sur la linoleuma planko – kaj ili liberigis la vojon.

E-Z estis la unua lernanto, kiu bezonis rulseĝan aliron en sia lernejo, sed li jam estis legendo antaŭ ol li perdis la uzon de siaj kruroj. Estis tre malfacile por li peti helpon, sed kiam li faris tion, li ricevis ĝin. Li jam havis ilian respekton kiel atleto; li mem gajnis amason da trofeoj, kaj ankaŭ kiel parto de la teamo. Li bezonis denove gajni ilian respekton kiel sia nova mi.

Post la matĉo ili revenis al la lernejo kaj finis la tagon. Ĉar estis nur duontago, E-Z estis sufiĉe laca, kiam la patrino de Arden kaj liaj amikoj alveturigis lin post la lecionoj.

Dankinte ilin, li eniris.

"Mi estas hejme, Onklo Sam."

"Mi vidas tion, ĉu vi havis bonan tagon," diris Sam.

"Jes, estis bona tago." Li streĉiĝis kaj bosteis.

"Nu, venu. Mi havas ion por montri al vi. Surprizon."

"Ne ankoraŭ unu," diris E-Z, dum li sekvis sian onklon laŭ la koridoro. Preterpasante unue la ĉambron de siaj gepatroj – kiu iam estus gastĉambro. Ĝis tiam, ĝi restis precize tia, kia ili lasis ĝin – kaj tiel ĝi restos, ĝis E-Z decidos alie.

De tempo al tempo Onklo Sam proponis helpi lin trarigardi la ĉambron, sed lia nevo ĉiam diris la saman aferon.

"Mi faros tion, kiam mi estos preta."

Sam kontraŭvole konsentis. Li estis decidinta, ke lia nevo devus pluiri. Tio estis la unua paŝo al tiu celo. De tiam, li parolis kun sia konsilisto, kiu diris, ke Sam devus kuraĝigi E-Z-on pli multe paroli pri siaj gepatroj. Ŝi diris, ke inkluzivi ilin en sian ĉiutagan vivon helpus lin resaniĝi pli rapide. Ili daŭrigis laŭ la koridoro, preter la banĉambro, kaj haltis ĉe la skatolo aŭ deponejo.

"Ta-da!" diris Onklo Sam, puŝante lin enen.

E-Z restis senvorta, rigardante la nove transformitan oficejon. En la centro, antaŭ la fenestro kun vido al la ĝardeno, staris skribotablo. Sur ĝi estis tute instalita tute nova ludkomputilo kaj sonsistemo. Li ŝovis sian seĝon sub la skribotablon – perfekta alĝustiĝo – glitigante siajn fingrojn laŭ la klavaro. Apude estis presilo, provizita per papero, kaj rubujo – ĉio planita je braka distanco.

Maldekstre de li estis librobreto. Li rulveturigis sin pli proksimen. La unua breto enhavis librojn pri verkado kaj klasikaĵojn. Li rekonis plurajn el la plej ŝatataj libroj de siaj gepatroj. La dua enhavis trofeojn, inkluzive de la premio pro lia verkado. La tria kaj kvara enhavis ĉiujn liajn plej ŝatatajn infanajn librojn. La du plej malsupraj bretoj estis malplenaj. Liaj okuloj kuris al la supro de la librobreto; li devis retiri sian seĝon por vidi, kio estis tie supre.

Sam eniris la ĉambron apud li. Li metis manon sur la ŝultron de sia nevo. "Pri tiuj, mi ne certis, ĉu estas tro frue. Mi..."

La kulmino: familia foto. Larmo ruliĝis laŭ lia vangon, dum li rememoris la tagon de la fotado. Ĝi okazis en malgranda fotostudio en la urbocentro. Ili ĉiuj estis elegante vestitaj. Paĉjo en sia blua kostumo. Panjo en sia nova blua robo kun ruĝa ŝalo ligita ĉirkaŭ la kolo. Li en sia griza kostumo – la sama, kiun li portis ĉe ilia entombigo. Li subpremis singulton, rememorante la aranĝon en la fotiststudio. La studio enhavis ĉion kristnaskan – kvankam estis nur julio. Li ridetis, pensante pri la banalaj kristnaskaj ornamaĵoj kaj la falsa kameno. Semajnojn poste, la karto venis per la poŝto, sed por liaj gepatroj tiu kristnasko neniam alvenis. Li turnis sian seĝon al la elirejo kaj ekiris laŭ la koridoro, dum lia onklo sekvis malantaŭe.

"Mi scias, ke necesos tempo. Mi pardonpetas, se mi iris tro malproksimen tro frue, sed pasis pli ol jaro kaj ni, mi kaj via konsilisto, pensis, ke estas la tempo."

E-Z daŭrigis. Li volis foriri. Eskapi al sia ĉambro kaj izoli sin de la mondo, tiam io venis al li en la kapon. Io esenca. Lia onklo ne povus scii la historion de la foto. Se li estus sciinta, li ne estus metinta ĝin tien. Post ĉio, kion li faris por li, li ŝuldis al li klarigon. Li haltis.

"Ni neniam uzis ĝin, ĝi estis destinita por nia kristnaska karto, sed ili neniam ĝisvivis Kristnaskon."

"Mi tiom bedaŭras. Mi ne sciis."

"Mi scias, ke ne, sed tio ne malpli dolorigas."

Elĉerpita kaj fizike kaj mense, li proksimiĝis al sia ĉambro. Lia interna dialogo daŭris kun pozitiva plifortigo, memorigante lin, ke ĉio aspektos pli bone matene, ĉar tio preskaŭ ĉiam okazis.

"Ĝi estis destinita esti loko por ke vi skribu. Memoru, vi nun estas premiita aŭtoro, kaj vi havas verkistan sangon."

Li preskaŭ atingis sian ĉambron – kial lia onklo ne lasis lin foriri? Lia kolero ekflamis. " Mi verkis unu novelon, sed tio ne signifas, ke mi povas verki pli aŭ volas. Vi diras, ke la sango de Charles Dickens fluas tra miaj vejnoj, sed tio, kion mi volas, estas esti kaptisto por la L.A. Dodgers. Nur ĉar ili nomas min "arboknabo" – tio ne signifas, ke mi devas kontentiĝi. Kial mi devus kontentiĝi?"

"Mi dezirus, ke vi ne lasu ilin eniri vian kapon."

"Mi estas arboknabo! Se ne estus tiu freneza arbo!" li ekkriis, farante subitan turnon kaj frapante sian kubuton kontraŭ la muron. Lia ne tiom amuza humora osto doloris terure.

"Ĉu vi fartas bone?"

E-Z grumblis respondon, poste daŭrigis al sia ĉambro. Li planis frape fermi la pordon malantaŭ si. Anstataŭe, li blokiĝis duone en kaj duone ekster la pordofenestro. Tiam la radoj de lia seĝo blokiĝis. "DIABLE!"

Sam liberigis la seĝon sen diri vorton. Fermis la pordon elirante.

E-Z kaptis kelkajn ne rompeblajn objektojn kaj ĵetis ilin kontraŭ la muron. Por trankviliĝi, li imagis siajn gepatrojn, dirantajn al li, kiel fieraj ili estis pri li. Li sopiris tion. Sed, se lia patro estus ĉi tie nun, tiu riproĉus lin pro tio, ke li estas tia malbonedukito. Lia patrino ankaŭ riproĉus lin, sed pli afable kaj milde. Li viŝis la larmojn. Li sentis la pikon de honto kaj lia korpo malfortiĝis pro pura elĉerpiĝo en lia rulseĝo.

Onklo Sam demandis tra la fermita pordo, "Ĉu vi fartas bone?"

"Lasu min trankvila!" respondis E-Z. Kvankam li bezonis lian helpon. Sen li, li ne povus surmeti sian piĵamon aŭ enlitiĝi. Li devus dormi en la seĝo, vestita. Profunde interne li ĉiam sciis la veron. Se li ĉesus zorgi, tiam ĉiuj aliaj ankaŭ ĉesus zorgi. Tiam li estus vere tute sola.

Li rulseĝigis sian seĝon al la fenestro kaj rigardis eksteren al la nokta ĉielo. Muziko. Ĝi estis la sola afero, kiu vere kunligis ilin kiel familion. Certe, ili havis siajn malsamecojn pri muzikaj ĝenroj, sed kiam bona kanto sonis en la radio, ili flankenmetis tion.

Malbela nigra kato transiris la gazono. Lia patrino ĉiam deziris, ke ili iru al Novjorko kaj spektu la teatroludon

*Katoj* sur Broadway. Li deziris, ke ili estus irintaj kune. Kreintaj memoron. Nun ili neniam farus tion. Tiu kanto, io pri memoroj, igis lin preni sian poŝtelefonon. Li elektis hardrokan himnon, laŭtigis la sonon. Li uzis siajn pugnojn por tamburi la ritmon sur la brakapogilojn de sia seĝo, dum li freneze kriadis la kantotekston.

Ĝis li tiel forte rokenis, ke li elruliĝis el sia seĝo kaj falis sur la plankon. Unue, vidante sian ĉambron de la planko supren, li volis plori. Anstataŭe, li ekridegis kaj ne povis ĉesi.

"Ĉu vi fartas bone tie?" demandis Sam.

"Ehm, mi povus bezoni vian helpon." Lia ventro doloris pro tiom da ridado.La unua reago de Sam estis alarmo - kiam li vidis sian nevon sur la planko tenanta sian ventron. Kiam li konstatis, ke tiu tenas ĝin pro rido, li malfortiĝis kaj sidiĝis sur la plankon apud li.

Poste, kiam Sam foriris, li diris, "Vi fartos bone, karulo."

"Ni fartos bone."

Tiam ili faris interkonsenton tatuiĝi.

# ĈAPITRO 2

"Pardonu, mi ne povas ludi basbalon kun vi ĉiuj hodiaŭ."

"Nu," diris Arden. "Vi ne estis tiom malbona la lastan fojon."

"Foriru," respondis E-Z. Li plirapidiĝis por renkonti sian onklon kaj koliziis kun Mary Garner, la ĉef-kuraĝigistino.

"Ho, pardonon, Mary."

Estis la unua fojo, kiam li vidis ŝin ekde la akcidento. Li suprenrigardis, dum ŝia hararo falis kiel kurteno super liajn okulojn: ĝi odoris je cinamo kaj mielo.

"Stultulo," ŝi diris. "Atentu kien vi iras."

Ŝi retropaŝis kaj formarŝis. Ŝia sekvantaro sekvis.

Li ridetis, streĉis sian kolon por rigardi ŝin. Liaj amikoj alpaŝis kaj faris la samon. Arden fajfis.

Ŝi ĵetis rigardon super la ŝultro kaj montris al ili la mezan fingron.

"Dio, ŝi estas fantasta," diris PJ.

"Ŝi estas varmega," diris Arden.

"Tre."

Nun, forlasante la lernejon, PJ demandis, "Do, diru al ni, kial vi ne volas ludi hodiaŭ."

"Jes, helpu nin kompreni," diris Arden, grimacante kaj krucante la okulojn. "Ni estas senutilaj sen vi."

"Sciu, Onklo Sam kaj mi faris interkonsenton. Fari ion kune - ion gravan - post la hodiaŭa leciono."

Liaj amikoj krucis la brakojn, blokante la vojon de lia seĝo.

"Ĉu vi ankoraŭ intencas ekskludi nin – kaj vi eĉ ne volas diri al ni kial?" diris la ruĥhara PJ.

"Vi estas kompleta idioto."

"Ni neniam farus tion al vi."

Ili foriris, plirapidigante la paŝadon.

E-Z akcelis, sed tio ne sufiĉis. "Atendu! Ni farigos tatuojn!" Liaj amikoj haltis subite.

"Mi farigos tatuon memore al miaj gepatroj - kolomboflugilojn, unu sur ĉiu ŝultro."

"Ni akompanos vin!"

"Mi pensis, ke vi eble trovos min tro sentimentala."

Ili daŭrigis la paŝadon silente dum iom da tempo.

"Onklo Sam atendos min ĉe la tatu-salono."

# ĈAPITRO 3

Kiam Sam vidis sian nevinon kun siaj amikoj, li surpriziĝis.

"Mi pensis, ke ĉi tiu interkonsento estas inter ni, t.e. sekreta?"

"La knaboj volis konduki min al matĉo – mi devis diri al ili."

"Bone, sufiĉe juste. Sed mi ne kutimas anstataŭi iliajn gepatrojn aŭ doni permeson en ilia nomo." Tiam al PJ kaj Arden, "Estas bone, ke vi du estas ĉi tie, sed nur viaj gepatroj povas aprobi viajn tatuojn."

"Atendu!" diris PJ.

"Mi eĉ neniam pensis pri tio, ke ni farigu tatuojn."

"Miaj certe diros ne," diris Arden. Liaj gepatroj havis problemojn, kion li plene profitis. Li agis kvazaŭ ilia konstanta kverelado ne ĝenus lin plejofte. De tempo al tempo, kiam li ne plu povis elteni ĝin, li serĉis rifuĝon ĉe amiko.

"Ankaŭ mi." PJ estis la plej aĝa kaj havis du fratinojn, kvin- kaj sepjarajn. Liaj gepatroj kuraĝigis lin doni bonan ekzemplon, kaj plejofte li tion faris. Fokusiĝante al estonteco en sportoj, li restis sur la ĝusta vojo.

Havinte komunan ekbrilon de ideo, la adoleskantoj interfrapis la manojn. "Kio?" demandis Sam.

"Ni diros al ili, kial E-Z faras tion, kaj ke ni volas tatuiĝi por subteni lin," diris PJ.

Arden kapjesis.

"Atendu momenton. Do, vi du stultuloj volas uzi la morton de miaj gepatroj kiel pretekston por tatuiĝi?"

Sam malfermis la buŝon, sed la vortoj ne venis.

PJ kaj Arden ruĝiĝis, fiksrigardante la pavimon.

E-Z liberigis ilin. "Bone por mi."

Sam fermis la buŝon dum li kaj la du knaboj formis duoncirklon ĉirkaŭ la rulseĝo.

"Tamen promesu al mi unu aferon - neniuj papilioj permesataj."

"Hej, kion vi havas kontraŭ papilioj?" demandis Sam.

# ĈAPITRO 4

**P**OR MALLONGIGI LA RAKONTON, PJ kaj Arden konvinkis siajn gepatrojn permesi al ili ricevi tatuojn.

"Mi tuj revenos," diris la tatuisto, rigardante la kvar el ili. Antaŭ la spegulo staris fortika vira kliento, kiu aldonis alian tatuon al sia multnombra kolekto. Ĉi tiu nova tatuo estis inter lia polekso kaj indeksa fingro. "Ĉu vi estas Sam?" demandis la viro faranta la tatuon. La stomako de Sam iom naŭzis, ĉar li legis, ke la mano estas unu el la plej doloraj lokoj por tatuiĝi.

"Jes, mi parolis kun vi telefone. Jen mia nevo E-Z, kaj liaj amikoj PJ kaj Arden."

"Ĉu vi kvar volas tatuiĝi hodiaŭ? Ĉar mi atendis nur du el vi."

"Pardonu pri tio. Ni povas replani, se necese, aŭ mi povas fari la mian en alia tago," diris Sam dezire.

"Feliĉe, mia filino baldaŭ venos por helpi min. Do, bonvenon al Tatuoj-R-Ni. Vi povas atendi tie. Prenu glason da akvo. Estas ankaŭ kelkaj broŝuroj, kiujn vi eble volos rigardi. Eble tio helpos vin decidi, kie vi volas vian tatuon. Ĉiu areo de la korpo havas dolorsojlon." La fortika ulo, kiu estis tatuata, subridis.

"Dankon," respondis Sam, dum ili moviĝis al la atendareo. Sidinte sur sofo, lia salteta genuo ekstremigis PJ-n kaj Arden-on. Ili transiris la ĉambron kaj rigardis la afiŝtabulon. Por trankviligi siajn nervojn, Sam babiladis. "Mi kontrolis ilin en la interreto, ili funkcias jam de dudek kvin jaroj, kaj tiu viro, kun kiu ni parolis, estas la posedanto. Ili havas bonegan reputacion ĉe la Pli Bona Komerca Buroo Krome, amasojn da kvin-stelaj recenzoj en ilia retejo."

Ĉiuj rigardoj turniĝis, kiam impona virino vestita laŭ gota stilo eniris la ejon. Ŝi estis tridek-kelkjara kaj, juĝante laŭ ŝiaj trajtoj, la filino de la posedanto. Ŝi havis tatuojn sur ĉiu nuda haŭtparto, kaj sporadajn korpo-truigojn ĉie aliloke.

"Pardonu, ke mi malfruis," ŝi diris, tuŝante la ŝultron de sia patro. Ŝi ekrigardis la atendejon, flustris ion al li. Ŝi larĝe ridetis kaj turnis sin al la klientoj.

"Saluton, mi estas Josie." Ŝi etendis la manon kaj manpremis ĉiun el ili. "Tie estas Rocky. Li estas la posedanto kaj mi estas lia filino."

"Mi estas Sam, kaj jen mia nevo E-Z kaj liaj du amikoj, PJ kaj Arden." Li falis anstataŭ ree sidiĝi.

Josie iris preni por li glason da akvo.

E-Z pensis pri kiom multe la pirsingado de ŝia lango certe doloris, poste li diris al sia onklo, "Vi ne devas."

"Ĉu vi nomas min malkuraĝulo?" li diris, dum lia tuta korpo tremis, kiam Josie metis la glason en lian manon. Kiam li levis ĝin al siaj lipoj, li verŝis iom da akvo.

"Vi estas tatu-virguloj, ĉu ne?" demandis Josie.

E-Z pensis, ke ŝi havas dolĉan voĉon, similan al tiu de Stevie Nicks, la plej ŝatata kantistino de lia patro el ,Flitvuda Mak kantanta pri la sorĉistino Rianono. Ili ne bezonis respondi, ĉar ilia silento diris ĉion.

"Nu, vi estas en bonegaj manoj kun Rocky. Li estas la plej bona tatuisto en la urbo. Ĝi doloros, uloj. Jes, ĝi doloros. Sed ĝi estas tia doloro, pri kiu kantas Johano Pumo. Vi scias – Doloras tiel bone ."

Sam grimacis. "Kiom multe ĝi fakte doloras?"

"Tio dependas de via dolorsojlo – kaj de kie vi elektas ricevi ĝin. Estas broŝuro tie, kiu mapas la diversajn korpopartojn kun dolor-takso."

E-Z sentis sian vizaĝon varmiĝi, kaj la vizaĝoj de liaj amikoj havis similan nuancon. Li ekrigardis al Sam, rimarkante lian vizaĝkoloron, kiu ŝanĝiĝis al verdeca nuanco.

Josie daŭrigis. "Post via unua tatuo, vi eble ekŝatos ĝin kaj volos pliajn."

Sam stariĝis, lia korpo tremis pro timo.

"Li eble bezonas iom da freŝa aero," diris E-Z, kondukante sian onklon al la pordo.

Ekstere, Sam paŝis tien kaj reen laŭ la trotuaro, kun la koro tiel batanta, kvazaŭ ĝi baldaŭ elsaltos el lia brusto. "Mi ja dezirus, ke mi fumus."

"Mi dankas vin, ke vi venis ĉi tien kun mi, vere, sed honeste, vi ne devas tion fari. Mi scias, ke ni faris interkonsenton, kaj ĉi tio estas io, kion mi volas fari – memore al miaj panjo kaj paĉjo – sed vi nenion ŝuldas al mi. Kial vi ne promenas, trinkas kafon, kaj ni tekstos al vi, kiam ni finos, bone?"

"Mi diris, ke mi ĉiam estos por vi. Mi nun estas ĉi tie por vi. Mi malamas nadlojn. Kaj borilojn. Mi pensis, ke mi povos fari ĝin, sed nun mi rimarkas, ke la timo estas pli forta ol mi. Mi estas tia malkuraĝulo."

"Vi ĉiam estis tie por mi, Onklo Sam. Vi ne devas pruvi tion al mi, al neniu, per tatuigo, kiun vi eĉ ne volas. Nun, foriru.

Mi telefonos al vi, kiam ni finos." Li rulseĝe supreniris la ramplon, dum liaj amikoj vicis malantaŭ li. Li ĵetis rigardon super sian ŝultron al Sam. La kompatinda ulo estis rigida kiel statuo.

"Mi fartos bone. Nun, foriru."

Sam ridis. "Sed antaŭ ol mi foriros, vi prefere donu al mi la leteron, kiun vi skribis hieraŭ nokte, por ke mi povu aldoni la nomojn de PJ kaj Arden. Ĉar sen mia permeso – neniu el vi ricevos tatuojn."

"Bone pensite," diris E-Z, transdonante la noton laŭ la vico. Nun, subskribita, ĝi revenis supren. Li metis ĝin en sian poŝon, kaj ili eniris, kie Josie atendis.

"Bone, vi estas la sekva. Se vi intencas pisi en viajn pantalonojn, mi nun montros al vi, kie estas la necesejo."

"Mordu min," diris E-Z, ruligante sian seĝon en pozicion.

Dum Rocky finis ĉe la vendotablo, Josie transdonis al E-Z libron kun tatuoj.

"Mi jam scias sen rigardi. Mi ŝatus kolomban flugilon, sur ĉiu ŝultro." Jen ili denove estis, la verdaj kaj flavaj lumoj. Li tiom volis forpeli ilin, sed li ne volis, ke Josie pensu, ke li estas freneza ankaŭ.

Josie foliumis la libron. "Ĉu jen tio, kion vi celis?"

Li kapjesis, poste rigardis ŝin en la spegulo dum ŝi lavis siajn manojn, kaj poste surmetis paron da nigraj gantoj. Ŝi elprenis inkaĵojn el la sterila pakaĵo kaj metis ilin sur la tablon.

"Ĉu vi havas noton, de via gepatro aŭ gardanto? Mi supozas, ke vi ne estas dekokjara?"

E-Z ridetis kaj donis al ŝi la noton.

"Ĉio aspektas en ordo. Nun al pli gravaj aferoj. Ĉu vi havas haran dorson?" Ŝi ridetis. "Se jes, ni devos purigi kaj razi ĝin unue. Mi celas vian tutan dorson."

"Tute ne."

La sono de la subridetoj de liaj amikoj el la atendĉambro ankaŭ ridigis lin. Dume, Josie malaperis en la malantaŭan ĉambron kaj ek sonis muziko. Por momento sonis "Alia briko en la muro", poste neniu muziko.

"Hej, kial vi faris tion?" li demandis.

"Mi abomenas ĉion de Roza Filo." Ŝi daŭrigis prepari ĉion.

"Vi ne rajtas diri tion, krom se vi neniam aŭskultis 'Malluma Flanko de la Luno.'"

"Mi aŭskultis, ĝi estis rubaĵo," ŝi diris, dum ŝi demetis lian ĉemizon de lia kapo. "Ho!"

POP.

POP.

Kaj la du lumoj malaperis.

Rocky alpaŝis kaj staris apud ŝi. "Kio diable?"

"Kio diable, ja," diris Josie.

Kio venigis PJ-n kaj Arden-on.

"Mi ne komprenas, E-Z. Kial vi mensogus?"

"Kompreneble, li ne mensogus – E-Z neniam mensogas," diris Arden.

"KIO!?" demandis E-Z, provante manovri sian seĝon por vidi tion, kion ili vidis. "Menti? Pri kio? Diru al mi, kio ajn ĝi estas. Mi povas elteni ĝin."

Josie demandis, "Kial vi mensogis, ke vi estas neintatuita?"

"Mi ne!" E-Z balbutis, tute ne komprenante, kion ŝi celis.

"Atendu momenton," diris Arden. "Nu, amiko, se vi mensogis, vi certe havas bonan kialon."

"La ludo finiĝis!" diris PJ. "Tamen li ne povus akiri ilin sen permeso de plenkreskulo." Rocky prenis manan spegulon kaj poziciigis ĝin tiel, ke E-Z povu vidi tion, kion ili vidis. Du tatuoj, unu sur lia dekstra ŝultro kaj la alia sur lia maldekstra. Flugiloj.

"Kio la?"

"Li diris al mi, ke li volis flugilojn," diris Josie. "Mi pensis, ke vi estas afabla knabo."

"Mi ja! Honeste, mi tute ne scias, kiel ili aperis tie, kaj ĉi tiuj ne estas la speco de flugiloj, kiujn mi volis. Mi volis kolombajn flugilojn. Ĉi tiuj aspektas pli kiel anĝelaj flugiloj."

"Nu, amiko," diris Rocky. "Ĉi tiujn faris profesiulo. Antaŭ iom da tempo. Kaj ili estas sufiĉe esceptaj anĝelaj flugiloj. Miaj komplimentoj al kiu ajn ilin faris. Diru al ili, ke se ili iam serĉos laboron, ili venu al mi."

"Mi ĵuras, mi ne farigis tatuojn. Ĉi tiu estas la unua fojo, kiam mi iam ajn estis en tatu-salono. Demandu mian onklon. Li subtenos min. Li scias."

"Nenio el tio havas sencon," diris Arden. Rocky skuis la kapon. "Almenaŭ agnosku tion, knabo."

"Ĉu vi du volas tatuojn?" demandis Josie, kun la manoj sur la koksoj.

"Ne," ili respondis.

"Viroj estas tiaj mensoguloj," diris Josie, dum ili fermis la pordon malantaŭ si.

"Ne gravas, karulo, jam estis tempo por nia vespermanĝo ĉiuokaze," tiam li metis la ŝildon 'FERMITE' sur la pordon.

S AM REVENIS KAJ VIDIS la tri knabojn atendantajn ekster la studio. Ilia korpa lingvo estis stranga. La ruĝhara PJ havis la brakojn krucitajn, dum la olivhaŭta Arden havis la manojn sur la koksoj. Dume, lia nevo estis preskaŭ ploronta.

"Dank' al Dio, Onklo Sam, dank' al Dio vi revenis."

Li rapidis al li. "Ho ne, ĉu estis terure dolora? Ĝi pliboniĝos post kelkaj tagoj. Ĉio estos en ordo. Nun lasu min rigardi." Li fajfis dum lia nevo kliniĝis antaŭen por levi sian ĉemizon. "Dio, tiuj certe doloris."

"Verŝajne jes," diris PJ.

"Kiam li unue ricevis ilin."

"Unue? Kio?"

"Li jam havis ilin, kiam ŝi demetis lian ĉemizon."

"Kion ni ne povas eltrovi estas, kiel?"

"Kion vi celas? Mi povas certigi al vi, ke li ne havis ilin hieraŭ."

"Vidu, mi diris al vi, ke Onklo Sam subtenos min." Se ili ne kredus lin, ili kredus lian onklon, sed kial ili pensus, ke li mensogus pri tio? Ili sciis, ke li ne estas mensoganto.

"Laŭ Rocky, li havas tiujn ĉi aferojn jam de iom da tempo."

"Vidu, kiel ili ĉiuj resaniĝis?" diris PJ. "Rocky kaj Josie estis ĉagrenitaj, kaj ili plene rajtas esti tiaj, ĉar E-Z ŝajnis same surprizita kiel ni, vidante ilin."

"Kaj vi du," demandis Sam, "kiel pasis via tatuiĝo?"

"Ni decidis ne fari ĝin," diris PJ.

"Ĝi ne ŝajnis ĝusta."

Sam diris, "Rakontu al ni, kio okazis. Klarigu vin, ulo, ĉar mi tute ne komprenas tion."

"Mi ne povas. Onklo Sam, vi scias, ke ili ne estis tie hieraŭ. Mi havas neniun klarigon. Ĉio, kion mi volas, estas iri hejmen." Li ekmoviĝis, ruligante la radojn de sia seĝo, pli rapide, eĉ pli rapide, ankoraŭ pli rapide. Li volis foriri, kien ajn. Se ili ne kredis lin, tiam al la infero kun ili. Kiam li alproksimiĝis al la stratofino, la lumoj ŝanĝiĝis de verda al ruĝa. Eta knabino sola jam kuris trans la straton. Ŝi paŝis de la trotuarrando, dum kampadkamiono ĉirkaŭveturis la angulon. Lia rulseĝo leviĝis de la tero kaj ŝutiĝis al ŝi. Li etendis la manon, kaptis ŝin. Ĝuste ĝustatempe por savi ŝin de subiro sub la radojn de la veturilo.

Nun ekster danĝero, la rulseĝo denove tuŝis la teron, kaj li portis ŝin al sekureco. Antaŭ li staris pli granda ol kutime blanka cigno. Ĝi donis al li dikfingron supren per sia flugilo, poste forflugis.

"Cigno," diris la knabineto, dum li ĉirkaŭrigardis serĉante ŝiajn gepatrojn.

E-Z profitis la okazon por miksiĝi kun la homamaso kaj malaperi malantaŭ la angulo, poste li pliforte ol iam ajn antaŭe frapis la radradiojn kaj baldaŭ estis kelkajn kvartalojn for.

"Ĉu vi vidis tion?" ekkriis Arden, haltante ĉe la angulo. "Aŭ," li diris, kiam la virino malantaŭ li puŝis lin. "Aŭ," li aŭdis malantaŭ si; aliaj piedirantoj malantaŭ li koliziis.

PJ restis surloke, dum la ulo malantaŭ li impete puŝis lin. Al Arden li diris, "Jes, mi vidis ĝin... sed mi ne certas, kion mi vidis. La tatuitaj flugiloj estis unu afero, ĉi tio estis... kio? Miraklo?"

"Ĝi estis optika iluzio," diris Sam, dum lia poŝtelefono vibris. Ĝi estis mesaĝo de E-Z, petanta lin veni por li kiel eble plej baldaŭ proksime al la parkejo de la fervendejo. "E-Z bezonas min, ĉu vi du povos retrovi la vojon hejmen?"

"Certe, neniu problemo, Sam."

"Mi esperas, ke li fartas bone."

Sam reiris al la aŭto, provante trankviliĝi dum li logike provis kompreni tion, kio ĵus okazis.

Neniu el la knaboj volis paroli pri tio, kion ili vidis – la rulseĝo de E-Z fluganta.

"Ĉu vi vidis tion?" aliaj flustris malantaŭ ili, dum homamaso kolektiĝis.

"Mi volus, ke mia telefono estus preta," diris virino. Dua virino kun mikrofono kaj fotilo puŝis sin antaŭen. Kiam la trafiklumo ŝanĝiĝis, ŝi transiris la vojon, sekvata de paro, plorante – la gepatroj de la knabinetoj. Malantaŭ ili estis la ŝoforo de la kampadveturilo.

"Dio dank' ke vi estis tie," li kriis. "Mi ne vidis ŝin. Vi estas heroo, knabo. Dankon."

"Panjo!" vokis la infano, dum ŝia patrino tiris ŝin en siajn brakojn. Ŝi kaj ŝia edzo forte brakumis ŝin, dum la raportisto alproksimiĝis, kaj la kameristo registris la momenton.

Ĉeestante, plorĝemis la viro, kiu preskaŭ frapis ŝin. La raportisto kaj la fotisto parolis kun li. "Li savis ŝin, kaj min. La knabo, la knabo en la rulseĝo."

Ili provis trovi lin, sed li malaperis. Li kaŝis sin, kiel krimulo. Atendante, ke Onklo Sam venu kaj savu lin. Provante kompreni, kio okazis. Provante ne paniki.

Reen ĉe la loko, du lumoj, unu verda kaj unu flava, forviŝis la mensojn de ĉiuj en la ĉirkaŭaĵo. Poste ili detruis ĉiujn registritajn filmaĵojn.

"Kion ni faras ĉi tie?" demandis la raportisto.

"Neniun ideon," respondis la kameristo.

Survoje hejmen, E-Z iel sentis sin kiel heroo. Sed li sciis, ke la vera heroo estis la seĝo; lia rulseĝo, kiu ekflugis.

E-Z Dickens estis Tatuita Anĝelo.

"**M**I FLUGIS, ONKLO SAM. Mi vere flugis."

Sam enveturis la enveturejon kaj parkis.

"Vi vidis, ĉu ne? Vi vidis, kiel mi savis tiun knabinon. Mi ne povus alveni ĝustatempe, kaj mia rulseĝo tion sciis kaj leviĝis de la tero kaj rapidis al ŝi."

"Jes, mi vidis. Ĝi estis escepta. Mi celas la manieron, kiel vi savis tiun knabinon de danĝero. Sed via seĝo ne leviĝis. Ĝi estis movimpeto, kiu pelis vin antaŭen. Pro la adrenalina ekfluo kaj la rapideco, kun kiu vi devis moviĝi por atingi ŝin, ŝajnis kvazaŭ vi flugus – sed vi ne flugis."

"Mi flugis. La seĝo leviĝis de la grundo."

"E-Z, nu, mi petas. Vi scias kaj mi scias, ke ne estis flugado. Vi devas scii tion. Mi volas diri, kio vi pensas, ke vi estas? Iu freneza anĝelo?

"Sam eliris el la aŭto, elprenis la rulseĝon el la kofro, kaj venis por helpi sian nevon en ĝin. Dum li faris tion, la dekstra ŝultro de E-Z skrapiĝis kontraŭ la rando de la pordo, kaj li kriis pro doloro.

"Akvo!" li kriis. "Mi sentas, kvazaŭ mi ekbrulus."

Sam kuris al la kuirejo kaj revenis kun botelo da akvo.

E-Z verŝis ĝin sur sian ŝultron. La doloro iomete mildiĝis, tiam lia alia ŝultro sentis sin kvazaŭ brulanta. Li verŝis la reston de la botelo sur ĝin. Sam puŝis lin en la domon, dum E-Z provis ŝiri sian ĉemizon. Sam helpis lin eltiri ĝin super la kapon.

"Ho ne!" kriis Sam, kovrante sian nazon. La skapoloj de lia nevo nun aspektis kaj odoris kiel kradrostita viando. Li rapidis en la kuirejon por pli da akvo.

Survoje E-Z kriis kaj daŭre kriis, ĝis li svenis.

# ĈAPITRO 5

ESTIS MALLUME KAJ LI estis tute sola, kun nur la ombro de la luno disvastiĝanta super li tra la ĉielo.

Liaj brakoj estis krucitaj sur lia brusto, kiel li vidis mortajn korpojn poziciigitajn ĉe malfermita ĉerka funebro. Li skuis ilin. Nun malstreĉita, li metis ilin sur la brakapogilojn de sia rulseĝo, nur por malkovri, ke li ne estis en ĝi. Timante, ke li falos, li rekrucis siajn brakojn sur sian bruston. Sed atendu, li ne falis, kiam li malkrucis ilin antaŭe – li faris tion denove kaj restis vertikala.

E-Z tenis unu brakon firme kontraŭ sia brusto, dum la alia, lia dekstra, etendiĝis kiel eble plej malproksimen. Liaj fingropintoj tuŝis ion malvarmetan kaj metalan. Per sia maldekstra brako li faris la samon, denove trovante metalon. Klinante sin antaŭen, li tuŝis la muron antaŭ si, kaj faris la samon malantaŭ si. Dum li moviĝis, la sidloko sub li ŝoviĝis, cedante kaj reprenante kiel suspensia sistemo.

Estis ĉi tiu sistemo, kiu tenis lin vertikala, aŭ ĉu ne?

PFFT.

La sono de nebulo, leviĝanta en la aeron. Varma, ĝi akcentis lian flarsenton, banante lin en bukedo de lavendo kaj citrusoj.

Li malprofundiĝis en profundan dormon, en kiu li sonĝis sonĝojn, kiuj ne estis sonĝoj, ĉar ili estis memoroj. La akcidento – ĝi reokazis – ripetiĝante senfine. Li ĵetis sian kapon malantaŭen kaj bojis."Momente, mi petas," diris virina voĉo.

Ĝi estis robota voĉo, kiel oni aŭdas sur registraĵo kiam neniu homo ĉeestas.

Tro timigita por denove ekdormeti, li demandis, "Kiu estas tie? Mi petas. Kie mi estas?"

"Vi estas ĉi tie," diris la voĉo, poste ridetis. La rido eĥis de la silo-simila ujo, frapante liajn orelojn dum ĝi venis kaj foriris.Kiam ĝi ĉesis, li decidis elrompi sin. Uzante sian tutan restantan forton, li etendis siajn brakojn kaj puŝis. Tio sentigis bone. Fari ion, ion ajn – komence – ĝis la klaustrofobio superregis.

PFFT.

La ŝprucaĵo, ĉi-foje pli proksima, iris rekte en liajn okulojn. La citra acido pikis, kaj larmoj suprenvenis kvazaŭ li tranĉus cepon, kaj li stariĝis.

Atendu momenton...

Li denove falis reen. Li movis siajn piedfingrojn. Li faris tion denove. Li etendis sian dekstran kruron. Poste sian maldekstran. Ili funkciis. Liaj kruroj funkciis. Li levis sin...

Voĉo, ĉi-foje vira, diris, "Bonvolu resti sidanta."

Li pinĉis sin sur la dekstra femuro, poste sur la maldekstra. Kiu sciis, ke unu aŭ du pinĉoj povas sentiĝi tiel bone? Neniu povis haltigi lin. Dum li povis uzi siajn krurojn, li denove stariĝus.

Oni aŭdis bruon super li, kvazaŭ lifto moviĝanta. La sono plilaŭtiĝis. Li suprenrigardis. La silo-plafono malsuprenvenis. Ĝi kreskis pli kaj pli granda. Fine, ĝi tute haltis.

"Sidiĝu," postulis la vira voĉo.

E-Z leviĝis, sed la plafono malrapide malsupreniris – ĝis li ne plu povis stari. Li pacience sidis, atendante, ke la aĵo retiriĝu kiel lifto supreniranta – sed ĝi eĉ ne moviĝis.

PFFT.

"Eligu min!"

"Aldonu laŭdanumon," diris la virina voĉo.

La muroj paŭzis, poste ŝprucigis eksterordinare longan dozon.

PPPFFFTTT.

Tio estis la lasta sono, kiun li aŭdis.

R<small>EEN EN SIA LITO</small> – li demandis sin, ĉu li perdis sian menson kaj imagis, ke la tuta silo-incidento estis E-Z. Ĝi sentiĝis reala, ĝi odoris reala. Kaj la du voĉoj – kial ili ne montris sin? Li gratis sian kapon, vidante du lumojn antaŭ siaj okuloj. Kiel antaŭe, unu estis verda, kaj unu estis flava.

"Saluton?" li flustris, dum altrigora zumado kiel plago de kuloj atakis lin. Li ĵetis sian dekstran manon malantaŭen, frapante per potenca bato. Sed antaŭ ol ĝi trafis, li senmoviĝis, kun la mano en la aero. Liaj okuloj vitriĝis, kiel ĉe hipnotizita kokido.

POP.

POP.

La lumoj transformiĝis en du estaĵojn. Ĉiu puŝis ŝultron, kaj E-Z falis sur la kusenon, kie li fermis siajn okulojn kaj ekdormis.

"Ni faru ĝin nun, beep-beep," diris la iama flava lumo.

"Ni unue certiĝu, ke li dormas, zum-zum," diris la iama verda lumo.

"Bone, ni eklaboru, beep-beep."

"Ĉu ni havas lian konsenton, zum-zum? "

"Li diris, ke li konsentos, sed li ne memoras. Mi zorgas, ke ĝi ne estas deviga interkonsento. Ĝi eble estas nur parta, kaj vi-scias-kiu malamas partojn. Sen mencii, la homaj partoj estus kaptitaj inter du bip-bipoj."

"Jes, mi ŝatas lin tro multe por lasi lin fariĝi interulo zum-zum."

"Ŝato ne gravas ĉi-kaze. Ne forgesu, kio okazis al la cigno. Sen mencii – kial homoj diras 'sen mencii' antaŭ ol ili mencias tion, kion ili ne volas diri?" Sen atendi respondon. "Ni estus en klamo kaj vi-scias-kiu estus tre kolera beep-beep."

"Sed la homo jam havas siajn tatuitajn flugilojn. Provadoj ne komenciĝas, ĝis la subjekto konsentis." Ŝi klakfrapis per la fingroj kaj libro aperis. Ŝi flugetis siajn flugilojn, kreante venteton kiu turnis la paĝojn. "Vidu ĉi tie, estas skribite, ke flugiloj estas instalitaj nur POST kiam la subjekto estas aprobita. Do, kiam li diris jes, tio certe sigelis la aferon zum-zum."

Ŝi levis siajn brakojn, kaj la libro flugis supren, kvazaŭ ĝi frapos la plafonon, sed anstataŭe ĝi malaperis tra ĝi.

Ili flugis, unu surteriĝis sur la ŝultron de E-Z kaj la alia sur lian kapon.

"Mi ne faris tion," li diris, sen malfermi siajn okulojn.

"Dormu plu, zum-zum," ŝi diris, tuŝante liajn okulojn.

"Ŝŝŝ, bip-bip."

"Panjo, revenu. Bonvolu reveni!"

"Li estas tre sentrankvila, zum-zum."

"Li revas, bip-bip."

E-Z malfermis sian buŝon kaj ronkis kiel beba elefanto. La brizeto tenis ilin alte – ne necesis bati la flugilojn. Ili subridegis, ĝis li fermis sian buŝon. Kio ĵetis ilin en liberan falon. Per furioza batado de la flugiloj, ili rapide reekvilibriĝis.

"Ho ne, li grincas siajn dentojn, bip-bip."

"Homoj havas strangajn kutimojn, zum-zum."

"Ĉi tiu homa infano sufiĉe suferis. Donante al li ĉi tiujn rajtojn, li sentos malpli da doloro, bip-bip."

La unua estaĵo flugis sur la bruston de E-Z kaj surteriĝis, kun sia mentono etendita antaŭen kaj manoj sur liaj koksoj. La estaĵo turniĝis unufoje, laŭhorloĝe. Turniĝante pli rapide, el la flapado de liaj flugiloj elsonis kanto. La kanto estis malalta ĝemo. Malĝoja kanto el la pasinteco, festante vivon, kiu ne plu ekzistis. La estaĵo kliniĝis malantaŭen, kapo apogita kontraŭ la brusto de E-Z. La turniĝo haltis, sed la kanto daŭre sonis.

La dua estaĵo aliĝis, farante la saman ritualon, dum ĝi turniĝis kontraŭhorloĝe. Ili kreis novan kanton, sen la bip-bipoj kaj zum-zumoj. Ĉar kiam ili kantis, onomatopeo ne estis bezonata. Dum en ĉiutaga konversacio kun homoj ĝi ja estis. Tiu kanto supermetiĝis sur la alian kaj fariĝis ĝoja, alt-tona festo. Odo por la estonteco, pri vivo ankoraŭ nevivita. Kanto por la estonteco.

Ŝpruco da diamanta polvo elpafiĝis el iliaj oraj okulkuvoj. Ili turniĝis en perfekta sinkroneco. La diamanta polvo ŝprucis el iliaj okuloj sur la dormantan korpon de E-Z. La interŝanĝo daŭris, ĝis ĝi kovris lin per diamanta polvo de kapo ĝis piedo.

La adoleskanto daŭre dormis profunde. Ĝis la diamanta polvo trapikis lian karnon – tiam li malfermis la buŝon por kriegi, sed neniu sono eliris.

"Li vekiĝas, bip-bip."

"Levu lin, zum-zum."

Kune ili levis lin, dum li malfermis siajn vitrecajn okulojn.

"Dormu pli, bip-bip."

"Ne sentu doloron, zum-zum."

Ŝirmante lian korpon, la du estaĵoj en si akceptis lian doloron.

"Leviĝu, bip-bip," li komandis.

Kaj la rulseĝo leviĝis. Kaj, poziciigante sin sub la korpon de E-Z, ĝi atendis. Kiam guto da sango malsupreniris, la seĝo kaptis ĝin. Absorbis ĝin. Konsumis ĝin – kvazaŭ ĝi estus vivaĵo.

Dum la potenco de la seĝo kreskis, ĝi ankaŭ akiris forton. Baldaŭ la seĝo povis teni sian majstron en la aero. Tio permesis al la du estaĵoj plenumi sian taskon. Ilian taskon kunigi la seĝon kaj la homon. Ligante ilin, por la tuta eterneco per la potenco de diamanta polvo, sango kaj doloro.

Dum la korpo de la adoleskanto tremis, la truoj sur lia haŭto resaniĝis. La tasko estis plenumita. La diamantpolvo fariĝis parto de lia esenco. Tiel, la muziko ĉesis.

"Ĝi estas farita. Nun li estas kugloprova. Kaj li havas superforton, beep-beep."

"Jes, kaj tio estas bona, zoom-zoom."

La rulseĝo revenis sur la plankon, kaj la adoleskanto sur sian liton.

"Li havos neniun memoron pri tio, sed liaj veraj flugiloj tre baldaŭ ekfunkcios, beep-beep."

"Kaj la aliaj kromefikoj? Kiam ili komenciĝos, kaj ĉu ili estos rimarkeblaj, zoom-zoom?"

"Tion mi ne scias. Li eble havos fizikajn ŝanĝojn... ĝi estas risko inda por redukti la doloron, beep-beep."

"Konsentite, zum-zum."

Elĉerpitaj, la du estaĵoj sin kunpremis en la brusto de E-Z kaj ekdormis. Ne sciante, ke ili tie estis, kiam li sin etendis matene – ili falis sur la plankon.

"Ho ve, pardonu," li diris al la flugilaj estaĵoj antaŭ ol li sin turnis kaj ree ekdormis.

***

"**Ĉu vi vekiĝas?**" DEMANDIS Sam, antaŭ ol malfermi la pordon iomete. Lia nevo dormegis, sed lia seĝo ne estis tie, kie li ĝin lasis, kiam li helpis lin en lito. Li ŝultrolevis kaj revenis al sia ĉambro, kie li legis kelkajn ĉapitrojn de David Copperfield. Horojn poste li revenis al la ĉambro de sia nevo.

"Frap, frap."
"Ehm, bonan matenon," diris E-Z.
"Ĉu mi envenas?"
"Certe."
"Ĉu vi bone dormis?"
"Mi pensas." Li streĉiĝis, poste apogis sin al la kapotabulo.
"Kiel via seĝo venis ĉi tien? Mi pensis, ke mi metis ĝin kontraŭ la muron."
Li levis la ŝultrojn.
"Kaj rigardu la brakapogilojn – ĉu vi farbis ilin?"
Li kliniĝis, vidis la ruĝan nuancon, denove levis la ŝultrojn.
" Kio okazis al mi?"
"Vi svenis. Kion mi ne komprenas, estas kial. Vi diris, ke vi sentis, kvazaŭ viaj ŝultroj brulus. Mi serĉis rete laŭ via

priskribo, kaj aperis homeopatia kuracilo. Estas mirinde, kion oni povas trovi tie. Mi miksis iom da lavenda oleo kun akvo kaj aloo en ŝprucbotelo, poste ŝprucis ĝin rekte sur vian haŭton. Ili diris, ke ĝi donos al vi tujan mildigon. Ili ne ŝercis, ĉar vi malstreĉiĝis kaj ekdormis."

"Dankon, mi nun sentas min multe pli bone." Li provis leviĝi el la lito, sed la dormo-sonegoj *zzzz* flugis ĉirkaŭe en lia kapo, kvazaŭ li estus Vile E. Kojoto. "Mi pensas, ke mi restos en la lito ankoraŭ iom da tempo."

"Bona ideo. Ĉu mi povas alporti ion por vi?"

"Iom da tosto? Kun fraga marmelado?"

"Certe, karulo." Li forlasis la ĉambron, dirante ke li baldaŭ revenos. Kiam li revenis kun manĝaĵo sur pleto, lia nevo provis manĝi, sed li ne povis reteni ion ajn.

"Eble nur iom da akvo."

Sam alportis botelon, el kiu E-Z provis trinki, sed eĉ tion li ne povis reteni.

"Mi pensas, ke mi plu ripozos." Liaj okuloj restis malfermitaj, fiksrigardante antaŭen en la nenion. "Kioma horo estas?"

"Estas la kvina matene kaj hodiaŭ estas sabato. Vi estis senkonscia dum dek du horoj. Vi timigis min."

La ligo, lavenda en ambaŭ lokoj, ŝajnis al E-Z stranga. Ĉu li spertis veran vivan transiron? Tio estis tro granda koincido, se la silo vere ekzistis. Aŭ ĉu tio estis songô? Pli kiel koŝmaro. Sed liaj kruroj ja funkciis en tiu metala ujo. Li reenirus post momento – riskus ion ajn – por denove povi uzi siajn krurojn.

"E-Z?"

"Ehm, kio? Mi... Sincere, mi pensas, ke mi ŝatus fermi la okulojn kaj iom pli ripozi."

Sam forlasis la ĉambron, fermante la pordon malantaŭ si.

E-Z flosis en kaj el konscio, dum la akcidento ludiĝis senĉese. Portante blankajn flugilojn, Stevie Nicks provizis la akompanan sontrakon. Dum en la fono du lumoj – unu verda kaj unu flava – saltis supren kaj malsupren.

D<small>UM LA SEKVAJ KELKAJ</small> tagoj, li provis kunmeti la pecojn en sia menso, farante liston de similecoj:

Blankaj flugiloj – blankaj flugiloj tatuitaj sur liaj ŝultroj. Stevie Nicks havis blankajn flugilojn en sia revo.

Lavendo – Onklo Sam uzis lavendon kaj aloejon por mildigi la brulvundojn. En la silo, lavendo ŝprucis en la aeron por lin trankviligi. Flavaj kaj verdaj lumoj. Li vidis ilin post la akcidento kaj en sia ĉambro.

Ruldorso – flugis por ke li povu savi la knabinon. Kiam li estis kaptisto, lia postaĵo forlasis la seĝon por ke li povu kapti la pilkon.

Brakapogiloj – nun ruĝaj. Neniuj similaj incidentoj. Neniu klarigo.

Brula sento sur la ŝultroj/tatuaĵoj aperantaj sur la ŝultroj. Neniu klarigo.

Li ne plu kredis je dio, ne ekde la akcidento. Neniu dio permesus, ke arbo dispremu liajn gepatrojn. Ili estis bonaj homoj, neniam vundis iun ajn. Tio, kio okazis al liaj kruroj, estis negrava. Iu ajn dio inda je io ajn estus interveninta kaj haltiginta tion, antaŭ ol ĝi okazis.

Krom se, eble, ekzistis dio, sed li forestis por tagmanĝi. Jes, kompreneble.

Ŝanĝoj okazis en lia korpo, kaj li volis respondojn. Profunde en si li sciis, ke la sola maniero ricevi ilin estas reiri en la diablitan silon – se ĝi ekzistis.

# ĈAPITRO 6

LA SEKVAN MATENON E-Z flosadis en la aero super sia lito, ĉar liaj flugiloj ekkreskis. Survoje por rigardi siajn novajn krurojn en la ŝrankospegulo, li preskaŭ koliziis kun la muro.

"Ĉu ĉio bonas tie?" Sam vokis el sia najbara ĉambro.

"Jes," li diris, flugetante flanken, dum li admiris sian nove trovitan flugpovon.

La plumoj fascinis lin. Precipe la maniero, kiel ili propulsis lin antaŭen, kvazaŭ ili estus unu kun lia korpo. Sentante sin pli birdeca ol anĝela, li provis rememori tion, kion li lernis en la lernejo pri ornitologio. Li sciis, ke plej multaj birdoj havas primarajn plumojn, eble dek. Sen la primaraj, ili ne povus flugi. Li havis pli ol dek primarajn plumojn sur siaj flugiloj, kaj ankaŭ pli da sekundaraj.

Li provis flankiĝi maldekstren, poste dekstren, taksante sian manovreblecon. Sentante sin senpeza, li flirtis ĉirkaŭ sia ĉambro. Li flosis super la rulseĝo – kiun li ne plu bezonis. Kun ĉi tiuj flugiloj li povis surflugi la tutan mondon. Metinte la manojn sur la koksojn, kiel Superulo, li direktis sin al la pordo. Li alvenis tien ĝuste kiam Sam malfermis ĝin.

"Vi preskaŭ mortigis min pro timo!" diris Sam, preskaŭ elsaltante el sia haŭto.

Kaptite senprepara, la adoleskanto provis regi la situacion. Li ŝanĝis direkton, intencinte iri al la lito. La transiro tamen ne estis tiel facila, kiel li esperis, kaj li ekiris en liberan falon.

Sam kuris al la rulseĝo, movante ĝin tien kaj reen por teni ĝin sub sia nevo.

E-Z reekvilibriĝis kaj denove leviĝis.

"Malsupreniru ĉi tien, tuj!" kriis Sam, svingante siajn pugnojn en la aero. Li flugis al la lito kaj sekure surteriĝis. Liaj flugiloj faldiĝis kiel senmuzika akordiono. "Tio estis tiel amuza. Mi apenaŭ povas atendi flugi al la lernejo."

Sam falis en la seĝon de sia nevo. "Kio estis tio? Kaj ĉu vi vere pensas, ke vi povus flugi per tiuj aĵoj al la lernejo? Vi fariĝus ridindaĵo."

"Ili alkutimiĝus kaj anstataŭ nomi min 'arboknabo' – ili povus nomi min flugoknabo. Jes, tio plaĉas al mi."

"Laŭ tio, kion mi vidis, ĝi estis malkapabla provo. Kaj 'flugoknabo' sonas ridinda."

"Ĝi estis mia unua provo. Mi lernos la lerton."

Sam kapneis, dum scivolemo venkis lian instinkton forkuri. "Ĉu mi rajtas rigardi pli proksime? Mi volas diri, sen ke vi ekflugu?" li demandis, stariĝante, dum E-Z turnis sian korpon al li. "Ili malaperis. Tute. Mi celas la tatuojn. Ili estis anstataŭigitaj per veraj flugiloj – kaj vi povas flugi. Ho, kiel mirinde!" Li sidiĝis antaŭ ol fali.

"Mi vekiĝis, la flugiloj aperis kaj la sekvan momenton, mi jam flugis."

"Tio estas magio. Devas esti. Aŭ eble ni sonĝas, vi estas en mia sonĝo aŭ mi estas en la via kaj baldaŭ ni vekiĝos kaj..." Sam provis trankviliĝi pro sia nevo, sed interne lia koro forte batis.

"Tio ne estas sonĝo."

"Kiel ili aperis? Ĉu vi devis diri ion? Mi volas diri, ĉu estas magiaj vortoj, kiujn oni devas diri?"

"Mi ne memoras, ke mi diris ion. Mi supozas, ke mi tamen povus provi." Li pripensis tion dum kelkaj sekundoj, pozante kiel la Pensulo de Rodin. "Atendu momenton, mi provu ion." Li svingis la aeron senbastile, "Autem!"

"Kiam vi lernis la latinan?"

"Estas senpaga aplikaĵo en mia telefono."

"Ankaŭ mi, mi lernas la francan. Provu 'en haut'."

"En haut!" Ankoraŭ nenio. "Levu min supren! Qui exaltas me!" Ĝenite li krucis la brakojn. "Mi supozas, ke bonŝance vi envenis kaj vidis min flugi, alie vi ne kredus min!" Li scivolis, kion faras PJ kaj Arden – li ne vidis ilin de tagoj. La sekvan momenton liaj flugiloj malfermiĝis kaj li flosis super sia lito.

"Ro-ro," diris Sam, dum la flugiloj retiriĝis, kaj E-Z falis sur la plankon.

"Tio estus estinta perfekta momento por preni mian seĝon."

Sam ridetis. "Pli facile dirite ol farite. Pardonu. Ĉu vi fartas bone?"

"Mi ne estas vundita. Mi celas, fizike, sed mense, kiu scias?" Li ridis. "Ĉu vi povus helpi min en mian seĝon?"

Sam levis lin supren kaj sekure lokis lin en la seĝon. Kiam li apogis sin malantaŭen, la flugiloj, anstataŭ plene retiriĝi, subite elpafiĝis kun plena forto. E-Z suprenflugis, flirtante ĉirkaŭe kiel Tinkerbell.

"Do, tiel do estas, ĉu ne?" diris Sam."Mi devas alkutimiĝi al tio – mi ne certas kial – sed..."

"Nu, kiam vi pretos, venu malsupren kaj ni eliros por matenmanĝi. Mi kunportos mian tekokomputilon kaj ni povos esplori iom."

"Ehm, tio estas lerta ideo. Ni povus iri al la Kafejo de Ann. Kaj mi venus malsupren – se mi povus." La flugiloj retiriĝis kiam E-Z estis rekte super sia rulseĝo. "Jen kion mi nomas servo," li diris, dum li milde falis en la seĝon.

Ili babilis, dum li sin vestis. Poste E-Z iris al la necesejo, dum Sam sin pretigis.

Dum ili eliris el la domo kaj direktiĝis al la Kafejo de Ann, E-Z havis duopajn pensojn. Unue, ke li sopiris iri tien, kaj due, "Mi ne estis tie de jarcentoj. Ne ekde..."

"Mi scias, karulo. Ĉu vi certas, ke ne estas tro frue?"

Matenmanĝo ĉe la Kafejo de Ann estis tradicio por lia familio. Krom malfermi frue je la 6-a matene, ĝi estis atingebla piede. Ene estis privataj budoj, ornamitaj per imita ledo kun ruĝaj kadrifolaj tablotukoj. Lia patro ĉiam diris, ke la loko havis 'frenezan' temon.

Muziko el la sesdekaj jaroj sonis el la muzikskatoloj – oni fiksis ilin tiel, ke la homoj ne devis pagi. Kaj afiŝoj de Marilyn Monroe, James Dean kaj Marlon Brando plenigis la murojn. La menuo estis grandega, kun ĉio de klub-sandviĉoj ĝis fromaĝburgeroj ĝis fonduoj. Sed liaj personaj favoratoj estis la aparte dikaj milkshakes kaj pomaj pankukoj.

Tuj kiam ŝi vidis ilin, la posedantino Ann tuj alvenis. "Mi sopiris vin."

Ŝi ĵetis siajn brakojn ĉirkaŭ lin.

"Jen mia Onklo Sam, Ann." Ili manpremis. "Cetere, dankon pro la karto kaj la floroj, tio estis tre afabla."

Ŝiaj okuloj pleniĝis de larmoj. "Nu, venu ĉi tien. Mi havas la perfektan tablon por vi."

Ĝi estis en kvieta angulo, do li ne devis zorgi, ke lia seĝo ĝenos la kuiristaron aŭ la aliajn klientojn.

"Mi tuj ekkuiros vian kutiman pladon. Ĉu vi jam scias, kion vi volas, Sam, aŭ ĉu mi revenu?"

"Kion vi mendas?"

"Pomajn Krespojn kun glaciaĵo. Ili estas la plej bonaj en la tuta mondo kaj Ann ĉiam alportas kroman siropon kaj cinamon."

"Tio sonas bone, sed mi pensas, ke mi prenos la enuigan lardon kaj ovojn, kun kromplado da fungoj."

"Komprenite," diris Ann. "Kaj ĉu vi volas ĉokoladan densan ŝejkon?" Li kapjesis. "Kafon por vi, Sam?"

"Nigran," li respondis. "Kaj dankon, ke vi tiel bone akceptis min."

"Ĉiu onklo de E-Z estas bonvena ĉi tie."

Kiam Ann foriris por alporti la trinkaĵojn, li elbuŝigis, "Onklo Sam, mi pensas, ke mi fariĝas anĝelo."

"Vi devus unue morti," li diris, dum Ann metis la trinkaĵojn sur la tablon kaj reiris al la kuirejo.

"Eble mi ja mortis, en la aŭto-akcidento. Dum kelkaj minutoj. Kiu scias, kiom da tempo necesas por iĝi anĝelo? En la filmoj, se oni atingas la Perlajn Pordegojn, la granda ulo povas ŝanĝi la aferojn kaj resendi vin rekte malsupren ĉi tien. Tio estas, se oni kredas je tiaj aferoj—kion mi ne faras."

"Ankaŭ mi ne. Ne ekzistas tiaj estaĵoj kiel anĝeloj. Nek diabloj. Krom ene de ĉiu el ni. Mi volas diri, ni ĉiuj havas bonon, kaj ni ĉiuj havas malbonon en ni. Tio estas tio, kio faras nin homoj. Pri la mortado, ili estus dirintaj al mi, se ili devus revivigi vin. Ili diris nenion similan."

"Do, kiel vi klarigas la subitan aperon de la tatuoj, kaj nun ili fariĝis veraj flugiloj? Mi ne havis ilin hieraŭ. Do, kio okazis inter hieraŭ kaj hodiaŭ? Nenio, kio pravigus la kreskon de iuj novaj kruroj."

"Ne, pri kio vi povas pensi," diris Sam. Li ridis.

E-Z traboris pankukon kaj ŝtopis ĝin en sian buŝon, lasante la siropon flui laŭ sia mentono. Ann sin forigis.

"Nu, vi certe ne aspektas tre anĝela nuntempe," diris Sam, prenante plenan forkon da batitaj ovoj. "Mm, ĉi tiuj estas vere bonaj." Post kelkaj pliaj mordoj, li enmetis la manon en sian aktujon kaj eltiris sian tekokomputilon. Li ŝaltis ĝin kaj tajpis "difini anĝelo." Li turnis la ekranon tiel, ke ili povu legi la informojn dum ili manĝis.

"Mesaĝisto, precipe de dio," Sam legis, "persono kiu plenumas mision de dio aŭ agas kvazaŭ sendita de dio."

"Agas kvazaŭ," E-Z ripetis, dum li plenŝtopis sian buŝon per pliaj pankukoj.Sam legis: "Neformala persono, precipe virino, kiu estas afabla, pura aŭ bela. Vi estas sufiĉe bela, kun viaj blondaj haroj kaj bluaj okuloj."

"Silentu."

"Konvencia reprezento," li paŭzis. "De iu ajn el tiuj estaĵoj bildigitaj en homa formo kun flugiloj." Sam trinkis plian gluton da kafo, ĝustatempe por ke Ann replenigu lian tason. "Vi uloj indigestos, legante kaj manĝante samtempe."

E-Z ridis.

Sam diris, "Ne, mi laboras en Informa Teknologio, do mi sufiĉe lertas pri plurtaskado."

Ann subridis kaj foriris.

"Kion ili celas per, 'tiuj estaĵoj'?" demandis E-Z.

"Laŭ mezepoka anĝelologio, anĝeloj estis dividitaj en rangojn. Naŭ ordoj: serafoj, keruboj, tronoj, regadoj (ankaŭ konataj kiel dominioj)," li paŭzis, trinkis glason da akvo. Poste li daŭrigis, "Virtoj, principaĵoj (ankaŭ konataj kiel princlandoj), arĥanĝeloj, kaj anĝeloj."

"Ŭaŭ! Provu diri tiujn dekfoje rapide." Li ridetis. "Mi tute ne sciis, ke ekzistas tiom da specoj de anĝeloj."

"Ankaŭ mi ne. Ĉi tiu manĝaĵo estas tiom bona, ke mi daŭre scivolas, ĉu vi kaj mi revas."

"Vi celas diri, ke vi dezirus, ke ni revus – kaj ke miaj flugiloj malaperus?"

"Ili povus foriri same rapide, kiel ili venis." Li proksimigis la tekokomputilon kaj tajpis "Homo kreskigas anĝelflugilojn." E-Z mokridis, sed kliniĝis pli proksimen por vidi, kio aperis. Sam klakis sur sciencan artikolon.

"Kiel mi diris, neniu registro pri anĝelflugiloj. Mi tion pensis. Mi pensas, ke tiu okazaĵo, vi scias, kiam mi savis la knabinon—havis ion rilatan al ilia apero. Ĝi estis ekigilo, ĉar la brulado komenciĝis tuj post kiam mi hejmenvenis kaj poste, nu, vi konas la reston."

"Kiel vi du fartas ĉi tie?" demandis Ann.

"Mi mendis por vi du pliajn pankukojn, E-Z, kiel kutime. Ĉu vi ne povas manĝi pli?"

"Perfekte."

"Kaj vi, Sam?"

"Nur replenon," li diris, prezentante sian malplenan tason, kiun ŝi forportis kaj revenis kun ĝi plenplena ĝis la rando. Sonoris sonorilo en la kuirejo, kaj ŝi iris preni la pankukojn.

E-Z verŝis acersiropon sur ilin, sekvite de kulero da butero. "Vi estas la plej bona," li diris al Ann. Ŝi ridetis kaj lasis ilin fini siajn manĝojn.

Onklo Sam atente observis sian nevon. Li deziris, ke li mendintus la Pomkukojn, sed li jam estis sata.

"Kio?"

"Mi ne scias, estas kvazaŭ kiam vi gustumas la manĝaĵon, via vizaĝo lumas kiel anĝelo sur kristnaskarbo."

E-Z demetis sian forkon. "Tre amuze. Vi estas vera komikulo."

Kiam ili finis manĝi, Sam demandis, "Do, post la legado pri anĝeloj, ĉu vi ŝanĝis vian opinion? Mi volas diri, ĉu vi ankoraŭ pensas, ke vi fariĝas unu. Kaj se jes, kion vi faros pri tio?"

"Kion vi celas per 'FARI'? Mi havas flugilojn, do mi same bone uzu ilin."

"Laŭ mi, se vi ne uzas ilin, se vi negas ilian ekziston mem – tiam ili malaperos."

E-Z skuis la kapon. "Tio ne estas opcio. Vi vidis, kio okazis. Ili aperis, sen ke mi faris ion ajn, kaj mi diris al vi, kiam mi vekiĝis hodiaŭ matene, mi flugis super mia lito. Mi diable SUSPENDIS MINE."

"E-Z, mi pensas pri la estonteco. Eble vi bezonas paroli kun iu, ni bezonas paroli kun iu pri tio."

"La akcidento okazis antaŭ pli ol jaro, la konsilisto diris, ke mi fartas bone. Krome, ĉio ĉi estas nova."

"Ĝi povus esti prokrastita. Io eble ekigis ĝin."

"Ni trarigardu la faktojn.

Unue, mi havis tatuojn kiam mi ne ricevis tatuojn. Due, mia seĝo leviĝis de la grundo kaj mi savis knabinon – krome, mi leviĝis de mia seĝo por kapti pilkon dum matĉo. Mi neis tion ĝis antaŭ nelonge... Trie, la tatuoj brulis inferece. Kvare, veraj flugiloj aperis. Kvine, mi povas flugi. Ĉu io el tio sonas konata al vi? Mi celas en aliaj okazoj."

"Tion mi ne komprenas. Kiel tio povus okazi, sed la menso estas treege potenca komputilo. Ĝi estas tio, kio distingas nin de la besta regno kaj kial la homo supervivis tiom longe. Mi aŭdis rakontojn, kie persono estis en ekstrema danĝero kaj helpo alvenis. Aŭ, kie persono estis kaptita sub veturilo – kaj preterpasanto povis levi la aŭton por savi ilian vivon."

"Mi legis pri tio; ĝi nomiĝas histeria forto – sed mi neniam aŭdis pri kazo, kiam flugiloj kreskis."

"Eble la flugiloj aperis, por savi vin."

"De kio? Pro tro da dormo?" li ridis. "Ili estus bonaj ĉe la akcidento. Mi povus esti fluginta al panjo kaj paĉjo por alporti helpon anstataŭ atendi tie kun sanga trunko sur mi. Tenante min malsupren. Tio ne estas miraklo. Mi, mi ne scias, kio ĝi estas, Onklo Sam, ĉio, kion mi scias, estas ke ĝi estas."

"Ni babilas. Taksas. Interŝanĝas ideojn. Provas trovi respondojn."

"Estus bone havi respondojn, sed... kiu estus fakulo, kiun ni povus demandi en ĉi tiu situacio?"

"Kio pri pastro?"

E-Z skuis la kapon. Li ne estis en preĝejo ekde la entombigo de siaj gepatroj.

"Kion ni havas por perdi?"

"Mi supozas, ke indas provi, sed. Ho, ho."

"Kio estas?"

"Mi sentas puŝon kontraŭ miaj ŝultrokoloj. Mi devas foriri, kaj ni ne veturis ĉi tien. Pardonu, ke mi devas rapidi.

ĝis hejme." Li elrapidis el la kafejo kaj plu iris, ĝis liaj flugiloj elrompiĝis el lia kapuĉo, kaj li leviĝis de la tero. Hejme li rimarkis, ke li ne havas ŝlosilon, sed li ne povis resti sur la antaŭa verando – ne kun la flugiloj elstarantaj. Li provis la latinan lingvon por igi ilin reeniri – sed nenio funkciis. Do, li flugis supren kaj sukcesis eniri tra sia dormoĉambra fenestro sen esti vidita de iu ajn.

"E-Z!" Sam vokis, kiam li alvenis hejmen. "E-Z!"

"Mi estas supre."

"Ĉu vi fartas bone? Mi venis kiel eble plej rapide."

"Envenu, sidiĝu. Ankoraŭ neniu signo, ke ili retiriĝas."

Vidante la malfermitan fenestron. "Mi supozas, ke vi flugis ĉi tien?"

"Jes, bonŝance mi forgesis ŝlosi mian fenestron hieraŭ nokte. Ni same bone povus daŭrigi nian diskuton, ĝis mi povos eliri denove."

"Mi konas pastron. Se iu povas helpi, li povas."

Du horojn poste, kun muziko laŭtega el la radio, ili estis survoje al la pastro. La kanto "Konduku min al la preĝejo" de Hoziro plenigis la eteron. Koincido? Ili pensis ne kaj kantis laŭtege la kantotekston. Feliĉe, kun la fenestroj fermitaj, neniu povis aŭdi ilin.

E<small>N LA PREĜEJO NE</small> estis rulsega aliro kaj estis multaj ŝtupoj suprenirendaj.

"Vi iru sub la ombron de la granda kverko, kaj mi iros trovi Patron Hopper," sugestis Sam.

"Ĉu tio estas lia vera nomo?" ridis E-Z.

"Laŭ mia scio. Restu ĉi tie kaj mi tuj revenos."

"Bone." La adoleskanto elprenis sian poŝtelefonon. Kvankam li ĝuis la ombron de la arbo, ĝi malebligis vidi lian ekranon. Li repoziciigis sian seĝon, rimarkante nekutiman zumadon en la aero. Bruo, kiu ŝajnis veni de la arbo mem.

Li suprenrigardis, provante distingi, ĉu temas pri birdo, kiam la tono altiĝis, kaj la laŭteco kreskis. Li silentigis sian poŝtelefonon. La sono ĉesis, kaj komenciĝis nova sono. Tiu ĉi estis melodia; hipnotiga, kaj li falis en sonĝecan staton.

Lia kapo pendis antaŭen, ĝis nova sono subite vekis lin. Flustroj, venantaj de super lia kapo. Voĉoj fluantaj el la foliaro de la arbo. Li krucis siajn brakojn, dum frison trairis lin, kio kaŭzis, ke liaj flugiloj liberiĝis. Antaŭ ol li ekkonsciis, lia seĝo leviĝis de la grundo. Li kliniĝis sub branĉoj dum li leviĝis en la koron de la masiva kverko.

"Malsuprenmetu min!" li komandis.

Li daŭre leviĝis. Dum liaj membroj tuŝis la arbon, sango gutis laŭ liaj antaŭbrakoj kaj kapo.

"Ĉesu! Ho, stulta..."

"Tio ne estas tre afabla, bip-bip," diris eta, akra voĉeto. "Mi pensis, ke vi diris, ke li estas ĉarma kiam li estas veka zum-zum," diris dua voĉo.

"Ŭaŭ!" diris E-Z, provante sin regi kaj tute ne panikiĝi. Li prenis kelkajn profundajn spirojn. Li trankviliĝis. "Kiu, kio kaj kie vi estas?"

"Kiu ni ja estas, bip-bip."

Denove, la samaj lumoj, verda kaj unu flava, dancis antaŭ liaj okuloj.

Scivole, li diris, "Saluton."

La flava lumo malaperis.

Kriado.

Poste la verda malaperis.

"Kio diable? Vi du, kio ajn vi estas, ĉesu tion. Vi ŝuldas al mi klarigon. Mi scias, ke vi sekvis min. Elvenu kaj alfrontu min!"

POP.

Eta verda, anĝeleca estaĵo surteriĝis sur lian nazon. Stranga, malplaĉa, preskaŭ limburgera fetoro flosis en lian direkton. Li kovris sian nazon.

"Bonan tagon, E-Z, bip-bip," diris la estaĵo, kliniĝante.

Kiam ĝi diris lian nomon, li perdis la regadon super siaj flugiloj. Li ŝanceliĝis kaj balanciĝis en la aero kiel birdo lernanta flugi. Li volis, ke liaj flugiloj reaperu, sed ili ignoris lin. Li alkroĉiĝis al la brakoj de sia seĝo dum li falegis.

POP!

Nun estis du el ili. Ĉiu kaptis po unu el liaj oreloj kaj sekure mallevis lin kaj lian seĝon sur la teron.

"Aŭ," diris E-Z, froante siajn orelojn, dum la pastro kaj lia onklo aperis ĉirkaŭ la angulo. "E-hm, dankon, mi pensas."
POP.
POP.
La du estaĵoj malaperis.
"E-Z, jen Patro Bradley Hopper, kaj li tre volas helpi."
Hopper etendis sian manon, kaj E-Z faris same. Kiam iliaj karnoj tuŝis unu la alian, la adoleskanto malaperis.
Hopper kaj Sam restis flank-al-flanke, kun vitrecaj okuloj. Ambaŭ fiksrigardis en la nenion, kiel du manekenoj en butikfenestro.

# ĈAPITRO 7

La piedoj de E-Z tuŝis la teron kaj komence lin blindigis blanko. Li metis unu piedon antaŭ la alian, unue paŝante, poste surloke trotante, poste ekkurante plenrapide. Li ĵetis sin kontraŭ la muron, resaltante, kvazaŭ li estus en saltodomo.

POP.

POP.

Li ne plu estis sola. Antaŭ li estis du mult-flugilaj estaĵoj, en formo de floroj. Unu estis verda, la alia flava. Dum li alproksimiĝis, iliaj flugiloj turniĝis kiel kalejdoskopo ĉirkaŭ oraj okuloj.

Li unue tuŝis la petal-flugilojn de la verda floro. Li neniam antaŭe vidis tute verdan floron, des malpli tian kun okuloj. La okulojn li rekonis el ilia antaŭa renkontiĝo. La flugiloj piketis lian fingron kaj la verda floro ekridis. Li evitis tro proksimiĝi per sia nazo, atendante ke fromaĝeca odoro alproksimiĝos – sed tio ne okazis.

La dua floro, flava, havis pli da petal-flugiloj ol la alia. La petaloj reagis al lia tuŝo, kiel koraloj moviĝantaj en la oceano. La oraj okuloj de ĉi tiu havis difinitajn ciliojn. Li kliniĝis antaŭen, por pli proksime rigardi. Dum li daŭre observis la du, PFFT plenigis la aeron. Kun ĝi venis potenca kaj tre dolĉa fetoro, kiu naŭzis lin. Li retropaŝis, kovrante sian nazon kaj viŝante la pikadon el siaj okuloj.

La flava floro parolis. "Mia nomo estas Reiki kaj ni venigis vin ĉi tien beep-beep."

"Kie precize estas ĉi tie? Kaj kial miaj kruroj funkcias?"

"Ne gravas kie, E-Z Dickens, nek kial vi estas tia, kia vi estas beep-beep."

Li transiris la ĉambron kaj prenis la flavan floron per sia dekstra mano kaj la verdan per sia maldekstra. ŜUŜ! Ĉi-foje akra nebulo trafis lin, kaj li ekŝprucis kaj daŭre ŝprucis.

"Bonvolu demeti nin, antaŭ ol vi faligos nin, beep-beep."

"Estas skatolo da naztukoj, tie, zum-zum."

"Ho, pardonu." Li demetis ilin, prenis naztukon – sed li ne plu bezonis ĝin. Li tenis la distancon, apogante sian dorson al blanka muro.

"Ni venigis vin ĉi tien nun, bip-bip."

"Mi estas Hadz, cetere, zum-zum."

"Ĉar vi bezonis scii, bip-bip."

"Ke vi ne devas paroli kun la pastro, pri viaj flugiloj zum-zum."

"Fakte, vi ne devas paroli kun iu ajn pri io ajn, bip-bip."

Metinte sian manon sur la muron, li paŝis, pensante. "Unue, kial vi diras bip-bip kaj zum-zum?"

Reiki kaj Hadz ruligis la okulojn. "Ĉu vi ne aŭdis pri onomatopeo?"

"Kompreneble, mi aŭdis."

"Do vi devus scii, beep-beep."

"Ke ĝi aldonas eksciton, agon kaj intereson, zoom-zoom."

"Por certigi, ke la leganto aŭdas kaj memoras, beep-beep."

"Kion vi volas, ke ili sciu, zum-zum."

Li ekridis. "Tio validas, se oni legas ion, sed ne nepre en konversacio. Mi memoras, kion diras Reiki, ĉar li diras ĝin, kaj mi memoras, kion diras Hadz, ĉar ŝi diras ĝin. Mi supozas, ke unu el vi estas knabino kaj unu estas knabo – ĉu tio ĝustas?"

"Jes," konfirmis Hadz. "Mi estas knabino. Uf, mi ĝojas, ke mi ne plu devas diri zum-zum."

"Kaj mi estas knabo. Mi sopiros diri bip-bip."

"Vi povas diri ilin se vi volas, sed tio estas iom ĝena kaj dum konversacio la ripetado povas esti enuiga."

"Ni ne volas esti enuigaj!"

"Tio kontraŭus nian celon, pro kio ni venigis vin ĉi tien."

"Bone," diris E-Z. "Do, nun ni revenu al tio, kion vi diris antaŭ ol ni komencis paroli pri literatura figuro." Ili kapjesis. "Se mi ne rajtas diri al iu pri tio, kio okazas al mi, tiam mi estas sola en ĉi tiu afero - kio ajn ĝi estas. Mi savis knabinon. Mi supozas, ke tio iel rilatas al vi?"

"Jes, vi pravas en tiu supozo beep, ups, pardonu."

"Mi volas scii, kio ĉi tio estas kaj kial ĝi okazas al mi?"

"Fermu viajn okulojn," diris Hadz.

"Mi faros tion, sed neniuj lertaĵoj."

La floroj ridetis.

Liaj piedoj forlasis la teron, kaj li alteriĝis en alia ĉambro. En tiu ĉi ĉambro, kiel antaŭe, lin unue blindigis blanko. Dum liaj okuloj alkutimiĝis al la ĉirkaŭaĵo, li rimarkis la librojn. Bretoj kaj bretoj estis ŝtopitaj per volumoj ĉiel altaj.

"Ne timu," diris Hadz.

Li ne timis. Fakte, li estis ekstaza.

Ĉar en ĉi tiu ĉambro, li ne nur povis uzi siajn krurojn, sed li povis senti la sangon pulsantan tra ili. Liaj sensoj akriĝis; la odoro de malnova libro flosis al li. Li enspiris la dolĉan parfumon de prunus dulcis (dolĉa migdalo). Miksite kun planifolia (vanilo), ĝi kreis perfektan anisolon. Lia koro batis, sango pumpis – li neniam sentis sin pli viva. Li volis resti, por ĉiam.

Ene de siaj ŝuoj, la movo de ĉiu piedfingro donis al li plezuron. Li rememoris ludon, kiun li kutimis ludi kiel knabeto. Li demetis siajn ŝuojn kaj ŝtrumpojn kaj tuŝis ĉiun piedfingron, dirante la rimon: "Jen tiu ĉi porĉereto iris al la bazaro."

"Li freneziĝis," diris Reiki, dum E-Z ekkriis: "Viva!"

"Donu al li momenton. Ĉi tiu estas sufiĉe mirinda loko."

E-Z remetis siajn ŝtrumpojn. Li glitis tra la ĉambro sur la blankaj plankoj, kiuj brilis kiel glaciplato. Li ridis, puŝante sin kontraŭ la unuan, poste la duan muron, resaltiĝante kaj surteriĝante sur la plankon. Li ne povis ĉesi ridi, ĝis li rimarkis ion strangan okazantan kun la libroj super li. Li skuis la kapon, kiam unu flugis de la breto en lian manon. Ĝi estis libro de lia praulo, Charles Dickens.

La libro malfermiĝis per si mem, foliumiĝis de komenco ĝis fino, kaj poste flugis reen supren al sia loko.

"Bonvenon al la anĝela biblioteko," diris Reiki.

"Ŭaŭ! Simple ŭaŭ! Do, vi du estas anĝeloj, ĉu ne?"

"Vi pravas," diris Hadz. "Kaj vi estas ĉi tie, ĉar ni estis nomumitaj kiel viaj mentoroj."

"Nomumitaj? Nomumitaj de kiu? Dio?" li mokis.

Hadz kaj Reiki rigardis unu la alian, skuante siajn florajn kapojn.

"Nia celo."

"Estas klarigi vian mision al vi."

"Ankaŭ, montri al vi la vojon. Asisti vin," ili diris kune.

"Misio? Kiu misio?" Lia menso fordriviĝis. En sia kapo li aŭdis la temon el Mission Impossible. Li vidis Tom Cruise esti kablo-ĵetita en komputilĉambron. "Hej. Atendu momenton! Vi du estis en mia ĉambro, ĉu ne? Kaj vi sekvis min ekde la akcidento."

"Ni atendis la ĝustan momenton por prezenti nin," diris Reiki. "Ni esperis fari tion en malpli formala maniero, sed kiam vi estis...."

"...Paroli kun la Pastro, ni devis antaŭeniri."

"Nu, vi ja prenis vian tempon. Mi pensis, ke mi halucinas," li diris pli laŭte ol li volis.

POP.

Reiki malaperis.

"Nu, rigardu, kion vi faris!" diris Hadz.

POP.

Ĉar ili malaperis kaj li havis neniun ideon pri kie, kiam aŭ ĉu ili revenos. Tamen, li ne intencis malŝpari minuton. Li kuŝiĝis sur la plankon kaj faris dudek puŝpuŝojn, sekvate de la sama nombro da saltetoj. Liaj okuloj pikis pro la brilo kaj li deziris, ke li havu sunokulvitrojn.

TIK-TAK.

Paro da sunokulvitroj aperis el la nenio. Li surmetis ilin, dum lia stomako grumblis. Li faris memfoton, poste kontrolis la horon. Io stranga okazis kun la horloĝo. Ĝi freneziĝis. Kaj la ciferoj neniam ĉesis ŝanĝiĝi. Lia stomako ronkis denove.

TIK-TAK.

Aperis fromaĝburgero kaj terpomfingroj, kaj nun liaj manoj pleniĝis. Li pensis pri densa ĉokolada milkshako kun maraskina ĉerizo supre.

TIK-TAK.

Ekstra-granda milkshako, kun ĉerizo supre, alvenis sur blanka tablo, kiu antaŭe ne estis tie. Aŭ ĉu ja estis? Eble li ne rimarkis ĝin, ĉar ambaŭ estis blankaj.

Antaŭ ol li komencis manĝi, li ĝuis ĝian odoron, poste kun ĉiu mordo la guston. Estis kvazaŭ li neniam antaŭe manĝis ĉizburgeron aŭ frititajn terpomojn. Kaj la ĉerizo gustis tiel dolĉe, sekvita de la ĉokolada ĉokolado. Li englutis sian manĝon starante. Manĝaĵo ĉiam gustis pli bone kiam oni ĝin konsumas starante. Tiu ĉi mendo gustis tiel bone; estis ridinde.

Kiam li finis, li dankis neniun pro la manĝo. Poste li turnis sian atenton al la biblioteko kaj, blankan ŝtuparon, kiun li antaŭe ne rimarkis. Sufiĉis nur pensi pri ĝi por ke la ŝtuparo proksimiĝu al li, kvazaŭ ĝi volus servi. Li supreniris, kaj ĝi moviĝis, kiel disko sur Ouija-tabulo, preterpasante breton post breton da libroj. Poste, ĝi haltis.

Dum li supreniris, li legis la titolojn sur la dorsoj. Tiuj rekte antaŭ li estis de Charles Dickens, kaj ĉiu volumeno havis sian propran paron da flugiloj.

Unu flugis al li, Kristnaska Kanto. Ĝi foliumis kelkajn paĝojn, por montri al li, ke ĝi estis Unua Eldono, publikigita la 19-an de decembro 1843. Dum ĝi daŭre movis la paĝojn, li miris pri la ilustraĵoj.

Kiom detalaj ili estis kaj ankaŭ plene koloraj. Kaj en la fono, malantaŭ Tiny Tim kaj lia familio sur unu el la desegnaĵoj, io moviĝis. Okuloj. Du paroj. Hadz kaj Reiki! Li preskaŭ faligis la libron. Ĉar ĝi havis flugilojn, ĝi reiris al sia loko sur la breto. Dume li perdis la ekvilibron, falis laŭ la ŝtupetaro kaj pendis por savi sian vivon. Kiam li denove stabiliĝis, li iom post iom malsupreniris kaj firme starigis siajn piedojn sur la teron.

Li scivolis, kial liaj flugiloj ne ekaperis por helpi lin. Ĉio alia ĉi tie havis funkciantajn flugilojn, fakte la anĝeloj havis plurajn parojn da flugiloj. En la mondo ekstere, liaj kruroj ne funkciis, kaj li havis flugilojn, kiuj ja funkciis. Ĉi tie, kie ajn li estis, liaj kruroj ja funkciis, sed liaj flugiloj nun estis nefunkciantaj.

Li gratis sian kapon. Se nur Onklo Sam estus ĉi tie. Kaj tamen, li ne povis paroli kun li. Tio estis malpermesita. Sed kial? Kion ili povus fari al li? La anĝeloj persekutis lin ekde la akcidento. Li supozis, ke ili estas bonaj anĝeloj, ĉar ili ankoraŭ ne vundis lin. Hejmsopiro subite superfortis lin kiel giganta ondo, minacante subakvigi lin.

"Mi volas hejmeniri!" li kriis, dum lia telefono vibris. Antaŭ ol li havis la ŝancon malŝlosi ĝin...

POP.

Reiki kaptis ĝin kaj ĵetis ĝin al...

POP.

Hadz, kiu ĵetis ĝin kontraŭ la plej malproksiman blankan muron. Ĝi resaltis, frapis la plankon, kaj disrompiĝis en pecetojn.

"Vi ŝuldas al mi kvarcent dolarojn por nova telefono! Mi esperas, ke vi anĝeloj havas kontantan monon."

Hadz etendis sian flugilon kaj vangofrapis E-Z-on. La plumoj piketis lin, anstataŭ vundi lin. "Nun vi, E-Z Dickens, sidiĝu ĉi tie." Blanka seĝo premis kontraŭ la malantaŭon de liaj kruroj, devigante lin sidiĝi.

"Kaj ĉesu esti idioto," diris Reiki.

"Ho! Ĉu anĝeloj rajtas diri tion? Kiajn anĝelojn vi entute estas? Anĝeloj en trejnado? Ĉu mi estas la ulo, kiu helpos vin gajni viajn flugilojn?" Li rimarkis, ke ili jam havis flugilojn.

Fakte, plurajn parojn da ili. Do, la argumento, kiun li provis prezenti, ŝajnis senbezonan dum ili flosadis super li.

"Ĉu mi estas la ulo, kiu helpos vin, aŭ ĉu vi devus helpi min? Ĉar se vi estas, kio vi diris, ke vi estas, tiam vi faras teruran laboron. Mi ne diros bonan vorton pri vi ambaŭ baldaŭ."

"Ni atendas pardonpeton."

"Nu, vi atendos ĝin, tre longe. Ĉar mi soifas."

TIK-TAK.

Taso da radika biero aperis en glacikovrita vitro. Li englutis ĝin per unu sorbo. "Ĉar vi alportis min ĉi tien, sen mia konsento. Kaj..."

"SILENTU!" tondris voĉo, dum ŝi aperis el unu el la blankaj muroj.

Ŝi estis tiel alta kiel la plafono. Fakte, pli alta. Ŝi estis kurba, tamen imensa laŭ grandeco kaj staturo. Ŝiaj flugiloj tuŝis la murojn kaj la plafonon. "MODERNIU VIAN LINGON!" postulis la trogranda anĝelo, tirante siajn flugilojn al E-Z kun SUŜO ĝis li estis tuj antaŭ lia vizaĝo.

"E-Z Dickens, vi estis vokita ĉi tien antaŭ mi," diris la grandega anĝelo. "Mi estas Ophaniel, reganto de la luno kaj la steloj. Kaj ĉi tiuj estas miaj subuloj. Vi NE TRaktu ilin kun malrespekto. Vi TRaktu ilin kun afableco kaj respekto, ĉar ili estas miaj OKULOJ kaj miaj ORELOJ por vi. Sen ili vi estas NENIO."

Li elbalbutis nekompreneblan frazon, batalante kontraŭ la impulso fuĝi.

"NE interrompu ĝis mi finos paroli," komandis Ophaniel.

Li kapjesis, treme, tro timigita por diri eĉ vorton.

"E-Z," tondris lia voĉo. "Vi estis savita. Ni savis vin, por celo."

Reiki kaj Hadz flirte alproksimiĝis kaj sidiĝis sur la ŝultroj de Ophaniel. "Kvietiĝu," komandis Ophaniel.

Ili faldis siajn flugilojn, klinante sin antaŭen por ne maltrafi eĉ vorton.

E-Z mense notis demandi al ili, kiel faldi siajn flugilojn tiel efike, kiel ili faldas la siajn. Tio estus, se li reakirus siajn flugilojn.

Ophaniel daŭrigis. "Kiam viaj gepatroj mortis, E-Z Dickens, vi ankaŭ devus esti mortinta. Tio estis via sorto.

Sorton, kiun ni ŝanĝis por nia celo. Ni sukcese pledis vian kazon. Ni promesis, ke vi faros rimarkindajn aferojn. Ke vi helpos aliajn. Ni savis vin, kaj ŝuldo estis pagota. Ŝuldo, kiun vi plejparte pagis plene, rezignante pri viaj kruroj."

Rezignis? Tio sonis kvazaŭ li havis elekton. Kvazaŭ li faris la finan decidon neniam plu marŝi, kio estis mensogo. Li malfermis la buŝon por paroli, sed la voĉo de Ophaniel plu tondris.

"Ankoraŭ restas ŝuldo, ŝuldo, kiun vi ŝuldas al ni."

E-Z faris grandan gloton de aero. Li volis paroli, sed ne povis. Liaj lipoj moviĝis, sed neniu sono eliris. Kiel kuraĝas ĉi tiu anĝelo fari decidojn por li kaj diri, ke li ŝuldas?

"Ni donis al vi ilojn – potencan seĝon. Ĉi tion por helpi vin. Por ke, iun tagon, vi povu esti ĉi tie kun viaj gepatroj kaj promeni kun ni, kun ili, en la eterneco." Ophaniel hezitis dum kelkaj sekundoj, por ke tio enprofundiĝu. "Vi rajtas demandi al mi unu demandon hodiaŭ, sed nur unu. Elektu bone."

Anstataŭ pripensi sian demandon, E-Z elbuŝigis, "Kiam mi revidos miajn gepatrojn?"

"Kiam vi plene pagos vian ŝuldon."

"Ankoraŭ unu demando, mi petas."

"Estos tempo por demandoj kaj estos tempo por respondoj. Nuntempe, vi estas sub la prizorgo de miaj subuloj. Vi rajtas fari demandojn al ili kaj ili rajtas elekti respondi. Aŭ ili rajtas elekti ne fari tion. Estos ilia elekto respondi jes aŭ ne. Same, vi havos elekton, ĉu respondi al ili, kiam ili faros demandojn al vi. Traktu ilin kiel vi ŝatus esti traktata kaj ne malkaŝu detalojn pri ĉi tiu loko aŭ nia renkontiĝo. Ne parolu pri tio, pri io ajn el tio, al iu ajn homo. Mi ripetas, tenu ĉi tiujn aferojn nur por vi mem."

Li ankoraŭ ne povis paroli. Sen ke li demandu, Ophaniel ekparolis por respondi lian sekvan demandon.

"Se vi rompos ĉi tiun promeson, viaj flugiloj fariĝos kiel pasto – malfortaj – kaj vi neniam povos repagi vian ŝuldon."

Li pensis pri alia demando.

"Jes, kiam vi savis tiun knabinon – la brulado – estis parto de la procezo. Viaj flugiloj devas bruli, por plifortiĝi, por ligiĝi al vi, tiel vi estos preta por via sekva defio."

Li pensis, kio se mi ne volas.

Ophaniel ridis kaj flugis al la plej alta parto de la ĉambro. Poste ŝi malaperis tra la plafono.

# ĈAPITRO 8

LA SEKVAN MOMENTON LI sciis, li estis reen en sia rulseĝo, alfrontante la Pastron.

"E-eh, Onklo Sam, ni devas foriri. NUN."

"Ho," diris Sam, dum li rigardis sian nevon forveturi per la rulseĝo. "Mi pardonpetas pro la tempoperdo, li, e-eh, devas hejmeniri." Sam rapidis antaŭen, dum Hopper sekvis malantaŭ li. Li plirapidigis la paŝadon, atingis sian nevon kaj, preninte la tenilojn, puŝis la rulseĝon. Hopper kuris kaj baldaŭ marŝis apud ili, kvankam spirsufoka.

"Mi komprenas, do vi vere ne havas flugilojn, E-Z."

Li ĵetis rigardon super sian ŝultron, levante fingro-faritan trinkaĵon al siaj lipoj, poste rulis la okulojn.

"Mi ne havas drink-problemon," diris Sam defie.

Denove, la adoleskanto rulis la okulojn, dum ili alproksimiĝis al la parkejo. La pastro ne sekvis.

Kiam ili atingis la aŭton, Sam diris, dum li provis repreni spiron, "Kio diable okazis?" dum li malfermis la pordon kaj helpis sian nevon eniri.

"Ni unue foriru de ĉi tie." Li gajnis tempon, ĉar li ne povis diri al li, kio okazis. Li bezonis elpensi konvinkan mensogon

– kaj li neniam estis bona mensoganto. Lia patrino ĉiam malkovris lin, ĉar liaj oreloj ĉiam ruĝiĝis kiam li mensogis.

"Mi atendas klarigon," diris Sam, streĉante sian tenon sur la stirilo.

"Ne rigardu malantaŭen" de Bostono laŭte sonis tra la aŭtaj laŭtparoliloj.

"Pardonu, mi devis foriri. Mi ne pensas, ke Hopper povus helpi kaj mi ne volis, ke li sciu ion pli ol vi jam diris al li."

"Vi ankoraŭ ne klarigis, kial vi implicis, ke mi havas alkoholproblemon."

"Ho, tio. Ĝi simple venis en mian kapon, kaj mi diris ĝin senpense. Pardonu."

"Mi fieras pri tio, ke mi ne trinkas alkoholon. Kompreneble, mi trinkas bieron de tempo al tempo. Por esti societema ĉe labora evento. Sed mi ne estas kiel la aliaj drinkemaj IT-uloj. Kaj neniam estos."

E-Z ne pensis pri tio, kion Onklo Sam diris. Anstataŭe, li repasis la informojn, kiujn Ophaniel diris al li. Li estis ŝuldanta al la anĝeloj pro tio, ke ili savis lin, kaj li interŝanĝis siajn krurojn kontraŭ sia vivo. La interkonsento kun la anĝeloj estis por ilia propra celo – kaj nun ili atendis, ke li pagu la ŝuldon – sed kiel?

Ĉio, kion li sciis certe, estis, ke li devis venki. Kiujn ajn taskojn ili ĵetus sur lian vojon, li devis superi ilin. Kun la helpo de Reiki kaj Hadz – malgrandaj kiaj ili estis, li pagos la ŝuldon. Tiam, se nenion alian, li revidos siajn gepatrojn. Li supozis, ke tio signifas, ke li mortos, kaj ili renkontiĝos en la ĉielo, se tia loko ekzistas. Li eksciis tion sufiĉe baldaŭ.

# ĈAPITRO 9

REEN HEJME, LA ADOLESKANTO iris rekte al sia ĉambro. "Se vi bezonas mian helpon," estis ĉio, kion Sam sukcesis eldiri, antaŭ ol lia nevo frapfermis sian pordon.

E-Z kovris sian vizaĝon per siaj manoj. Estis io speciala, rehavi siajn krurojn. Li frapbatis siajn pugnojn sur la brakapogilojn, dum liaj flugiloj elstaris kaj flugigis lin al la lito. "Dankon," li diris al ili, kvazaŭ ili estus apartaj kaj ne parto de li.

"Atentu," diris Hadz, kiu ripozis sur sia kuseno. La anĝelo flugis supren al la lumilo kaj diris, "Vekiĝu, li estas hejme."

E-Z nun komforte apogis sin sur sia lito, kun fermitaj okuloj, preskaŭ endormiĝante.

"Ĉi-nokte, vi flugos," kantis la anĝeloj.

"Sciu, mi havis elĉerpigan tagon, kiel vi scias, kaj ĉio, kion mi volas fari, estas dormi."

"Vi rajtas dormeti dum kvin minutoj," diris Reiki.

"Tiam, estos tempo por agi!"

Li preskaŭ denove endormiĝis, kiam Sam enkuris. "Pardonu, ke mi ĝenas vin, sed PJ kaj Arden diras, ke ili provis kontakti vin la tutan tagon. Ĉu via baterio malpleniĝis?"

"E-hm, ne, mi perdis mian telefonon," li diris, kolere rigardante siajn du helpantojn.

"Malamikulo, malamikulo, brulas via pantalono," ili riproĉis. Sam, pro lia manko de reago, ne aŭdis iliajn alttonajn voĉojn. E-Z forpelis ilin.

"Tial mi ĉiam aĉetas asekuron kun mia plano. Ne zorgu, ni havigos al vi anstataŭaĵon morgaŭ. Cetere, jam estis tempo, ke vi ĝisdatigu. Vi povos konservi la saman telefonnumeron. Mi sciigos la ulojn, ke vi tiam kontaktos ilin."

"Dankon, Onklo Sam. Bonan nokton."

"Bonan nokton, E-Z."

# ĈAPITRO 10

EN SIA REVO, LI estis sur ski-vojaĝo kun siaj gepatroj. Fakte ĝi estis memoro, sed li revivigis ĝin kiel revo.

E-Z estis sesjara. Li kaj lia patrino estis instruataj pri ĉiuj movoj de ski-instruisto. Dume lia patro – kiu ne estis novulo kiel ili – glitis malsupren la neĝopremitan deklivon. Ili lernis skiadi sur la bebo-monteto – tiel ili nomis la provajn montetojn.

"Ĉu vi pretas?" diris la instruisto, "por provi unu el la grandaj montetoj?"

Ili diris, ke jes. Ili pensis, ke jes. Sed diri kaj fari estas du malsamaj aferoj.

En la unua provo, ili ne atingis malproksimen antaŭ ol unu el ili falis. Tio estis lia patrino, kaj kiam ŝi falegis, ŝi sidis sur la malvarma neĝo ridante. Li helpis ŝin leviĝi, kaj ili denove ekiris.

Ĉi-foje, E-Z kraŝis, plantante sian vizaĝon en la malvarman blankan aĵon. Li skuis ĝin for, estis helpita leviĝi de la instruisto, dum lia patrino preterpasis, ŝprucigante neĝon survoje. Li prenis tion kiel defion, kaj rapidis antaŭen, preterpasante ŝin kun moketa rideto.

La sekvan momenton li sciis, ŝi alproksimiĝis malantaŭ li. Ŝi trafis iom da kompaktigita neĝo – kaj postlasis lin – trovinte sian ritmon. Tamen, li penegis, donis ĉion el si kaj atingis ŝin. Ili glitis malsupren, flanko ĉe flanko, poste disiĝis, poste ree kuniĝis. Dum la tuta tempo ridante kiel du infanetoj.

Sube de la monteto, vestita de kapo ĝis piedo en ĉielbluo, staris lia patro. Li elstaris; blua strio ĉirkaŭita de netuŝita neĝo – kun rulseĝo en la manoj.

"La neĝo," diris E-Z, enspirante alian bombonon. Ĝi gustis eĉ pli bone tute fandita. Tiam li sentis frostan malvarmon kaj vekiĝis ĉirkaŭita de glacio en la banujo. Onklo Sam estis tie, sidanta apud lia flanko.

"E-Z, vi vere timigis min ĉi-foje."

"Kio? Kio okazis?"

"Mi aŭdis iujn bruojn, do mi eniris por kontroli vin. Via fenestro estis plene malfermita, la kurtenoj svingantaj. Mi palpis vian frunton, kaj vi brulis pro febro. Mi timis, ke vi spertos plenan konvulsian atakon. Eĉ viaj flugiloj aspektis velkintaj.

"Mi pripensis voki la krizservon, sed poste decidis ne fari tion. Nu, mi ne povis porti vin al la urĝa helpo, ne kun tiuj flugiloj. Mi devis enmeti vin en vian rulseĝon kaj plenigi la banujon per glacio por vidi, ĉu mi povus malaltigi vian febron. Mi eliris kaj kolektis glacion, petante donacojn de amikoj en la kvartalo. Ili estis treege helpemaj."

"Mi fartas pli bone nun, dankon," li diris, provante stari. Li ne iris malproksimen, antaŭ ol li denove falis. "Vi devas diri al mi, kio okazas."

"Mi ne povas, Onklo Sam. Vi devas fidi min."

La adoleskanto provis stari denove. "Atendu ĉi tie," diris Sam, elirante el la banĉambro kaj revenante kun la rulseĝo. "Jen," li metis la termometron en la buŝon de sia nevo. "Se ĝi estas normala, vi povas sidiĝi en la seĝon."

Ĝi estis normala, do kun robo ĉirkaŭ si, E-Z estis levita el la banujo kaj en la seĝon. Liaj flugiloj ekspansiĝis, poste malstreĉiĝis en sian lokon kaj ili ne plu sentis sin kvazaŭ brulantaj.

Pasante preter la salono, li ekvidis la novaĵojn.

"Hieraŭ nokte, aviadila kraŝo estis evitiĝita," diris la proparolanto. "Ili nomas ĝin mirakla surteriĝo, sed jen kruda filmaĵo, filmita de unu el niaj spektantoj dum ĝi okazis."

Li spektis la filmeton, kiu montris la aviadilon surteriĝi, sed estis nenio alia – neniu bildo de li. Li sentis sin trankviligita kaj revenis al sia ĉambro.

"Mi tuj revenos por helpi vin vestiĝi."

Li tiom deziris povi rakonti al sia onklo ĉion – sed li ne povis. "Dankon," li diris, post kiam li vestiĝis.

"Mi ĉiam subtenos vin."

"Ankaŭ mi," diris la adoleskanto. "Mi pensas, ke mi iros al mia oficejo por verki ion."

"Bona ideo, mi havas hejmtaskojn en mia farenda listo, kiujn mi ŝatus plenumi hodiaŭ." Li ekiris foriri, sed tiam returniĝis. "Vi scias, knabeto, vi ne devas tuj verki romanon. Vi povus teni taglibron, aŭ ĵurnalon. Skribi la aferojn, kiujn vi eble iam forgesos. Kiel trezoraĵajn memorojn."

"Mi pensis verki ion kaj nomi ĝinTatuita Anĝelo."

"Tio plaĉas al mi."

En sia oficejo, li sidis momenton, pensante pri la aviadilo – scivolante, kiel li povis fari tion, kio estis petita de li. Li ne povus esti atinginta tion sen la helpo de la cigno kaj liaj birdo-amikoj, aŭ sen la helpo de sia seĝo. Eĉ tiuj du aspirantaj anĝeloj helpis laŭ sia maniero, kuraĝigante lin en la fono. Li koncentriĝis pri verkado kaj tajpis la titolon: Tatuita Anĝelo.

Liaj fingroj volis tajpi pli, sed lia menso volis vagadi. Li apogis sin en sia seĝo kaj fiksrigardis la malplenan ekranon. Li bezonis fantazian unuan frazon, kiel lia praulo Charles Dickens skribis - 'Mi estas naskita.' Kiam iom poste li ne plu povis elteni la vidaĵon de la blanka ekrano, li tajpis -

Mi dezirus, ke mi neniam estus naskita.

Kaj li daŭre tajpis.

Mi ne plu povas marŝi.

Mi neniam ludos profesie basbalon aŭ hokeon, nek ricevos sportan stipendion.

Mi ne povas kuri.

Mi ne povas salti.

Estas tiom da aferoj, kiujn mi ne povas fari. Tion mi neniam faros.

Li ĉesis tajpi, vidante ion ĉe la supra dekstra angulo de la ekrano, kio moviĝis malsupren. Fluante.

Larmoj. Eta-etaj larmoj.

Kunfandiĝante. Kreskante pli kaj pli grandaj.

Kaskiĝante laŭ la ekrano.

Li pensis, ke li aŭdas ion – laŭtigis la sonon.

"VAH! VAH! VAH!" kantis alta voĉo.

Dua voĉo aliĝis.

"WAH-WAH!
WAH-WAH!
WAH-WAH!"

E-Z malŝaltis la komputilon.

Ĝi estis nur elverŝo, kaj li sentis sin pli bone pro tio. Ĉiu bezonis kompatan feston de tempo al tempo. Tio estis for el lia sistemo.

Li sciis unu aferon certe – kiel verkisto li ne estis Charles Dickens.

Charles Dickens tamen ne povis flugi.

***

"Vekiĝu, estas tempo por iri!" diris Reiki, flugante al la fenestro.

Hadz atendis ĉe la malfermita fenestro. "Ĉu vi pretas?"

Do, ili atendis, ke li saltu, de la tria etaĝo de sia domo. "Mi ne eliros tien! Rigardu, kiel alte ni estas."

"Vi forgesas, ke vi havas flugilojn."

"Kaj se vi falos, vi eltrovos la solvon."

Almenaŭ li ankoraŭ estis en siaj vestoj, dum ili faligis lin en lian rulseĝon. Li ektremis, rigardante malsupren, scivolante, kiel liaj flugiloj celis teni kaj lin kaj lian seĝon en la aero.

"Kio pri mia rulseĝo?"

"Ĉu vi memoras, kion diris Ophaniel? Nu – ek, eksteren!"

Kiam li estis ekstere, liaj flugiloj plene etendiĝis. Super siaj ŝultroj, li povis vidi la flugilojn en agado. La malgrandaj sed fortaj estaĵoj levis lin supren, pli kaj pli alte, gvidante la adoleskanton trans la noktan ĉielon, dum la brilaj, stelaj okuloj rigardis lin de supre. Kiam ili pensis, ke li pretas, ili lasis lin iri.

"Mi povas flugi," li diris. "Mi vere povas flugi!"

"Ĉesu fanfaroni," diris Reiki, "kaj sekvu la planon."

"Mi farus tion, se mi scius, kio ĝi estas," li subridis. Hadz flugis antaŭen. E-Z kaj Reiki leviĝis super la lernejo, apud la basbala kampo. Antaŭen al la urbocentro. La lumoj sur la kurejo proksime al la flughaveno estis en rekta konkurenco kun la steloj super li.

"Vi tre bone faras," diris Reiki.

"Dankon."

La sono de malsukcesanta motoro, en giganta aviadilo antaŭ ili, altiris lian atenton. "Rigardu tien, tiu aviadilo havas problemojn. Mi volus havi mian poŝtelefonon por voki helpon." La motoro haketis kaj la aviadilo iomete falis, poste ekflugis rekte.

"Vi ne bezonas telefonon. Bonvenon al via dua provo."

"Vi atendas, ke mi, kion? Portu la aviadilon sur mia dorso? Mi ne povas savi aviadilon; mi ne havas sufiĉe da forto. Mi ne povas fari tion."

"Bone do," diris Hadz, kiun ili nun atingis.

"Unu afero, kiun vi tamen devus scii: se vi ne savos ilin – ĉiuj surŝipaj pereos."

"Ĉiuj 293 pasaĝeroj. Viroj, virinoj kaj infanoj."

"Krome, du hundoj kaj unu kato," aldonis Reiki.

Lian kapon plenigis krioj de la homoj en la aviadilo. Kiel li povis aŭdi ilin, tra la dikaj metalaj muroj? Hundoj bojis kaj kato miaŭis. Bebeto ploris.

"Ĉesu, malŝaltu ĝin kaj mi faros ĝin."

"Ni ne malŝaltos ĝin."

"Sed ĝi ĉesos, kiam vi sekure surterigos la aviadilon ĉe la flughaveno, tie."

"Ni kredas je vi," diris Hadz.

"Sed ĉu ili ne vidos min? Se ili vidos min, tio estos la fino de la ludo, mi celas laŭ la kondiĉoj de Ophaniel - mi neniam povos vidi miajn gepatrojn."

"Vidi vin?"

"Tio estas la plej malgranda el viaj zorgoj!"

"Nu, ek al via tasko," diris Hadz. "Ho, kaj vi eble bezonos ĉi tion."

Nun li havis sekurzonon, por teni lin en lia rulseĝo, dum li rapidis tra la ĉielo al la falanta aviadilo.

"Ni observos vin," ili vokis.

"Ĉu vi helpos min, se mi bezonos vin?"

"Ĉi tiuj estas viaj provoj, atribuitaj al vi kaj nur al vi. Ni estas ĉi tie por kuraĝigi vin. Bonŝancon."

"Atendu momenton, ĉu vi ne donos al mi iujn taŭgajn lecionojn? Montru al mi, kion mi devas fari?"

POP.

POP.

"Dankon pro nenio!" li kriis.

Ĉe la Flughaveno, en la Turo de Aertrafika Kontrolo, kontrolisto rimarkis, ke la aviadilo havis problemon. Ne povante kontakti la piloton, li rimarkis neidentigitan flugantan objekton sur sia radaro.

Inspirite de Superulo kaj Potenca Muso, E-Z levis siajn brakojn. Li poziciigis sin sub la korpon de la potenca metala besto kaj kunvokis sian tutan forton. "Mi pensis, ke vi povus uzi iom da helpo," diris cigno pli granda ol kutime. Li kapjesis kaj birdoj flugis enen el multaj direktoj. Dum la ĝumbo-ĵeto trafis lin, la veraj birdoj sin vicigis. Ili helpis lin teni la aviadilon stabila, por stabiligi ĝin, tiel ke li kaj lia seĝo povu subteni ĝian tutan pezon.

Ene aĵoj ruliĝis kiel marmurloj.

Li devis rapidi, kaj deziris, ke li havu alian paron da flugiloj, aŭ pli potencajn flugilojn. Se nur li estus en la blanka ĉambro. Li koncentriĝis pri la tasko kaj mense sin preparis por la malsupreniro. Rigardante malsupren, li rimarkis, ke lia seĝo ankaŭ havis flugilojn, sur la piedapogiloj kaj sur la radoj. "Dankon," li flustris al neniu. Poste al la birdoj, "Mi nun mem regas la aferon, dankon pro via helpo."

Nun preta, li mallevis la giganton, tenante ĝin stabila kaj horizontala. Li tuŝis la antaŭon de la aviadilo al la start-alteriĝejo. Poste, ĉar la alteriĝa ĉasio ne malleviĝis, li devis foriri el la vojo. Li etendis sian dekstran brakon kiel eble plej longe kaj poziciigis sian seĝon for de la mezo de la aviadilo. Li mallevis la centron de la aviadilo, poste la voston. Li sukcesis!

Jes! Li foriris meze de la timigaj sonoj de kriegantaj sirenoj alproksimiĝantaj el ĉiuj direktoj, en la formo de fajrobrigadaj kamionoj, ambulancoj kaj policaj aŭtoj.

Antaŭ ol ili ekvidis lin, li forflugis. Dankemaj pasaĝeroj interne ĝojkriis, fotis kaj filmis lin per siaj poŝtelefonoj. Baldaŭ li revenis al Hadz kaj Reiki.

"Vi tre bone agis. Ni fieras pri vi, protektato."

Li ridetis, ĝis liaj flugiloj sentis sin kvazaŭ iu ekbruligus ilin. La sekvan momenton li ekbrulis, kaj tio tiom doloris, ke li volis morti. Li sopiris la morton. Nun en libera falo, kun sia seĝo turnita malsupren, li tenis siajn okulojn larĝe malfermitaj kaj atendis, ke liaj lipoj tuŝos la teron. Tiam lin forportis la du anĝeloj, kiuj kondukis lin hejmen kaj enlitiĝis lin.

La doloro ne malpliiĝis, sed E-Z sciis, ke hodiaŭ li ne mortos. Li estos sekura por ankoraŭ unu tago. Ankoraŭ unu provo. Ĉio, kion li devis fari, estis travivi ĉi tiun.

"**K**IAM LA DIAMANTA PULVORO ekfunkcios?" demandis Hadz. "Li ankoraŭ suferas teruran doloron."

"Ĝi estis nova kuracado, do mi ne povas diri kiam – sed ĝi ekagos – finfine."

"Mi esperas, ke li eltenos tiom longe!"

"Kun la helpo de Onklo Sam, li superos tion. Kiam ĝi ekagos, ni vidos signojn. Iujn fizikajn ŝanĝojn."

E-Z daŭre ronkis

POP.

POP.

Kaj denove ili malaperis.

# ĈAPITRO 11

Tagon poste, E-Z jam planis sian tagon. Unue, li devis pretigi sian dorsosakon por sabata ekskurso al la parko. Li matenmanĝus, iomete skribus, kaj poste ekirus. Dum li preparis sian dorsosakon, li aŭdis la altonajn voĉojn de Hadz kaj Reiki, antaŭ ol li vidis ilin.

"Mi povas aŭdi vin," li diris.

POP.

Hadz aperis unue.

POP.

Poste Reiki – ambaŭ en sia plene transformita anĝela grandiozeco.

"Bonan matenon," ili kantis en malsanece dolĉa unisono.

E-Z ŝtopis notblokon kaj kelkajn skribilojn en sian dorsosakon, ignorante ilin. Li esperis trovi ion inspiran por skribi en la parko. Li kliniĝis por zipi sian dorsosakon, kiam li rimarkis, ke la du anĝeloj sidas sur la zipilo.

"Ho, pardonu. Mi preskaŭ ne vidis vin tie."

"Uf, tio estis danĝera," diris Reiki.

Hadz tremis tro forte por eldiri eĉ unu vorton.

Ili flugis sur liajn ŝultrojn dum li direktis sian seĝon al la fermita pordo.

"Ni devas paroli kun vi," diris Hadz.

"Ĝi estas... grava. Ni faris ion..."

"Al mi?"

Ili flosis antaŭ liaj okuloj.

"Jes. Dum vi dormis antaŭ kelkaj semajnoj."

"Antaŭ kelkaj semajnoj! Bone, mi aŭskultas..." Fakte, li penis ne eksplodi pro kolero. La penso, ke ili faris ion al li. Dum li dormis. Sen lia permeso. Tio estis terura rompo de fido. Li streĉis siajn pugnojn. Silento. Li krucis la brakojn. Li ne faciligos la aferon por ili. Sam frapis la pordon, "Matenmanĝo E-Z, ĉu vi bezonas helpon?"

"Ne, mi fartas bone. Mi venos post kelkaj minutoj." Silento, krom la sonoj ekstere de Sam revenanta al la kuirejo.

"Unue," diris Hadz, "ni nur faris tion, kion ni faris, por helpi vin."

"Pri la provoj. Ni faris ion por helpi vin atingi viajn celojn."

"Ĉu vi celas diri, ke vi povus esti helpinta min pri la aviadilo? Mi ja certe bezonus vian helpon. Feliĉe, ni sukcesis danke al tiu cigno kaj la birdoj."

"Ehm, jes, pri tio, helpo ne estas permesita – nek de amikoj, nek de birdoj. Ni raportis la koncernan incidenton al la taŭgaj aŭtoritatoj."

E-Z skuis la kapon; li ne povis kredi tion, kion li aŭdis. "Ne diru al mi, ke iu vundis la cignon aŭ la birdojn? Vi prefere ne diru tion al mi... Ho, kaj kial precize tiu cigno parolis al mi, angle? Ĝi ja faris tion, ĉu vi sciis?"

"Tiu afero estas konfidenca," diris Hadz, flirtante proksime al lia vizaĝo kun la manoj sur la koksoj. Reiki ekpoziciis samkiel, kaj iliaj flugiloj tuŝis liajn palpebrojn."

Hej, ĉesu tion," li diris, pli laŭte ol li intencis.

"Ĉu ĉio bonas tie?" demandis Sam tra la fermita pordo.

"Mi fartas bone," li diris, svingante sian manon antaŭ sia vizaĝo kaj ĵetante la estaĵojn trans la ĉambron. Reiki frapis la muron kaj glitis malsupren. Hadz, jam pli malsupre, provis kapti Reiki, sed tro malfrue. Ambaŭ anĝeloj falegis kaj surteriĝis sur la plankon.

"Pardonu," diris la adoleskanto. Li movis sian rulseĝon pli proksimen al ili. Li scivolis, ĉu steloj rondiras en iliaj kapoj kiel ĉe malnovaj desegnofilmaj figuroj. Li kutimis ami tion, kiam tio okazis al Wile E. Kojoto. Ili iomete ŝanceliĝis, do li metis ilin sur la liton. Kiam la anĝeloj resaniĝis, li diris, "Denove pardonon. Mi ne intencis vin forpeli. Viaj flugiloj piketis miajn palpebrojn."

"Jes, vi ja faris!" diris Reiki.

"Kaj ni, ne forgesos tion."

Li sentis sin malbone. Ili estis tiel malgrandaj; li ne konsciis, ke nura frapeto povus tiel flugigi ilin. Estis kvazaŭ li estus batinta ilin for el la parko, kaj li apenaŭ tuŝis ilin.

"Pri tio..." diris Reiki. Hadz intervenis, "Dum vi dormis, ni faris riton al vi."

E-Z denove konservis sian trankvilecon, sed apenaŭ. "Riton, vi diras?" Ili rigardis lin, kulpaj kiel pekuloj. "Se vi estus homo, oni severe punus vin pro farado de io ajn al mi sen mia permeso. Tio estas atako kontraŭ neplenaĝulo. Vi estus en malliberejo..."

La anĝeloj tremis kaj sin tenis.

"Ni ne havis elekton."

"Ni faris tion por via bono."

"Mi komprenas tion, sed en ĉi tiu momento via pardonpeto NE estas akceptita."

"Sufiĉe juste," diris la anĝeloj. "Por nun." Ili kantadis, "Ni alvokis povojn, la grandajn kaj iluziajn povojn super vi kaj ĉirkaŭ vi. Ni petis ilin helpi vin, pligrandigante vian forton, kuraĝon kaj saĝecon. Simple dirite, ni kredis, ke vi bezonas pli, kaj tial ni sorĉis ĝin por vi."

"Mi komprenas. La pardonpeto ankoraŭ NE estas akceptita."

"Ni faris tion kaŭzante al vi la plej malmulte da malkomforto," diris Hadz.

E-Z pripensis ĉi tiun plej novan informon. Samtempe li rigardis sian rulseĝon. Ĝi nun ŝajnis malsama, krom la evidenta koloroŝanĝo de la brakapogiloj.

"Kio okazas kun mia seĝo lastatempe?" li demandis. "Estas kvazaŭ ĝi havus propran menson."

La anĝeloj denove tremis.

"Kion vi faris? Precize? Ĉar mi suspektas, ke vi ne nur atakis min, sed ankaŭ atakis mian seĝon."

Fine, la anĝeloj klarigis ĉion pri la diamanta polvo kaj la sango. Pri la povoj, kiuj estis donitaj al li kaj al la seĝo. "Dum la malfacileco de la taskoj kreskos, vi devos plifortiĝi."

"Mi jam scias, tial miaj flugiloj brulas. Ili plivarmiĝas post ĉiu tasko. Sed mi daŭre diras al mi, ke ĉio valoros la penon, kiam mi revidos miajn gepatrojn."

"Se vi plenumos la provojn en la difinita periodo. Kaj sekvos la gvidliniojn ĝis la plej malgranda detalo," diris Hadz.

"Atendu momenton," diris E-Z, frapante siajn brakojn sur la brakapogilojn. "Neniu diris, ke estas limdato. Ne en la Blanka Ĉambro. Ne iam ajn. Kaj se ekzistas regularo, kiun mi devas sekvi, do donu ĝin al mi, por ke mi povu legi ĝin. Krome, ne estis devontigo de iu ajn flanko. Neniu diris, kiom da finitaj provoj necesas por fiksi la interkonsenton. Ĉu ni devas ĉion skribe fiksi? Ĉu ekzistas io kiel Anĝela Advokato, aŭ eĉ pli bone, Anĝela Jura Helpo?"

Hadz ridis. "Kompreneble, ni havas Anĝelajn Advokatojn, sed oni devas esti Anĝelo por rajtigi sin havi unu."

Reiki diris, "Vi plenumis la unuan taskon sen ajna helpo de iu ajn. Vi savis la vivon de tiu knabineto per la iniciato de via seĝo, volforto, kaj bonŝanco. Tiuj tri aferoj povas konduki vin nur ĝis certa punkto, do ni havigis al vi pli da fajrpotenco. La plej multe, kion ni povis peti."

"La plej multe, kion ni povis riski doni al vi."

"Hej, kion vi celas per 'risko'? Ĉu vi volas diri, ke ĉi tiu rito povus damaĝi min?"

"Ni faris al vi favoron. Ni riskis nin por helpi vin. Se vi ne povas pardoni nin nun, tiam vi iam pardonos."

"Jen evitado de mia demando! Ĉu vi iam pensis eniri la anĝelan politikon – se tia afero ekzistas?"

Hadz diris. "La homoj ĉirkaŭ vi eble rimarkos certajn ŝanĝojn en via fizika aspekto."

"Jes, ili eble rimarkos," diris Reiki kun subrido.

"Kion vi celas per fizikaj ŝanĝoj?" li kriis.

POP.

POP.

Kaj ili malaperis.

E-Z denove estis tute sola. Dum li direktiĝis al la pordo, li scivolis, kion ili celis. Kio ajn tio estis, li sufiĉe baldaŭ ekscios. Dume, li pensis pri tio, ke lia seĝo nun havis lian sangon. Ke la seĝo estis etendo de li mem. Li eniris la kuirejon, kie Onklo Sam atendis.

"Nu, tio ne rezultis ĝuste kiel ni planis," diris Reiki. "Li estis sufiĉe kolera kontraŭ ni. Mi ne pensas, ke li iam ajn fidus nin denove."

"Li bezonas nin pli ol ni bezonas lin."

"Ni povus forviŝi lian memoron, kiel ni faris al la aliaj."

"Se li ne pardonos nin, ni povas fari nenion pri tio. Forviŝi lian menson ne estas opcio. Sen lia konsento, kaj se, ne kiam, li ekscius, ni fremdigus lin por ĉiam. Kaj vi scias, kiu ne ŝatus tion."

"Vi pravas, kiel ĉiam," diris Hadz.

"Ĉu vi pensas, ke iu rimarkos la ŝanĝojn en lia aspekto hodiaŭ?"

"Ni rimarkis, ĉu ne!"

"Eble ni devintus diri al li, almenaŭ pri liaj haroj. Tio eble estus konigis lin al ni. Se ni klarigus."

"Mi pensas, ke la ŝanĝoj estus pli bonaj, se ili venus de iu alia ol ni."

"Homoj estas tre strangaj," diris Reiki.

"Tio ja veras. Sed labori kun ili estas la sola maniero, ke ni povas esti promociitaj kiel veraj anĝeloj."

"Bonŝance por ni, li estas sufiĉe afabla."

# ĈAPITRO 12

E-Z PIKIS SIAN FORKON en teleron plenan je pankukoj. Li malsatis terure, kvazaŭ li ne manĝis de tagoj. Kaj li soifis. Li trinkegis glason post glaso da oranĝaĵo. Li replenigis sian teleron per pankukoj, kaj daŭre manĝis ĝis ili ĉiuj malaperis.

Sam ridis, kiam li vidis sian nevon, kaj poste daŭrigis trempi tranĉaĵon da buterita rostpano en sian kafon.

"Kio estas tiel amuza?" demandis E-Z.

"E-hm, nenio, mi supozas."

La solaj sonoj en la kuirejo estis tiuj de ŝlurpado, tranĉado kaj maĉado. Krom la tik-tak de la horloĝo sur la muro malantaŭ ili.

"Kio?" postulis E-Z, rimarkante ke lia onklo subridis kaj kaŝis tion malantaŭ sia mano.

"Estas io malsama pri via, nu, vi scias, ĉi-matene. Ĉu vi volas diri ion al mi? Ekzemple, kial?"

La du estaĵoj aperis kaj ĉiu sidiĝis sur unu el la ŝultroj de E-Z. Ili subaŭskultis, kaj tio tute ne plaĉis al li, do li forpafis ilin per la mano.

POP.

POP.

Ili malaperis.

"Mi ne certas, kion vi celas."

Sam verŝis al si plian tason da kafo. "Ĉu temas pri knabino? Ĉar iu ajn knabino devus akcepti vin tia, kia vi estas."

E-Z ridis. "Ne knabino. Vi tute eraras."

Ambaŭ silentis dum kelkaj pliaj momentoj, krom la tik-takado de la horloĝo.

"Mi pakis sakon kaj mi iros al la parko post kiam mi iomete verkos hodiaŭ matene. Mi kunportas notblokon kaj kelkajn skribilojn, se la parko inspiros min."

"Sonas kiel plano, sed unue vi helpu min ordigi," diris Sam, leviĝante de la tablo.

La adoleskanto puŝis sian seĝon malantaŭen, kaj kune ili rapide ordigis. E-Z iris al sia oficejo kaj fermis la pordon post si, kiam eksonis la pordsonorilo.

Sam enlasis Arden kaj PJ. "Li estas en sia oficejo laborante. Ĉu li atendas vin? Se jes, li diris nenion al mi pri tio."

"Mi sendis al li tekstmesaĝon, sed li ne respondis," diris PJ.

"Do, ni pensis, ke ni surprizvizitos lin kaj elportos lin hodiaŭ. Por certigi, ke li iom amuziĝu. Tiu ulo laboras tro multe. Panjo diris, ke ŝi veturigos nin tien. Ni nur devas konsulti E-Z-on kaj poste telefoni al ŝi."

"Mia nevo tre interesiĝas pri tiu libro, kiun li verkas. Li eble kontraŭos."

"Ĉi-maniere aŭ alimaniere ni forprenos lin de ĉi tie hodiaŭ," diris PJ.

"Li planis iri al la parko, post kiam li iomete verkos. Sed iru jam, ĉu li povas renkonti vin tie poste?" Sam revenis al la kuirejo, prenante iom da hakita bovaĵo el la frostujo. Li kontrolis la ŝrankon por saŭco, spagetoj, ovoj, cepoj, paneroj kaj spinaco. Li havis ĉion bezonatan por fari spageton kaj viandobulojn poste.La du knaboj iris laŭ la koridoro post kiam ili pendigis siajn mantelojn.

Sam surĵetis sian mantelon. Li jam de iom da tempo prokrastis la gazontondadon. Hodiaŭ estis la tago, kiam li okupiĝus pri ĝi.

E-Z provis skribi, sed la kreemo ne fluis. Kiam liaj amikoj alvenis – li ĝojis pri la interrompo. Li malfermis Fejsbukon, ŝajnigante, ke li kontrolas la ĝisdatigojn. "Nu, saluton, uloj." Li turnis sian seĝon al ili.

"Ho, ulo, kio diable okazis al via hararo? Ĉu vi iris al la belecsalono sen ni?"

"Ĉu vi montris al ili foton kaj petis inversan aspekton de Pepe Le Pew?"

"Kaj ankaŭ viaj brovoj! Mi eĉ ne sciis, ke oni povas tinti ilin?"

E-Z pasigis siajn fingrojn tra sia hararo, tute ne komprenante, pri kio ili parolis. Atendu momenton – ĉu pri tio Sam aludis?

"Kaj liaj okuloj, ili ankaŭ estas malsamaj."

Arden kliniĝis, "Jes, ili havas orajn pecetojn en ili. Bonege!"

"Hej, vi du, foriĝu, bonvolu," diris E-Z. "Vi panikigas min. Invadi mian privatan spacon ne estas mojose."

"Almenaŭ li ne odoras kiel Pepe," diris Arden, retiriĝante. PJ aliĝis al li ĉe la alia flanko de la ĉambro, kie ili flustris inter si.

"Ĉu ni rajtas foti?"

E-Z ridetis kaj diris, "Mozzarelo."

PJ montris al Arden la foton, kiun li faris. "Vidu!" ili diris, grandioze malkaŝante ĝin.

E-Z ne povis kredi siajn okulojn. Lia blonda hararo havis nigran strion kurantan laŭ la mezo, kaj grizajn makuletojn ĉe la tempioj. Grizajn! Li pligrandigis la bildon; ili pravis, liaj okuloj havis orajn makuletojn en ili. Lia menso reiris al la diamanta polvo, ĉu tiel aspektis diamanta polvo? Tiuj du stultaj anĝeloj faris tion! Kaj ili pli bone sciu, kiel ripari tion! La venontan fojon, kiam li vidos ilin, li igos ilin pagi.

Dume, li provis mildigi la situacion.

"Kio gravas. Mi havis malfacilan nokton."

Arden demandis, "Kion vi ne diras al ni?"

PJ aldonis, "Via hararo griziĝas kaj vi ankoraŭ estas en mezlernejo. Ĉu vi pensas, ke tio estas normala?"

"Mi pensas, ke li pravas; ni troigas pri nenio. Kion via onklo diris pri tio?"

"Li ne rimarkis – aŭ se jes, li diris nenion."

"Kio? Ĉu vi volas diri al mi, ke Sam eĉ ne rimarkis?"

"Ĉu liaj okuloj estis malfermitaj?"

E-Z provis memori. Unue, Onklo Sam demandis, ĉu li havas ion por diri al li. Ĉu tion li celis?

"Nur sekundo," diris E-Z, dum li iris al la banĉambro. Li uzis la dekoblan pligrandigon de la spegulo por pli detale rigardi. Li ekĝemis. La steloj aŭ makuletoj en liaj okuloj estis malsamaj. Ne malutilaj, fakte, ili igis lin aspekti mojosa. Li ekzamenis la grizajn harojn laŭ siaj tempioj.

Do kio? Li travivis multon pro la morto de siaj gepatroj. Krome, la ĉiutagaj premoj de la mezlernejo. Kaj la alkutimiĝo al la rulseĝo. Sen mencii la alfrontadon de la arĥanĝeloj kaj la provoj.

La antaŭtempa griziĝo de liaj haroj ne estis problemo. Li movis la spegulon, tra la haroj pasigante la fingrojn. La teksturo estis malsama, kiam li tuŝis la nigran strion. Ĝi sentiĝis kruda, penetra. Ne gravas, li simple ŝmirus iom da ĝelo sur ĝin kaj...Ekstere la gazontranĉilo ekfunkciis. Sam finfine faris la timatan taskon. Antaŭ la akcidento, gazontranĉado estis la plej malŝatata tasko de E-Z.

"AĤ!" kriis Sam, dum la gazontranĉilo tusis kaj haltis.

La seĝo de E-Z ŝanceliĝis al la frontpordo, kiu mem malfermiĝis. Li forkuris, maltrafis la ŝtupojn kaj alteriĝis sur la gazonon malantaŭ Sam."Diable!" ekkriis Sam. Li trafis ŝtonon per la gazontranĉilo, kaj ĝi suprenfluis kaj trafis lin proksime al la okulo. Sangogutoj gutis laŭ lia vang'o kaj kolektiĝis sur la herbo.

La rulseĝo moviĝis al la loko kie la sango estis, sorbante ĝin per la radoj.

"Ĉu vi fartas bone?"

"Mi fartas bone," diris Sam. Li fosis en sian poŝon, eltiris naztukon kaj premis ĝin kontraŭ sian vundon.

Alvenis Arden kaj PJ. "Ni aŭdis la kriadon."

"Mi fartas bone, vere," diris Sam. "Malgranda akcidento. Ne necesas zorgi. Ni reiru enen."

Li kaptis la tenilojn de la rulseĝo kaj puŝis. Estis ekstreme malfacile manovri ĝin sur la herbo.

Dume Arden alportis la gazontranĉilon kaj enstokis ĝin en la ŝedon.

"Ĉu vi plipeziĝis?" demandis PJ, rimarkante la malfacilon de Sam.

"Mi manĝis ĉirkaŭ dudek pankukojn ĉi-matene."

"Eble la nigra strio estas pli peza ol viaj normalaj haroj?" diris Arden, reatingante ilin kun subrido.

"Ho, ili rimarkis," diris Sam. "Jes, ili ĉikanas min pri tio de kiam ili alvenis. Kial vi diris nenion?"

Nun interne, E-Z elprenis gipsaĵon kaj metis ĝin sur la vundon de sia onklo.

"Ĝi estis subtila ŝanĝo," diris Sam. "Ne!" li ridetis. "Ho, kaj ĉu vi iam konsideris iĝi flegisto? Vi havas delikatan tuŝon."

PJ kaj Arden mokridis.

# ĈAPITRO 13

E-Z KAJ LIAJ AMIKOJ revenis al lia oficejo. Li decidis resti proksime de la hejmo, se Sam bezonus lin. Sam estis tro okupata kuirante vespermanĝon por pensi pri tio, kio povus esti okazinta kun la gazontranĉilo.

"La vespermanĝo estas preta," li vokis kelkajn horojn poste. "Venu kaj prenu ĝin."

E-Z gvidis la vojon, "Ĝi odoras bonguste!"

Ili sidiĝis kaj pasigis la manĝaĵon kaj la spicaĵojn.

"Vi jam havas sufiĉe grandan kontuzon tie," diris Arden al Sam.

Sam, kiu ĝis tiam ne sciis, ke li havas videblan vundon, nun portis ĝin kun fiero. Li pikis alian viandobulkon kaj metis ĝin sur sian teleron.

"Kio fakte okazis tie ekstere?" demandis PJ.

"Estis ŝtono. Ĝi kaptis sin en la gazontranĉilo kaj frapis min." Li daŭre puŝadis sian manĝaĵon sur la telero. "Kiel progresas la verkado?" li demandis al sia nevio, deturnante la atenton de si mem.

"Mi ne havis tempon okupiĝi pri ĝi ĉi-matene."

Sam ŝanĝis la temon kaj demandis, ĉu io okazas ĉe la lernejo aŭ en la teamo.

"Ni havas trejnadon ĉi-vespere," diris PJ.

"Kaj ni esperas, ke E-Z kaptos en la morgaŭa matĉo." E-Z neis per kapskuo kaj daŭrigis manĝi.

"Unu ludperiodo, nur unu, kaj se vi ne volas plu ludi, tio estas tute en ordo por ni," diris Arden.

"Bonega ideo," diris Onklo Sam. "Provu. Se vi ne sentos vin komforte, eliru. Kion vi havas por perdi?"

PJ malfermis la buŝon por diri ion, sed decidis ne fari tion. Li ŝovis viandobulon en sian buŝon. Li maĉis, trinkis. "Kiam vi ĉeestas, E-Z, vi altigas la moralon de ĉiuj. La uloj tre alte taksas vin. Ĉiam taksis, ĉiam taksos."

"Bone," diris E-Z. "Mi sidos sur la benko, se vi pensas, ke tio helpos. Post la vespermanĝo, ni iru al la parko kaj iom trejniĝu. Vidu, kiel iros."

"Bone," diris PJ.

Ili dankis Sam pro la bonega vespermanĝo.

"Vi kuiris, do ni purigos," proponis Arden.

E-Z kaj PJ interŝanĝis rigardojn.

Kiam Sam ne plu povis aŭdi, PJ diris, "Vi estas tia adulanto."

Arden ŝprucigis iom da akvo en la direkton de PJ, sed E-Z kaptis la plejparton en la vizaĝo.

PJ redonis ŝprucon, kiu disŝprucis tra la kuireja planko, trafante la ŝuojn de Sam.

"La mopilo kaj sitelo estas en la ŝranko," li diris, prenante sian mantelon survoje elirante.

Ili finis la purigadon, kaj tiam ili estis plejparte sekaj, krom E-Z, kiu ŝanĝis sian ĉemizon. Fine, ili alvenis al la basbala kampo, kaj ĝi jam estis okupata.

"Bonege," diris E-Z. "Ni foriru." Flankenstaris kelkaj knabinoj el la huraistinoj de la kontraŭa teamo. Unu, ruĝhara knabino, ekrigardis en la direkton de E-Z. Ŝi faris saltan radon kaj surteriĝis facile.

"Nu, ni povus resti iomete," diris E-Z.

Ili iris trans la kampon al la benkoj. Ili devis almenaŭ saluti, alie ili aspektus kiel aĉuloj. La ruinhara knabino flustris ion al sia amikino, kaj ili subridegis.

E-Z estis certa, ke ili ridis pri li.

"Ni havas vizitantojn," diris la ruinhara knabino.

"Jes, rulseĝulo kun zebraj haroj kaj du nerduloj," kriis la tria bazulo. Li atendis, ke ĉiuj ridos pri lia mizera ŝerco, sed neniu faris tion."

Ne atentu lin," diris la amikino de la ruinhara knabino. "Li estas kompatinda."

"Forpistu vin," kriis la maldekstra kampulo. "Ne estas loko ĉi tie por kripulo."

E-Z ignoris ĉiujn komentojn. Lia seĝo, tamen, ne. Ĝi puŝis, zumis kiel virbovo provanta elrompi sin el koralo. "Ho!" li diris, dum la seĝo hezitis, kiel sovaĝa ĉevalo.

Arden kaptis la tenilojn de la seĝo, kaj la seĝo rekomencis sian normalan funkcion.

Malantaŭ la plato, la kaptisto faligis flugpilkon kaj fuŝis ĵeton. "Mi vidas, ke vi bezonas decan kaptiston," diris E-Z.

La huraistinoj subridis.

"Donu al mi kvin minutojn malantaŭ la plato, nur kvin. Se mi kapablos kapti ĉiun ĵeton, kiun vi sendos en mian direkton, tiam ni faros al vi favoron kaj restos."

"Kaj se ne?" demandis la ĵetisto.

La kaptisto demetis sian maskon. "Vi aĉetos por ni hamburgerojn kaj fritaĵojn terpomojn."

"Kaj milŝejkojn," aldonis la unua bazulo.

"Interkonsentite," diris E-Z, dum lia seĝo puŝis antaŭen. Li pacience sidis dum Arden alligis siajn genu-protektilojn. PJ surtiris la brustprotektilon super sian kapon kaj surmetis la kaptistan maskon sur sian vizaĝon. E-Z enpremis sian pugnobaton en la kaptistan ganton.

"Bone, ĵetu al mi la pilkon," E-Z komandis.

"Mi esperas, ke vi scias, kion vi faras, amiko," diris Arden kaj PJ.

"Fidu min," diris E-Z. Li rulveturis en pozicion malantaŭ la kaptista plato. "Batiisto al la batplato!"

La ĵetisto gestis al Arden, ke li batu. Li elektis batilon kaj paŝis al la batplato.

E-Z signalis al la ĵetisto, ke li ĵetu altan rapidpilkon. Anstataŭe, la ĵetisto ĵetis kurbpilkon, kaj ĝi estis ĝuste en la batozono. Arden maltrafis la baton, sed ne tute, ĉar li tuŝis la pilkon dum momento kaj ĝi maltrafis eksteren. E-Z leviĝis en sia seĝo kaj kaptis ĝin.

"Ŭaŭ!" kriis la ĵetisto. "Bonega savado."

"Bonŝanco," diris la unua-bazulo.

La huraistinoj alproksimiĝis.

La dua ĵeto al Arden, li batis supren al la dekstra kampo.

PJ alpaŝis por bati kaj estis forstrekita. E-Z facile kaptis ĉiujn pilkojn, sed la lasta ĵeto estis tro malproksima, kaj li preskaŭ maltrafis ĝin. PJ jam kuris al la unua bazo, sed E-Z ĵetis la pilkon tien kaj li estis el.

Ili ludis ĝis estis tro malhele por plu vidi la pilkon.

Post la matĉo, ili decidis, ke estis egalrezulto. Ili iris al proksima manĝejo kaj ĉiu pagis por sia manĝaĵo.

"Ni vin mortigos en la morgaŭa matĉo," fanfaronis Brad Whipper, la teamestro.

"Ĉu E-Z ludos?" demandis Larry Fox, la unubazulo.

"Ho, li certe ludos," diris Arden kaj PJ.

"Certe."

La ruinhara knabino estis Sally Swoon kaj ŝi flustris ion al Arden, kiu skuis la kapon. "Demandu lin vi mem," li diris.

"Demandu min kion?"

Ŝiaj vangoj ruĝiĝis.

"Vi volas scii, kio okazis, ĉu ne?"

Ŝi kapjesis. "Ĉu vi petis vian friziston fari tion, aŭ ĉu ili..."

"Fari eraron?" li diris.

Ŝi kapjesis.

"Mi vekiĝis ĉi-matene, kaj ĝi estis tia. Fino de la rakonto."

"Rakontu la tutan veron," diris Iudanto. "Nu, diru al ni, kial vi estas en rulseĝo."

E-Z rakontis sian historion. Ĉiuj restis silentaj dum li parolis. Neniu manĝis aŭ trinkis. Kiam li finis, li zorgis, ke ĉiuj traktos lin alimaniere, sed ili ne faris.

Ili parolis pri la venonta Monda Serio kaj alia sporta babilado.

Poste, kiam liaj amikoj akompanis lin hejmen, ili ĉiuj silentis. Li adiaŭis la ulojn kaj revenis al sia ĉambro. Li provis spekti televidon, iomete skribi, sed kion ajn li faris, li daŭre pensis pri ĉio, kion li perdis. Li falis sur la liton kaj fikse rigardis la plafonon kaj fine ekdormis.

# ĈAPITRO 14

E-Z DORMIS, REVANTE.

"Vekiĝu, E-Z! Vekiĝu!" diris Reiki, saltante supren kaj malsupren sur lia brusto.

"Ĉesu!" li ekkriis.

Hadz ŝprucigis iom da akvo sur lian vizaĝon.

Li skuis ĝin for. "Vi du devas klarigi aferojn, kaj ankaŭ ripari. Remetu miajn harojn kiel ili estis. Kaj miajn okulojn ankaŭ!"

"Ne estas tempo!" ili diris, dum lia seĝo ruliĝis, faligis lin en ĝin, kaj poste flugis tra la jam malfermita fenestro.

"Mi eĉ ne estas vestita!" ekkriis E-Z.

Reiki kaj Hadz subridegis kaj diris al E-Z, ke li deziru tion, kion li volas surmeti. Kiam li denove rigardis malsupren, li surhavis ĝinzojn, zonon kaj T-ĉemizon. Li rigardis siajn piedojn, kie liaj kurŝuoj ligis siajn proprajn ŝnurojn. Dum ili flugis tra la ĉielo, E-Z dankis ilin.

"Do, vi pardonas al ni?" demandis Hadz.

"Donu al ĝi tempon," diris Reiki.

E-Z kapjesis, dum lia seĝo leviĝis pli kaj pli alte. Super aviadilo, preterpasante la aviadilon. Evidente ne ilia celloko. Ili plu flugis, ĝis lia rulseĝo subite haltis, kaj poste sin klinis malsupren.

"Jen ĝi," diris Reiki.

Malsupre, grupo da homoj staris ekster alta oficeja konstruaĵo.

"Ĉu vi sentas tion?" demandis E-Z, rimarkante, ke la aero ĉirkaŭ la okazaĵo estis malsama. Ĝi vibris pro energio.

"Jes," diris Hadz.

"Bone por vi, ke vi rimarkis ĉi-foje," diris Reiki.

"Ĉu vi volas diri, ke estis vibradoj la aliajn fojojn?"

"Jes, sed dum viaj povoj kreskos, vi povos pli precize lokalizi ilin."

"Kaj ne nur vi, ankaŭ via seĝo povas detekti ilin."

"Ĉu vi volas diri, ke mi havas super-inteligentan seĝon? Mi sciis, ke ĝi estas modifita, sed tio estas mirinda!"

La anĝeloj ridis.

La seĝo rapidis antaŭen dum sub ili pafoj eksonis. Ili vidis homojn kuri, krii, fali.

Al la tumulto E-Z kaj lia seĝo flugis, en la alvenantan ŝprucon de kugloj. Li ekstremis, dum la rulseĝo ilin deflektis. Li scivolis, kio okazus, se la seĝo ne sukcesus deflekti unu.

"Ni sufiĉe certas, ke vi estas kugloprova," diris Reiki sen ke li demandis.

"Ĝi estis parto de la rito."

"Kaj la diamanta polvo devus funkcii."

"Sufiĉe certa?" li diris, esperante, ke ili pravas. "Se ĝi funkcias, tiam ĝi estas bona interŝanĝo por mia har-situacio!"

La pretendataj anĝeloj ridis.

# ĈAPITRO 15

LIA RULSEĜO PLU PUŜIĜIS antaŭen, celante viron sur la tegmento de la konstruaĵo. Li pafis en la homamason sube, kaj kontraŭ ili dum ili alproksimiĝis al li. La rulseĝo subite antaŭenrompiĝis, E-Z aŭdis strangan sonon, kvazaŭ aviadilo mallevanta sian surteriĝan aparaton. Ĝi venis el la rulseĝo, dum metala kesto falis malsupren kaj alteriĝis sur la viro.

La pafilo flugis el lia mano, trans la tegmenton, antaŭ ol la aparato ekkaptis lin. La viro provis deĵeti E-Z-on kaj la rulseĝon de sia dorso, sed nenio efikis.

Sireno eksonis en la distanco, poste fariĝis ĉiam pli laŭta dum ĝi proksimiĝis.

"Se mi lasos vin supren," demandis E-Z, "ĉu vi kondutos bone?"

Kvankam la viro jese kapjesis, la rulseĝo rifuzis moviĝi.

E-Z devis neaktivigi la pafilon kaj foriri de tie antaŭ ol la polico alvenos. Li scivolis, ĉu iu sube vundiĝis. Li atendis, ke ambulancoj estas survoje. Tamen, li kaj lia seĝo povus flugi la grave vunditojn al la hospitalo multe pli rapide.

Li fiksrigardis la pafilon sur la alia flanko de la tegmento. Li koncentriĝis, poste etendis sian manon. Kvazaŭ lia mano estus magneto, la pafilo flugis en ĝin, kaj li neaktivigis la pafilon nodigante ĝin. E-Z demetis sian zonon kaj uzis ĝin por ligi la manojn de la pafisto malantaŭ lian dorson.

La seĝo leviĝis kaj forflugis kiel raketo, dum la pordoj sur la tegmento subite malfermiĝis. La modifita aparato leviĝis, pendantante en la aero, dum E-Z observis specialan policteamon alproksimiĝi al la pafisto kaj aresti lin. La mieno de la policano, kiu trovis la pafilon ligitan en nodon, estis netaksebla.

Dum sekundo aŭ du, li hezitis, pripensante sian mandaton, sed sube estis vunditoj kaj li povis helpi ilin pli rapide ol iu ajn alia, kaj tion li faris. Li zorgus pri la konsekvencoj poste kaj esperus, ke ili komprenos.

E-Z alteriĝis proksime al la homamaso. Li kolektis la kvar plej grave vunditojn kaj, ĉar ili estis senkonsciaj, li uzis parton de sia flugilo por teni ilin sekure sur sia seĝo dum ili flugis trans la ĉielon.

La seĝo sorbis la sangon de la vunditaj pasaĝeroj, dum ĝi gutis el iliaj vundoj. Ilia sango kombiniĝis kun la sango de E-Z kaj Sam Dickens. Tiu ĉi kombinaĵo elpuŝis la kuglojn el iliaj korpoj, kaj iliaj vundoj komencis resaniĝi.

Pasis kelkaj minutoj, ĝis ili atingis la hospitalon. Kiam ili alvenis, ĉiuj pacientoj estis resanigitaj, kvazaŭ iliaj vundoj neniam okazis. Ili ĵetis siajn brakojn ĉirkaŭ E-Z kaj dankis lin.

En la parkejo de la hospitalo, ĉiuj elsaltis el la rulseĝo.

Asistantoj staris prete ĉe la enirejo kun litoj-ĉaretoj pretaj.

E-Z ekrigardis ilian direkton. Li mansvingis, poste forflugis en la ĉielon. Sub li, tiuj, kiujn li savis, respondis al lia saluto. Li esperis, ke la atendantaj helpantoj estos tro ĉagrenitaj, ke finfine ili ne estis bezonataj.

"Dankon," kriis juna viro, salutante.

"Mi esperas revidi vin," ekkriis mezaĝa virino.

"Vi estas vera heroo!" diris viro, kiu memorigis lin pri Onklo Sam. Vi memorigas min pri mia nepo – krom la stranga harfadeno en viaj haroj!" diris maljuna virino.

La flegistoj venis al la kvar, demandante, "Ĉu iu bezonas helpon?"

La junulo diris, "Vi ne kredos tion, sed oni pafis min – dufoje antaŭ nelonge. Mi supozas, ke mi svenis. Kiam mi vekiĝis," li suprentiris la antaŭon de sia sangmakulita ĉemizo, "la vundoj malaperis."

La maljuna virino, kies robo estis sangmakulita, klarigis, kiel ŝi estis pafita proksime al sia koro.

"Mi estus mortinta, se tiu junulo en la rulseĝo ne estus savinta mian vivon."

La aliaj du pacientoj havis rakonti similajn rakontojn. Ili laŭdis E-Z-on kaj dankis lin denove. Kvankam li ne plu estis kun ili.

"Mi pensas, ke vi ĉiuj tamen devus eniri la hospitalon," diris la unua helpanto.

La dua flegisto diris, "Jes, vi travivis traŭmigan sperton. Vi devus vidi kuraciston kaj ricevi la certigon, ke vi estas en ordo."

Ĉiuj kvar antaŭe vunditaj civitanoj permesis al la flegistoj helpi ilin eniri. Ili provis meti la plej aĝan el la kvar sur la litanion.

"Mi fartas bonege!" ekkriis la pli aĝa virino.

Ili sekvis ŝin en la hospitalon.

\*\*\*

"**N**I PREFERE FARU ĝin nun," diris Reiki.

"Tamen estas malĝoje. Li faris tiel rimarkindajn aferojn kaj nun neniu memoros."

Ili forviŝis la mensojn de ĉiuj en la ĉirkaŭaĵo.

"Li ja faris mirindan laboron."

"Jes, li estis bone elektita," diris Hadz.

E-Z revenis hejmen, flugante tien kiel eble plej rapide. Li sciis, ke la doloro venos, sed ne kiom severa ĝi estos ĉi-foje. Li apenaŭ sukcesis trapasi la fenestron kaj suriri la liton, antaŭ ol liaj ŝultroj ekflamis, pro kio li svenis.

La anĝeloj revenis, flustrante trankviligajn vortojn, kiam li ekkriis dum sia dormo. Kiam la doloro fariĝis tro forta, ili mildigis ĝin, prenante ĝin sur sin.

"Jen la tria provo finita," diris Reiki. "Li trapasas ilin facile."

"Vere, sed ni devas certigi, ke li ne estu identigita. Oni povas vidi lin, sed ni devas forviŝi la memorojn. Tamen mi zorgas, ke ni eble pretervidos iun."

"Se ni forviŝos la mensojn de ĉiuj en la ĉirkaŭaĵo, ĉio devus esti en ordo."

# ĈAPITRO 16

LA SEKVAN MATENON, E-Z manĝis cerealojn, kiam Sam eniris la kuirejon.

"La kafo ja bonodoras," diris Sam.

La adoleskanto plenverŝis tason da kafo por sia onklo. "Kio?" li demandis, kun sento de *déjà vu*.

"Kio, kio?" demandis Sam, dum li aldonis iom da kremo en la tason.

"Vi fiksrigardas min," diris E-Z. Li skuis la kapon. Ĉu li estas en 'Tago de la marmoteto'? La filmo pri tago ripetiĝanta denove kaj denove, kun Bill Murray?

"Ho, tio. Ĉu estas io, kion vi ŝatus diri al mi?" Li ĵetis sukerkubon en sian kafon.

Ignorante sian onklon, li kulere enbuŝigis maizflokojn. "Mi ne certas, kion vi celas."

Sam atendis, ke lia nevo finos matenmanĝi. "Mi kontrolis vin hieraŭ nokte kaj via lito estis malplena, kaj la fenestro estis malfermita. Kiel vi eliris kun via seĝo, mi ne scias. Ĉiuokaze, se vi eliras, vi devus diri al mi. Mi respondecas pri vi kaj pri via restadejo. Venontfoje promesu, ke vi sciigos min, kien vi iras kaj kiam vi revenos. Tio estas baza ĝentileco."

"Mi..."

POP.

POP.

Hadz kaj Reiki aperis. Reiki flugis al Sam, flugetante antaŭ liaj okuloj. Dum kelkaj sekundoj, Sam ŝajnis zombiigita. Poste li rekomencis sorbeti sian kafon. Levante la tason, sorbetante, remetante ĝin. Ripetu.

E-Z estis rememorigita pri birda ludilo – kie la birdo trempas sian kapon en la tason kaj trinkas. Kio fakte nomiĝis tiu afero?

"Stulta birdo," diris Sam. Li rigardis sian horloĝon.

Kio diable? Ĉu lia onklo nun povis legi lian menson?

"Kiu ne povas legi lian menson?" diris Hadz kun grimaco.

Sam stariĝis kaj kun vitrecaj okuloj kaj robotecaj movoj li iris al la lavujo, ellavis sian tason kaj metis ĝin en la vazlavilon. Poste, li prenis siajn aŭtŝlosilojn kaj foriris sen diri vorton.

La buŝo de E-Z pendis malfermita dum li prilaboris la informon, poste li postulis, "Bone, vi du. Kion vi faris al mia Onklo Sam? Vi ne havis la rajton... fari kion ajn vi faris." Li tiom koleris, ke lia vizaĝo ruĝiĝis kaj liaj pugnoj fermiĝis.

POP.

POP.

Li malamis tion. Ĉiufoje, kiam ili faris ion malĝustan, ili malaperis, kaj li devis pardonpeti al ili por ke ili revenu, kvankam li mem nenion malĝustan faris.

"Pardonu," li diris. "Bonvolu reveni."

POP

POP.

"Kio okazis, okazis," li diris trankvile. "Ĉu li vere legis mian menson?"

Reiki diris, "Jes, sed tio estis izola okazaĵo."

"Tio estas bona. Mi neniam povus eskapi senpune."

"Ni estas via rezervo dum la provoj. Estas nia tasko protekti vin kaj viajn amikojn, inkluzive de Onklo Sam."

"Kion vi faris al li?" li denove demandis, dum la pordsonorilo sonis. Li ne moviĝis, li atendis, ke ili respondu lian demandon. La sonorilo denove sonis. "Nur sekundo," li diris. "Diru al mi, kion vi faris al li. NUN!"

"Mi forviŝis lian memoron," flustris Reiki.

"Vi faris kion!"

"Ni devis, por protekti vin kaj vian mision," aldonis Hadz.

PJ kaj Arden eniris la kuirejon. "La pordo estis malŝlosita," diris Arden.

"Jes, ni diris al Sam hieraŭ, ke ni venos preni vin hodiaŭ matene."

"Ankaŭ al vi bonan matenon." Li forturniĝis de la tablo.

"Ni devas paroli, amiko. Sed ni rapidas."

Li prenis sian dorsosakon kaj tagmanĝon. Ili iris al la antaŭa pordo. Supre de la ŝtuparo, la rulseĝo impetis antaŭen – kvazaŭ ĝi volus flugi malsupren. Li petis siajn amikojn helpi lin malsupren laŭ la deklivo. Arden kaj PJ helpis lin en la malantaŭan seĝon de la aŭto. Arden enmetis la rulseĝon en la kofron.

"Saluton, sinjorino Lester," diris E-Z, dum la tri knaboj eniris la malantaŭan sidlokon de la aŭto.

"Bonan matenon," ŝi diris, poste ŝi laŭtigis la radion. La dissendisto parolis pri nova recepto.

"Kiam ili estis survoje," flustris PJ, "Kion vi faris hieraŭ vespere?"

"Ne multe. Manĝis. Dormis. La kutimaĵo."

"Montru al li."

PJ pasis sian poŝtelefonon kaj premis la ludbutonon.

Ĝi estis Jutuba filmeto. Pri li, en sia rulseĝo fluganta tra la ĉielo, portanta vunditojn. Lia seĝo estis sangruĝa, moviĝanta tiel rapide kiel fajra malklareco. Liaj blankaj flugiloj estis videblaj. Kaj la kontrasto de tiu nigra strio sur liaj blondaj haroj akcentis lian aspekton.

"Mi ne scias," diris E-Z, skrapante sian kapon sen ia klarigo. Li atendis, ke la anĝeloj alvenu kaj forviŝu la mensojn de siaj amikoj – ili ne venis. Li atendis, ke la mondo tute haltu – ĝi ne haltis. Li scivolis, ĉu li iam revidos siajn gepatrojn? Ĉu tio estis testo? Li fermis la telefonon kaj redonis ĝin.

"Amiko," diris Arden, dum lia patrino retroveturis en parkumejon.

"Rapidu nun, aŭ vi malfruos," ŝi diris, malfermante la kofron.

"Ĝis poste," diris Arden, dum lia patrino forveturis.

La tri amikoj iris al la lernejo sen paroli. La fina avertosonoro povis soni ajnan momenton.

E-Z rulseĝumis laŭ la koridoro, ridetante al si mem dum samtempe zorgante pri tio, kiu alia vidos la filmeton. Kvankam estis mirinde vidi sin mem en agado. Kiel pli mojosa Superman. Vera heroo. Li savis homojn. Savis vivojn. Li kaj lia rulseĝo estis nevundeblaj. Ili estis dinamika duopo. Li scivolis, ĉu ili eĉ bezonas la helpon de la du aspirantaj anĝeloj. Tio estis bona sento.

Ĉiu unuopa momento de ĝi. La savado. La vivsavado. La sukcesa plenumo de plia provo. Mirinde. Se nur li povus konfidi sian sekreton al siaj plej bonaj amikoj.

"E-Z Dickens!" vokis sinjorino Klaus, lia instruistino.

"Jes, sinjorino," diris E-Z, turnante la paĝon por legi la lecionon. Li demandis sin, kial li malŝparas tempon en la lernejo. Li ne plu bezonis ĝin.

LI PENIS NE EKDORMETI dum la leciono. S-ino Klaus observis lin pli atente ol kutime. Ĉiufoje kiam li ekdormetis, ŝi laŭtigis sian voĉon, kvazaŭ ŝi rimarkus tion.

Post kiam la sonorilo sonis kaj la leciono finiĝis, la studentoj flankenpaŝis por lasi lin esti la unua eliranta tra la pordo. Li ekrigardis kelkajn el siaj samklasanoj por danki ilin. Malmultaj kontaktis lian rigardon. La plimulto forturnis la rigardon. Ili ankoraŭ ne kutimis al lia nova statuso.

En la koridoro atendis homamaso da samlernejanoj kaj admirantoj. Fulmiloj ekbrilis, dum fotoj estis farataj per fotiloj kaj fotpoŝtelefonoj. Li esperis, ke la lerneja gazeto estas tie. Ili eĉ tajpus artikolon pri li. Atendu momenton. Li neniam plu revidus siajn gepatrojn – ne se ĉiuj ekscius! Kiel tio okazis!? Li trudiĝis tra la homamaso. Ili daŭre aplaŭdis, iĝante pli laŭtaj kun la tempo. Kelkaj ekkriis, "Paroladon!"

PJ alproksimiĝis kaj demandis, "Ĉu vi vidis Fejsbukon lastatempe?"

E-Z levis la ŝultrojn.

"Rigardu la plej novajn," diris PJ, montrante al sia amiko la titolojn.

"Loka Herovo en Ruldseĝo." Li ĉesis moviĝi kaj alklakis la filmeton.

Ĝi diris, ke la loka heroo frekventis la mezlernejon Lincoln en Hartford, Konektikuto. E-Z baldaŭ konstatis, ke la studentoj pensis, ke li estas la heroo – li ja estis – sed ili ne povis scii tion. Ili ne devis scii ion ajn pri tio. Ili devus esti forviŝintaj siajn mensojn, kiel ili faris al Onklo Sam. Sed tio ne gravis – li ne loĝis en Hartford, Konektikuto. Ili eraris. Kial do liaj samklasanoj aplaŭdis?

Li trudiĝis, kaj ili flankenpaŝis. Li rekte eliris sub la torenton da pluvo. E-Z scivolis, ĉu li povus uzi la nove trovitajn povojn de sia seĝo por sia propra persona profito. Kvankam ne estis krizo aŭ provo, ĉu li povus magie aŭ rituale hejmeniri? Li pensis pri tio, dum li daŭre rulis laŭ la trotuaro. Lia seĝo iam helpis lin savi knabinon, eĉ antaŭ ol ĝi havis iujn ajn specialajn povojn.

Li pensis pri magiaj vortoj kiel bibbidi-bobbidi-boo kaj expelliarmus. Li provis ambaŭ sur sia rulseĝo, sed neniu el ili faris ion ajn. Li rigardis super sian ŝultron, aŭdante paŝojn venantajn malantaŭ li. Li atendis unu el siaj amikoj – anstataŭe, estis pli juna studento, kiu demandis, "Kie estas viaj flugiloj?"

E-Z ridis, "Mi ne havas flugilojn."

Je la ĝusta momento liaj flugiloj aperis kaj forportis lin supren en la ĉielon. Unue, li pensis ho ne, sed li decidis lasi sin porti kaj mansvingis al la infano, kiu restis sur la trotuaro. La infano estis tiel ekscitita, ke ĝi eĉ ne pensis elpreni sian poŝtelefonon por kapti la momenton. "Hejmen!" li komandis. Fulmo de ruĝa lumo portis lin trans la ĉielon, rekte preter lia domo, ĉar la seĝo havis alian celon.

Ili daŭrigis flugi ĝis ili estis rekte super butikcentro. Li povis senti la aeron vibri nun, tirante lin pli proksimen al la loko, kie li estis bezonata. La seĝo turniĝis malsupren, faligante lin en bankon, poste haltante en la aero. Klientoj sube daŭrigis promeni – li estis ekster ilia vidkampo. Li ankoraŭ havis neniun ideon, kial li estis ĉi tie.

Ĉu ĉi tio estas alia provo? li demandis. Li atendis, sed neniu respondo venis. Se ĉi tio estis alia provo, tiam la tempo inter ili fariĝis ĉiam pli malgranda. Kie estis tiuj du anĝeloj – ĉu ili ne devis subteni lin? Li pensis pri la aliaj provoj. Plej multaj el ili okazis nokte. En la mallumo. Kio se la aspirantaj anĝeloj ne povis eliri en la lumon, kiel vampiroj? Li ridis pro tiu stranga ligo kaj esperis, ke ĝi estas vera.

Iel, li ne zorgis pri tio, ke ĉi-foje estis nur li kaj lia seĝo. E-Z revenis al la momento. Klientoj kriis ene de la butikcentro. Li flugis antaŭen, el la banko kaj en proksiman grandmagazenon. La loko estis malplena.

Alteriĝante, la radoj turniĝis memstare, kondukante lin. E-Z provis ekregadi. Sed lia rulseĝo ankaŭ volis regi. Ĝi rapidis, pli kaj pli rapide. Finfine, li permesis al ĝi regi, timante ke liaj fingroj estos dispremitaj.

La seĝo plene haltis kiam klientoj kuŝis disetenditaj sur la planko, ĉirkaŭ 4 futojn antaŭ ili. Plej multaj kuŝis vizaĝaltere sur la planko, kun la brakoj disetenditaj. Kelkaj havis la manojn sur la postaĵoj de la kapoj, aliaj havis la manojn malantaŭ la dorsoj.

En diversaj pozicioj, li ekvidis sekurecajn kameraojn montrantajn nur statikon. Ne bona signo.

La rulseĝo denove ŝiriĝis antaŭen al juna virino. Ŝi estis vestita per kamufla uniformo kun ĉapelo tirita malsupren super siajn okulojn. Ŝi havis helan vizaĝon, verŝajne nature blondan, kaj bluajn okulojn, la modela tipo. Ŝi svingis fusilon en unu mano kaj ĉastranĉilon en la alia.

Ŝia senmoveco tenante la armilaron maltrankviligis lin. Ankaŭ ŝia troa uzo de kandukolora ruĝa lipruĝo. Ĝi estis makulita, kio transformis timigan rideton en minacan grimacon.

E-Z pripensis la en danĝero estantajn sur la planko. Kiom longe ili estis tie? Kion ŝi atendis? Ĉu ŝi postulis monon? Kiu ekster la butiko sciis, ke ĉi tiu ostaĝa scenaro okazis, ĉar la kameraoj ne funkciis?

Unu el la viroj sur la planko kaptis lian atenton. E-Z metis fingron al la lipojn. La viro turniĝis al la alia flanko, kaj tiam li ekvidis telefonon sur la planko kun pulsanta ruĝa lumeto. Ĝi registris la sonon. Li esperis, ke la knabino ne rimarkos – ŝi aspektis kvazaŭ ŝi povus kolere eksplodi je ajna momento.

La seĝo de E-Z ekflugis, kvazaŭ el pafilo, kaj baldaŭ atingis la knabinon. Ŝia pafilo flugis en unu direkton kaj la tranĉilo en la alian. La metala ĉirkaŭaĵo de la seĝo malsuprenklakis.

"Voku la 911-on," kriis E-Z. Kaj al la klientoj sur la planko, "For de ĉi tie!" Ili kuris sen rerigardi. Nun li estis tute sola kun la freneza knabino. "Kial vi faris tion?" li demandis.

Ŝi kantetis la vortojn de kanto, kiun li jam aŭdis, "Mi ne ŝatas lundojn," poste ridetis, ruligis la okulojn, kaj diris, "Cetere, ĝi estas nur ludo." Ŝi ree humetis la kanton dum kelkaj sekundoj, kun fermitaj okuloj. Poste ŝi malfermis ilin, kaj kun sovaĝaj okuloj kaj rido diris, "Ho, kaj se vi bezonas profesioniston por taŭge tinti viajn harojn, mi konas iun."

"Ehm, dankon," li diris, trafrapante siajn harojn per la fingroj.

Li rememoris kanton, kiun lia panjo kantis. Vera rakonto, pri pafado. La bando estis nomita laŭ musoj, aŭ ratoj.

Li skuis la kapon. La knabino antaŭ li similis al rolulo el ludo, kiun li ludis kelkfoje. Eĉ ĝis la makulita lipruĝo. Li ne povis rememori, kiu ĝi estis, sed li estis certa, ke ŝi imitis ludanton. "Ludi estas unu afero – neniu vundiĝas. Ĉi tio estas la reala vivo. Se io ne plaĉas al vi – ĉesu fari ĝin! Ne vundu aliajn."

"Forpeste," ŝi respondis, "kvazaŭ mi havus ian elekton pri la afero."

La polico enrompiĝis, kaj li devis foriri.

Ili trovis la knabinon fiksitan per ŝnuroj, kun ŝiaj armiloj noditaj, en la sekureca koridoro ĉe ludkonzolo.

Li direktiĝis hejmen, atendante la timatan bruladon de siaj flugiloj. Li atingis la tutan vojon, ĝis nun ĉio bonis. Sed li tiom malsatis, ke li ne povis atendi por manĝi ion ajn, kion li povus akiri.

En la fridujo pretis duona kokido, kiun li manĝis dum li atendis, ke la fromaĝo fandiĝu en la pato. Li englutis la grasan fromaĝon. Poste li faris alian, dum li maĉis pomon. Kiam li finis la pomon, li ŝutelis glaciaĵon el la ujo. La doloro neniam venis, sed li havus gravan problemon pri pezo, se li daŭrigus manĝi tiel.

"Onklo Sam?" li vokis, kontrolante ĉu tiu estas ie en la domo – li ne estis. Li eniris sian oficejon kaj faris iom da hejmtaskoj, poste ludis kelkajn ludojn. Ankoraŭ neniu signo de Sam. Neniu SMS. Neniuj vokoj aŭ voĉmesaĝoj. Sam ĉiam sciigis lin, kiam li venos hejmen malfrue. Stranga. Kie li estis?

# ĈAPITRO 17

Estis post noktomezo kaj ankoraŭ ne estis signo pri Onklo Sam. Estis la unua fojo, ke li preterlasis la vespermanĝon, des malpli ke li ne diris al E-Z, kie li estis. Li sciis, kiel maltrankvila fariĝis lia nevio, kiam aferoj estis ekster lia regpovo. En tiaj momentoj, la haŭto de la adoleskanto jukis, kvazaŭ lia sango bolus sub la surfaco.

Sidante en sia rulseĝo, li faris la ekvivalenton de paŝadi tien kaj reen. Li ruligis sian seĝon laŭ la koridoro kaj reen. La plej malfacila parto estis turniĝi, kion li faris en sia oficejo. Survoje reen al la kuirejo, li ŝaltis la televidilon por krei iom da blanka bruo. Li haltis por spekti antaŭ ol reiri al la koridoro, kaj lin kaptis eksterkorpa sperto.

Li estis en la salono en sia rulseĝo, spektante sin mem sur la televidilo en sia rulseĝo. E-Z skuis la kapon, provante kompreni tion. Kial Hadz kaj Reiki ne forviŝis siajn memorojn? Tiam okazis - la raportisto diris lian nomon kaj lian veran adreson, inkluzive de la antaŭurbo. Ĉi-foje li diris ĉion ĝuste - kaj li ne haltis tie.

"La dek-tri-jara E-Z Dickens, kiu volis fariĝi profesia basbalisto. Kaj li havis la kapablojn. Tiam akcidento forprenis de li liajn gepatrojn – kaj liajn krurojn. La orfo

– fariĝinta superheroo - nun loĝas kun sia sola parenco, Samuel Dickens."

Li volis piedbati la televidan ekranon. Ili diris tion, simple tiel. Kvazaŭ ĉiuj superherooj devus esti orfoj. Kvazaŭ tio estus antaŭkondiĉo. Kiam lia telefono sonis, li esperis, ke estas Sam – estis Arden.

"Ĉu vi spektas?" li demandis. "Ili diris al ĈIUJ, kie vi loĝas!"

"Mi scias," diris E-Z. "Pli malbone, Onklo Sam malaperis. Li ĉiam telefonas al mi, negrave kio."

Arden parolis kun sia patro. "Restu tie, Paĉjo kaj mi tuj venos. Vi povas resti kun ni, ĝis vi kaj Sam eltrovos, kion fari. Lasu noton por li."

"Dankon, sed mi fartos bone ĉi tie."

"Paĉjo diras, neniuj 'se'oj, 'sed'oj aŭ 'tamen'oj. Li diras, ke la raportistoj estos sur vi kiel blanko sur rizo – kion ajn tio signifas."

"Mi ne pensis pri tio, ke la raportistoj venos ĉi tien. Bone, mi preparigos."

Li iris al sia ĉambro, pakis noktsakon, poste al la kuirejo por skribi noton kaj alglui ĝin sur la fridujon. Ekstere, veturilo subite haltis, skrapante siajn pneŭojn. Pordo frape fermiĝis, poste pafoj eksonis dum vitraj fragmentoj elblovis la fenestrojn. La antaŭpordo eksplode forŝoviĝis de siaj ĉarniroj, dum lia seĝo ekflugis al la pafisto, kiu ĉesis pafi dum ili proksimiĝis.

"Li estas nur knabo," diris E-Z, profitante lian heziton. Li kaptis la pafilon, nodis ĝin kaj ĵetis ĝin trans la gazono. La knabo, kiu estis pli juna ol E-Z, uzis la sekundojn dum li ĵetis la pafilon por faligi lin sur la teron.

"Ne bone," diris E-Z, dum lia seĝo puŝis lin for kaj faligis la metalan kaĝon sur la knabon, kiu plorsingultis kaj petis sian panjon. "For," diris E-Z al la seĝo. La knabo estis kuntirita en fetusan pozon, tremetante kaj plorante. La seĝo retiris la kavejon: la knabo ne moviĝis.

E-Z, nun reen en sia rulseĝo, demandis, "Kiu veturigis vin ĉi tien? Kaj kial tiom da pafado?"

"Ne estas io persona," klarigis la knabo. "Mi devis fari ĝin. Voĉo en mia kapo diris al mi, ke mi devas fari ĝin. Alie ili mortigus min kaj mian familion. Tial mi ŝtelis la ŝlosilojn de mia patro kaj lernis stiri – rapide."

"Ĉu vi neniam stiris antaŭe?"

"Nur en ludoj."

Denove ludoj. "Al kiu vi celas? Kiuj estas iliaj nomoj?"

"Mi ne scias. Mi ludas kelkajn ludojn rete. Virino aperus en la ludo, dirus al mi, ke ŝi mortigos mian fratinon. Mi ŝanĝus al alia ludo; alia virino dirus, ke ŝi mortigos miajn gepatrojn. En la ludo, kiun mi ludis hodiaŭ, tria virino diris al mi, ke se mi ne mortigos infanon, kiu loĝas ĉe ĉi tiu adreso, okazos teruraj konsekvencoj." La knabo kuris kontraŭ E-Z, sed ne atingis multe. La seĝo puŝis lin falen kaj mallevis la martelon.

"Eligu min de ĉi tie!" postulis la knabo.

E-Z ridis; la knabo havis kuraĝon. "Malstreĉiĝu," li diris al sia seĝo kaj helpis la knabon stari. La knabo dankis lin per spitado en lian vizaĝon. Li kunpremis la pugnojn kaj pripensis deŝiri la fridan kapon de la knabo, sed li ne faris tion. Anstataŭe, li brakumis lin. La knabo denove ekploris, kaj liaj larmoj falis sur la ŝultrojn kaj flugilojn de E-Z.

"Dankon, Amiko," diris la knabo. Li paŝis malantaŭen, metis sian manon sur sian koron kaj malaperis.

Kiam la polico finfine alvenis, E-Z sidis en sia seĝo ĉe la trotuarrando. Tiam li ne plu estis tie. Li denove estis en la silo, sentante sin klaŭstrofobia en totala mallumo.

***

Antaŭe, kiam li estis en la metala ujo, li povis moviĝi. Nun li estis en sia rulseĝo kaj apenaŭ povis moviĝi. Li provis moveti siajn piedfingrojn en siaj ŝuoj – li ne povis senti ilin. Se liaj kruroj ne funkciis ĉi tie, li ĝojis esti en sia rulseĝo. Ili estis teamo: kiel Batmano kaj la Batmobil. Responde al liaj pensoj la rulseĝo subite antaŭenrompiĝis kiel mastifo ĉe kondukŝnuro.

"Eligu nin el ĉi tie," komandis E-Z.

Li sentis movon super si. Ŝanĝiĝon de lumo, kvazaŭ nubo antaŭeniranta tra la ĉielo. Se nur li povus suprenflugi kaj eskapi tra la tegmento, sed liaj flugiloj havis nenian spacon por disetendiĝi.

Lia haŭto ekŝaŭmis, kaj li ekrimegis. Kie nun estis tiu mildiga lavenda ŝprucaĵo?

PFFT.

"Hm, dankon," li diris. Eĉ ĉi tiu aĵo nun povis legi lian menson.

Liaj ŝultroj malstreĉiĝis, dum li formulis liston de postuloj:

Unua. Li volis rakonti al Onklo Sam ĉion. Kaj li celis ĉion. Nenio preterlasita.

Dua. Li volis, ke PJ kaj Arden sciu. Ne ĉion, kiel Onklo Sam. Sed sufiĉe por ke ili komprenu la premon, sub kiu li estis. Sufiĉe por ke ili povu subteni kaj kuraĝigi lin. Li malamis mensogi al ili. Li bezonis, ke ili sciu pri la provoj. Kial li faris ilin. Kvazaŭ li havus ian elekton pri la afero.

Trie. Li volis, ke ili petu lian permeson, antaŭ ol forkaptigi lin. Tiel li scius, kion atendi poste. Li malamis esti ĵetita en ĉi tiun aferon.

Kvare. Li volis scii, kie li estis. Kial oni ĉiam ĵetis lin en la saman ujon. Kial foje liaj kruroj funkciis kaj foje ne. Kial foje lia seĝo estis kun li, kaj foje ne.

"La atendotempo estas dek du minutoj," diris virina voĉo. "Ĉu vi deziras trinkaĵon?"

"Akvon," li diris, dum la metalo dekstre de li elĵetis breton kun glaso da akvo sur ĝi. "Dankon." Li ĵetis ĝin reen. La glaso denove pleniĝis ĝis la rando. Li flankenmetis ĝin por poste.

Pli malstreĉiĝinte, kanto aperis en lia kapo. Lia patro amis ĝin. La rulseĝo balanciĝis tien kaj reen, dum li kantis la kantotekston. La seĝo akcelis – kvazaŭ ĝi provis liberiĝi.

Sekundojn poste li estis ree hejme, en sia dormoĉambro kun rompita vitro ĉie. Bluaj kaj ruĝaj lumoj pulsis sur la muroj. Nun ĉe la rompita fenestro, li ekrigardis eksteren.

"Jen li!" kriis raportisto.

***

"NE DENOVE!" LI KRIIS, nun reen en la metala ujo. "Eligu min de ĉi tie!" Li piedbatis la muron de la silo. "Aŭ!" li kriis. Tiam li ridetis, feliĉe sentante siajn krurojn denove, kaj stariĝis. Li levigis sian pugnobaton en la aeron, "Kiu vi pensas, ke vi estas, alportante min ĉi tien laŭ via ĉiu kaprico!"

"La atendotempo nun estas ses minutoj, bonvolu resti sidantaj."

Kantoj eliris el la muroj antaŭ li, malantaŭ li, kaj ambaŭflanke de li. Li estis fiksita surloke. Li luktis por sin liberigi, sed la ledaj kantoj nur streĉiĝis. Baldaŭ, ĉio, kion li povis movi, estis lia kapo kaj lia kolo.

PFFT.

"Ha, lavendo," li diris. Sub li, lia rulseĝo ekŝanceliĝis kaj ektremis. "Ĉio estos en ordo."

"Ĉu vi estas malkuraĝuloj, tro timemaj por veni ĉi tien kaj alfronti min?"

PFFT.

PFFT.

Li ekdormetis.

***

LI DORMIS PROFUNDE ĝis la tegmento de la silo disŝiriĝis kiel la Hjustona Astrodomo. Kaj io englutis la lumon. Li povis senti ĝin, antaŭ ol li povis vidi ĝin. Forprenante la lumon el sia mondo. Sub li, la rulseĝo tremis, dum la aĵo supre ekiris en liberan falon.

Ĝi plene haltis, kiel araneo ĉe la fino de sia ŝnuro.

Lucifero?

Satan?

Li atendis, tro timigita por paroli.

"Salut – o – o - o," la flugila estaĵo muĝis, ĝia voĉo resoniĝante de la muroj.

Li tiom deziris, ke li povu kovri siajn orelojn.

La estaĵo grimacis, montrante razilajn dentojn dum ĝi eligis fiodoran, putran fetoron.

Li sufokiĝis, tusis, kaj deziris, ke li povu kovri ankaŭ sian nazon.

La besto ridegis, kaj la sono tondris tra lia metala malliberejo kvazaŭ krevigante pufmaizon. Ĝi kliniĝis eĉ pli proksimen al la vizaĝo de la adoleskanto, kaj vomis: "Ĉu mi ne parolas vian lingvon, sinjoro?"

E-Z ne respondis. Li ne povis. Li sentis sin tre neheroa. La fakto, ke lia rulseĝo tremis sub li, ne plifortigis lian memfidon.

"ĈU VI NE KOMPRENAS MIN?" la estaĵo muĝis, skuante la metalajn katenojn ĝis iliaj fundamentoj. La estaĵo alproksimiĝis eĉ pli, "ĈU. VI. NE. AŬDAS. MIN?"

Ĝi estis kvazaŭ parolanta nubo kun kapo en la centro, preta pluvegi sur lin per tondro kaj fulmoj. Enfose en la brakapogilojn siajn ungojn, li trovis la kuraĝon diri, "Jes." Li enkapigis sian liston de postuloj.

La besto muĝis kaj fajro elflugis el ĝia buŝo. Feliĉe por E-Z, varmo supreniras. Subite li tre malsatis, pro lardo.

"Mi ŝatas lardon," konfesis la estaĵo.

E-Z scivolis, ĉu li laŭte diris la aferon pri la lardo. Eĉ kun sia akcelita nivelo de timo, li sciis, ke li ne diris ĝin. Tio signifis unu aferon: ĉiuj povis legi lian menson! Li sin rektiĝis kaj provis protekti sin, fermante sian menson. Liaj pensoj rapidis al manĝaĵoj: krespoj ĉe la Kafejo de Ann, dika ĉokolada trinkaĵo, butera siropo. Io ajn por forpeli la timon kaj subpremi la angoron. Tio estis torturo; la estaĵo povis legi liajn pensojn kaj malliberigi lin por ĉiam. Ĉu ekzistis Superheroooooa Unio, al kiu li povus aliĝi?

"Ha, ha, ha!" la estaĵo muĝis pro rido.

E-Z tiom deziris, ke li povu atingi siajn orelojn, sed ĉar li ne povis, li konsolis sin, ke almenaŭ ĝi havis humursenton. "Kial mi estas ĉi tie?"

La estaĵo ne respondis tuj, do li provis ĝin superforti per rigardo. Estis speciale malfacile teni la kontakton per la okuloj, ĉar la seĝo daŭre provis ĵeti lin el si. Li kunpremis siajn pugnojn, vundante sin ĝis sango.

La estaĵo moviĝis kun serpenta lerteco, ĝia ŝaŭma lango ĵetante tien kaj reen dum ĝi lekis la pugnojn de E-Z.

"Fuj!" li kriis. "Tio estas tiel abomena!"

"Pli, mi petas!" postulis la estaĵo, dum la sango sur ĝia lango briletis kiel pluvgutoj.

E-Z antaŭe timis, nun li estis multe pli ol timigita. Pli kiel ŝtonigita – sed li estis superheroo. Li devis kolekti forton de ie – eĉ se la seĝo estis senutila.

"Na, na, na, na, na," la estaĵo kantis, dum ĝi svingiĝis pli proksimen, poste subite forflugis, poste denove proksimen. Ĝi resaltis de la muroj.

Post kelkaj momentoj, la estaĵo ekloĝis. Li krucis siajn krurojn en la aero. Poste li metis sian longan ostan fingron sur ĝian vangon. Ŝajnis, ke li atendis amikan babiladon.

"Hadz kaj Reiki estis forigitaj el via kazo," flustris la estaĵo. "Tiuj du estis imbeciluloj. Malpli ol senutilaj. Mi estas via nova mentoro."

La malluma estaĵo malkrucis siajn krurojn. Ĝi flugetis supre, faris duonan riverencon kun pompo kaj leviĝis pli alte en la ujo.

E-Z pensis dum kelkaj sekundoj antaŭ ol li respondis. Tiuj du estaĵoj estis lojalaj al li. Ili helpis lin kaj prizorgis lin – kaj plej grave, ili ne trinkis homan sangon.

"Ĉu... ĉu ni povas diskuti tion?" demandis E-Z. Li provis rideti. Li ne sciis, kiel tio aspektis de la alia flanko.

"NE!" diris la estaĵo, propulsante sin pli proksimen al la elirejo.

E-Z rigardis ĝin drivi supren. Senhelpe. Senhope.

"Atendu!" li kriis, dum la estaĵo estis duone en kaj duone ekster la ujo. "Mi ordonas al vi atendi!" diris E-Z, dum la tegmento komencis fermiĝi, kaj tiam la estaĵo subite estis antaŭ lia vizaĝo.

"J-E-S?" ĝi demandis.

"Mi volas paroli kun via estro, pri la resendo de Reiki kaj Hadz. Ili estas pli taŭgaj por miaj, miaj provoj. Por la sukceso de la provoj."

"Ĉu vi n-ne ŝ-ŝatas min?" la estaĵo kriegis per voĉo kiel ungolamoj sur nigra tabulo.

"Ĉesu! Bonvolu!"

"Rehavigi tiujn du idiotulojn estas neimageble," la aĵo turniĝis kiel hamstero en rado.

"Ĉesu! Vi kapturniĝas min! Eligu min de ĉi tie!"

"Bone," ĝi diris, krucante la brakojn kaj palpebrumante kiel la virino en la malnova televida serio 'Mi revas pri Jeannie.'

La silo malaperis, dum E-Z kaj lia seĝo plu falegis al la tero.

"Aaaah!" li kriis.

Tiam lia rulseĝo malaperis.

Kaj dum li daŭre falis, li skuis siajn pugnojn al la estaĵo super si. Li sin pretigis por la falo.

"Cetere, mia nomo estas Eriel."

"Arrrggghhhh!" li ekkriis.

Tiam li denove estis en sia rulseĝo kaj sin kroĉis por savi sian vivon. Ili ankoraŭ falis.

# ĈAPITRO 18

KRAKO!

Rekte tra la tegmento de lia domo. Lia rulseĝo kliniĝis antaŭen kaj ĵetis lin sur la liton. Poste ĝi ruliĝis sur la plankon. Ili ambaŭ fartis bone. Sen pliaj damaĝoj.

Super li, la truo, kiun ili faris, ripariĝis.

"Ho, jen vi estas!" diris Sam. "E-hm, bonvenon hejmen."

E-Z eĉ ne rimarkis lin. Li profunde dormis en la seĝo en la angulo.

Sam streĉiĝis kaj bosteis. Poste li ŝanceliĝis trans la ĉambron, kie atendis kruĉo da akvo. Li englutis plenan glason, poste ofertis tason al sia nevo.

"Kio pri tiu fiulo Eriel!" diris Sam.

E-Z preskaŭ elsputis la akvon.

"Kiu? KIO?"

Sam daŭrigis. "Tiu Eriel estas la plej abomena, plej repuza, trokreskinta fluganta estaĵo, kiun mi neniam esperus renkonti!" Li kunpremis siajn pugnojn. "Mi esperas, ke vi min aŭdas, kie ajn vi estas! Mi ne timas vin!"

La makzelo de E-Z preskaŭ falis al la planko.

Sam daŭrigis. "Tiu estaĵo tenis min en metala ujo. Nun mi scias, kial vi havis koŝmaron. Ĝi vere estis kiel silo. Li diris al mi, ke mi devas transdoni vian gardadon al li, alie vi estus pafita."

"Ho, tio," diris E-Z. "Mi supozas, ke vi vidis la tutan rompitan vitron. Estis infano, li provis mortigi min."

"Mi scias ĉion pri tio. Mi vidis ĉion el la interno de la silo. Ĉu vi sciis, ke tie estis grandekrana televidilo? Kaj ankaŭ bona sonsistemo."

"Kio? Mi ĵus estis tie, kaj Eriel diris nenion al mi pri vi aŭ pri transpreno de la gardanteco." Li transiris la ĉambron, suprenrigardis al la plafono, "Ĉu tio estas testo, Eriel? Se mi diros ion ajn, ĉu vi nuligos la oferton? Donu al mi signon."

"Kun kiu vi parolas? Eriel ne estas ĉi tie. Se li estus, ni povus flari lian fetoron de mejlo for. Ne, ni estas solaj – kvankam mi levigis miajn pugnojn al li. Mi ne atendis, ke li aŭdos min."

"Li verŝajne havas okulojn kaj orelojn ĉie."

"Oni diras, ke Dio havas okulojn kaj orelojn ĉie. Se li ekzistas."

"Kion alian li diris al vi, pri mi?"

"Li diris al mi, ke vi devis morti kun viaj gepatroj. Li kaj liaj kolegoj savis vin – kaj nun, vi devas plenumi serion da provoj."

"Ĝuste. Mi ĵuris sekreti, do mi scivolas, kial li malkaŝis ĉi tiun informon al vi."

"Unue, li provis ĉikani min, sed vi eliris el tiu embaraso kun la infano. Li reportis min ĉi tien en la domon kaj mi ne povis trovi vin ie ajn."

"Jes, ĉar li tenis min en la ujo."

"Li enĵetis kaj elĵetis min kelkfoje, sed mi rifuzis rezigni pri via gardado. Post la dua aŭ tria fojo, li diris, ke vi petis, ke oni rakontu al mi ĉion kaj..."

"Mi ja elpensis planon por demandi tion al li. Mi ne diris al li, kio ĝi estis – sed li, kiel preskaŭ ĉiuj aliaj lastatempe, povas legi mian menson."

"Kion vi celas diri, 'ĉiuj aliaj'?"

"Nu, antaŭ Eriel, estis du aspirantaj anĝeloj nomataj Hadz kaj Reiki."

"Ho, li ja menciis du imbecilulojn. Li diris, ke ili estis degraditaj por labori en la diamantaj minejoj."

"Ĉu la Ĉielo havas minejojn?"

"Mi dubas, ke tiu afero estis el la Ĉielo – se tia afero entute ekzistas."

"Ĉu vi kontraŭas, se ni iros en la kuirejon por manĝeto?" demandis E-Z. Ili iris laŭ la koridoro, Sam ŝaltis la kradrostilon kaj preparis panon kun fromaĝo kaj butero. "Dum vi dormis, mi esploris pri Eriel. Mi devis iom fosi por trovi lin, sed kiam mi limigis la serĉon, mi trafis oran minon." Li renversis la sandviĉojn sur telerojn kaj portis ilin al la tablo.

"Dankon, mi tre antaŭĝojas aŭdi ĉion pri tio. Ĉu mi rajtas tuj manĝi ĝin?"

"Ne, bonvolu." Sam rigardis sian nevon fari kvar mordaĵojn, kaj poste la sandviĉo malaperis. Li pasigis sian propran, ne sentante sin malsata. "Mi komencis la serĉon tajpante Eriel. Nenio aperis. Do, mi tajpis 'Ĉefaĝeloj' kaj la nomo Uriel estis tuj ĉe la supro de la paĝo."

"Ĉu vi pensas, ke ili estas la samaj?" Li faris plian mordaĵon.

"Tion mi unue pensis. Poste mi trovis liston de Arĥanĝeloj kaj la nomon Radueriel en la juda mitologio. Kiam mi kontrolis lian priskribon, ĝi diras, ke li povis krei pli malgrandajn anĝelojn per nura elparolo."

"Ĉu vi celas kiel Hadz kaj Reiki? Atendu momenton, se li kreis ilin, verŝajne tial li povis sendi ilin al la minejoj."

"Tute ĝuste. Do, mi pensas, ke surbaze de tiu informo ni nun scias, ke Eriel, alinome Radueriel, estas arĥanĝelo."

E-Z kapjesis.

"Do, mi daŭrigis esplori kaj trovis jenon. 'Princo, kiu rigardas en sekretajn lokojn kaj sekretajn misterojn. Ankaŭ, granda kaj sankta anĝelo de lumo kaj gloro.'"

"Ŭaŭ, li estas tuta batalulo!

"Li ankaŭ povas krei ion el nenio, manifestigante ĝin el la aero."

"Do, el tio mi konkludas, ke li povas ŝanĝi sian propran aspekton, kaj ankaŭ la aspektojn de aliaj."

"Ĝuste. Kaj mi skribis kelkajn vortojn." Li puŝis la paperpecon trans la tablon. "Tamen ne diru ilin laŭte. Se vi farus tion, vi alvokus lin." La vortoj sur la papero estis:

Rosh-Ah-Or.A.Ra-Du,EE,El.

"Ekmemoru la vortojn sur ĉi tiu papero, por kazo ke vi iam bezonos alvoki lin al vi."

"Kiel ni scias, ke ili funkcios?"

"Uzu ilin nur se vi devas. Ne valoras la penon alvoki lin ĉi tien – krom se temas pri lasta rimedo."

"Interkonsentite." Dum li ripetis ilin ree kaj ree en sia menso, li sentis konsolon sciante, ke la arĥanĝelo ne daŭre legis lian menson.

"Eriel diris, ke mi helpu vin kun la provoj. Mi supozas, ke savi tiun knabinon estis la unua, kiun vi devis fari?"

"Ĝis nun, mi faris plurajn. La unuan, jes, la knabinon. La duan, mi savis aviadilon de kraŝo."

"Ŭaŭ! Mi tre ŝatus scii pli pri tio, kiel vi faris tion. Mi miras, ke vi ne aperis en la novaĵoj."

"Mi estis, sed vi ne povus diveni, ke estis mi. La tria, mi haltigis pafiston sur la tegmento de konstruaĵo en la urbocentro. Kvara, alia pafisto en butikcentro kun ostagoj kaj kvina, la infano ekstere provanta mortigi min."

Sam prenis la telerojn kaj portis ilin al la vazlavilo. "Mi ne povas diri al vi, kiel fiera mi estas pri vi. Ĉio ĉi okazis kaj mi tute nenion sciis."

"Mi ĵuris pri sekreteco. Se mi dirus al iu, ili..."

"Certigu, ke vi neniam plu vidos viajn gepatrojn – jes, li diris al mi. Tio sonas iom suspektinde al mi. Eriel ne estas la sentimentala tipo; li estis kiel granda globo da kolero atendanta celon."

"Mi vundis liajn sentojn, kiam li pensis, ke mi ne ŝatas lin."

Sam mokridis. "Imagu, tiu aĵo havas sentojn." Li stariĝis. "Ĉu vi volas kafon?"

"Mi preferus kakaon." Li bosteis. "Estis tre longa tago."

"Ni povas paroli pli pri tio matene, sed kion vi pensas pri la limdato? Vi plenumis kvin provojn, en kiom da tagoj?"

"Ili estis hazardaj. Mi ne scias ion ajn pri fiksa limdato."

"Eriel diris al mi, ke vi devas plenumi dek du provojn en tridek tagoj. Se vi jam estas du semajnojn en tio, do ili devos plifortigi ĝin – multe."

"Tion mi aŭdas unuafoje."

"Li diris, ke se vi ne plenumos ilin ĝustatempe - vi mortos."

"Kio?"

"Ankaŭ, ke ĉiuj, kiujn vi savis, pereos. Sam paŭzis, la penso perdi lin nun, kiam ili ĵus komencis. Lia vivo denove estus malplena, nur laboro, hejmo, laboro, hejmo. E-Z fiksrigardis lin, atendante. "Pardonu, mi ĵus pensis pri tio, kiom multe vi signifas por mi, karuleto. Sed io alia, kion li diris al mi; li diris, ke vi mortos kun viaj gepatroj. Tio signifus, ke ĉio, kion ni faris, la tuta tempo, kiun ni pasigis kune, malaperus. Kaj mi ne diras, ke mi povus aŭ iam ajn anstataŭus viajn gepatrojn, sed vi komprenas, kion mi diras, ĉu ne? Mi amas vin, karuleto!"

"Ankaŭ mi," diris E-Z. Li volis brakumi Sam-on kaj Sam volis brakumi lin, li povis tion senti, kaj tamen ili moviĝis. Li profunde enspiris, "Tio estas kruda. Tamen sonas pli kiel Eriel."

"Ankoraŭ unu afero, li diris, ke ĉiufoje kiam vi kompletigas provon, via animo kreskas. Kiam vi atingos la aĝon de dek du jaroj, ĝi estos je optimuma valoro. Anima valuto, kiun vi povas uzi, por denove vidi kaj paroli kun viaj gepatroj."

La seĝo de E-Z memstare retiriĝis de la tablo, dum la ĉefa pordo forflugis de siaj ĉarniroj kaj li ekflugis en la ĉielon.

"Arrgghhhhh!" kriis Sam malantaŭ li. Li pendis de la seĝo kaj la flugiloj de sia nevo kiel perdita milvo.

"Atendu!" diris E-Z. "Mi pensas, ke Eriel vokas."

Ili plu flugis.

# ĈAPITRO 19

"HEJ, ATENDU — NI surteriĝas." Lia rulseĝo ekmoviĝis malsupren.

"Ho, se mi havus sekurzonon!" kriis Sam, ĉirkaŭprenante la kolon de sia nevo.

"Ne zorgu, estos sekura surteriĝo."

"Se mi ne eliros de ĉi tie unue! Aaah!"

Dum ili malsupreniris, E-Z rimarkis cirklon da statuoj. Ĉar li havis nenion alian por fari, li nombris ilin — estis cent statuoj kun io en la centro. Strange, li estis en la urbocentro multfoje, sed li ne memoris ĉi tiun grupon da betonaj blokoj. La radoj de la seĝo tuŝis la teron, sed Sam ankoraŭ sin alkroĉis por la karno.

"Ĉio estas en ordo nun," diris E-Z. "Vi povas malfermi viajn okulojn."

Li faris tion. "Mi mortigos Erielon la venontan fojon, kiam mi vidos lin!"

"Ŝŝ. Tio povus okazi pli frue ol vi pensas." Kion li vidis en la centro de la skulptaĵoj estis Eriel en homa formo, fizike identa sed ne tute tiom granda. Krome, li sidis en rulseĝo, kiu flosis kiel magia trono.

Lia hararo estis ebennigra kaj falis super liajn ŝultrojn ĝis lia talio.

Liaj okuloj estis kiel karbo, kaj lia haŭto estis tiel blanka kiel alabastro. Lia mentono estis kovrita de barbhavaĵoj, kiel la ombro de la sesa vespera, kvankam estis pli proksime al tagmezo. Liaj lipoj estis tre ruĝaj, kvazaŭ li estus surmetinta freŝan lipruĝon. Lia nazo aspektis kiel tiu de futbalisto, kiu rompis ĝin pli ol unufoje. Li portis blankan T-ĉemizon, nigran ĝinzon, kaj sur la piedoj paron da Jesuaj sandaloj.

E-Z turniĝis en cirklo, denove rigardante la cent dek virojn.

Ili ĉiuj estis vestitaj per modernaj vestaĵoj. La plimulto el ili portis okulvitrojn kaj tajloritajn kostumojn. Tiam li ekkomprenis la veron: Eriel ŝanĝis cent dek da vivantaj, spirantaj viroj en statuojn.

Kaj tio ne estis ĉio. Li rimarkis, ke kvankam ili estis en komerca kvartalo, ne estis normalaj sonoj.En normala tago, aŭtoj blokitaj en trafiko hupus kaj la odoro de elfluo plenigus la aeron.

La silento estis maltrankviliga, sed la freŝa, pura aero igis lin spiri pli profunde. Ĝi lin trankviligis. Li sciis, ke tio estas la trankvilo antaŭ la ŝtormo.

Li suprenrigardis al la ĉielo. Pasaĝera aviadilo flosis en la aero. Birdoj ĉesis preterflugi. En la fono, nuboj pendis senmove. Tiam ĉio super li ŝanĝiĝis de blua al nigra.La stranga silento rompiĝis.

Anstataŭ ĝi venis ĝemoj kaj grincadoj, kvazaŭ arbaj radikoj estus tirataj el la tero.

La aero densiĝis kaj ĉirkaŭprenis iliajn gorĝojn, ŝtelante ilian spiron.

Kaj sube, sub iliaj piedoj, la tero komencis tremi. Ĝi fendiĝis. Terŝovo. Ŝirante. Frakasante.

Kaj la suno kaj la luno kaj la steloj ĉiuj brilis kune, sed nur dum sekundo. Tiam ili eksplodis kaj disrompiĝis en milionon da pecoj.

"Kial vi ŝtonigis la homojn? Kaj kial vi provas detrui la mondon?" demandis E-Z. "Kaj kial vi flosas tie supre en rulseĝo?"

"Ho ne," kriis Sam, svingante siajn pugnojn en la aero.

Eriel ridis, "Estas tempo por ke vi venu, lernanto. Kiel vi kuraĝas paroli al mi, demandi al mi demandojn. Mi estas la plej granda kaj plej potenca, sed mi estas reala, ne falsa kiel la Sorĉisto de Oz. Vi ekzistas nur ĉar mi elektis savi vin."

"Kiam Ophaniel parolis al mi en la Anĝela Biblioteko, ŝi eĉ ne menciis vin."

Eriel ridis kaj montris ostan fingron malsupren al la nazo de E-Z. "Via kazo estis transdonita al mi post kiam tiuj du stultuloj, Hadz kaj Reiki, malsukcesis en sia misio."

"Ne tuŝu min!" La fingro retiriĝis.

"Mi denove demandas vin, kion vi faras ĉi tie, sur mia teritorio, kaj kial vi estas en rulseĝo?"

"Ĉio klaros," diris Eriel. Li levis siajn krurojn kaj ridetis al ili. "Mi amas ĉi tiujn ŝuojn, ili estas tre komfortaj."

"Tiuj ne estas ŝuoj, ili estas sandaloj," diris Sam, alproksimiĝante al la flosseĝo.

"Atendu, Onklo Sam, stariĝu malantaŭ mi."

Eriel ĵetis sian kapon malantaŭen kaj ekridegis. "'La vero estas hundo, kiun oni devas ĉeni' — tio estas citaĵo de Ŝekspiro, kio signifas, ke vi devas dresadi vian onklon."

"Vi!" kriis Sam, levante sian pugnon en la aeron.

"Estas malfacile venki viron, kiu neniam rezignas" — tio estas citaĵo de Babe Ruth, unu el la plej famaj basbalistoj de ĉiuj tempoj. La seĝo de E-Z leviĝis de la grundo kaj flugis pli proksimen al Eriel.

"Basbalo estas ludo de ekvilibro," diris Eriel. "Tio estas citaĵo de la aŭtoro Stephen King."

Li hezitis, poste ridis tiel larĝe, ke liaj vangoj preskaŭ ŝiriĝis, dum la seĝo de E-Z falegis kvazaŭ ĝi estus plumba. "Ups," diris Eriel, laŭte ridante.

Ne daŭris longe por li reakiri kontrolon de sia seĝo, kaj li leviĝis kiel lifto. Li provis regi siajn flugilojn, sed estis tro malfrue, kaj li turniĝis kiel turniĝludo.

"Aaa!!!"

"Ludu kun iu pli proksima al via aĝo!" kriis Sam.

Sango gutis laŭ lia vizaĝo, kaj Ariel redonis la onklon de E-Z al lia sidloko.

"Ne!" kriis E-Z, daŭre turniĝante. Kiam li tute haltis, kapaltere, li ne povis miskompreni tion, kion li vidis sube.

Onklo Samo nun estis unu el la statuoj en la cirklo: tie staris cent kaj dek unu viroj. Li kapturnis, sed citaĵo aperis en lia kapo, kaj ĉar tio estis ĉio, kion li havis, li kriis per la tuta voĉo: "Ĝi ne finiĝis, ĝis ĝi finiĝis!"

POP.

POP.

Hadz sidis sur la ŝultroj de unu el la knaboj, kaj Reiki sur la ŝultroj de alia.

"Tio estas citaĵo de Yogi Berra, kaj ĝi estas mia kaj de Onklo Sam!"

Li nun tenis en siaj manoj la plej grandan basbalbatilon en la mondo, replikon de la 54-unca batilo de Babe Ruth, kaj ĝi briletis per diamantpolvo.

Li ne sciis, kiom peza estis la batilo, dum li svingis ĝin al Eriel en la rulseĝo kaj sendis ĝin flugantan tra la aero. Li kantis, "Salutu la viron sur la luno, kiam vi vidos lin!"

El la malproksimo, la voĉo de Eriel eĥis, "La proceso finiĝis!"

Hadz kaj Reiki aplaŭdis. Ankaŭ la 110 homoj, kiuj revenis al sia homa formo, inkluzive de Onklo Sam.

"Kompreneble vi scias, ke li revenos," diris Hadz. "Kaj li estos tre kolera!"

"Dankon pro via helpo!" diris E-Z, dum li kaj Sam flugis hejmen.

Reiki kaj Hadz forviŝis la memorojn de la 110 homoj, poste revenis al la laboro en la minejoj, esperante, ke neniu rimarkis, ke ili malkovris kiel eskapi.

Ariel daŭre vagis sencelie, formante planon por venĝo.

# Epiloĝo

POST KELKAJ OKUPATAJ TAGOJ, E-Z finfine bone dormis. Li sonĝis pri basbalo, kaj la sekvan tagon Arden kaj PJ venis por kunpreni lin al matĉo. "Mi ne emas ludi hodiaŭ, sed mi venos por la moralo," li diris.

"Komprenite," respondis liaj amikoj.

Kiam ili sur la kampon venigis E-Z-on, ili insistis, ke li ludu. Ili bezonis lin kiel kaptiston, kaj li konsentis. Kiam venis lia unua vico bati, li volis bati por si mem. Li prenis sian plej ŝatatan batilon kaj rulseĝe veturis al la batplato. La unua ĵeto estis tro alta, kaj li maltrafis ĝin. Lia batzono estis tre malpli granda, ĉar li sidis.

"Striko unu," la arbitraciisto vokis.

E-Z rulseĝe forveturis de la batplato. Li faris kelkajn pliajn trejnajn svingojn, poste reiris. La sekvan ĵeton li trafis, kaj ĝi estis forfaŭlita.

"Striko du," kriis la arbitraciisto.

"Ne batanto, ne batanto," babiladis la ludantoj en la kampo.

La ĵetisto ĵetis kurbpilkon kaj E-Z klinis sin al la ĵeto kaj trafis. Ĝi flugis, ekster la kampon. Trans la barilon. Ekster la parkon.

"Prenu la bazojn," diris la arbitraciisto. "Vi meritas tion, knabo."

E-Z rulveturis ĉirkaŭ la bazoj, retenante sian seĝon por ke ĝi ne ekflugu. Kiam lia seĝo trafis la hejman bazon, liaj samteamanoj kolektiĝis ĉirkaŭ li, aklamante. Li ĝuis ĝin dum ĝi daŭris.

Ĝis li denove alteriĝis ene de la metala ujo – sed ĉi-foje li estis ruliĝinta en pilkon – kaj li estis senseĝa. Kiel novnaskita bebo, li profunde spiris, ĉar tio estis la sola afero, kiun li povis fari. Atendu. Beboj povis sin renversi. Ĉio, kion li devis fari, estis koncentriĝi, fokusiĝi.

Jes, li faris ĝin. La sola problemo estis, ke li ne estis en pli bona stato. Li ankoraŭ estis ruliĝita, en mallumo. Enŝlosita en spaco sen lumo aŭ preskaŭ ajna ebleco por moviĝi. Fakte, la formo de la metala ujo estis malsama ĉi-foje. Ĝi estis pli svelta ĉe unu fino, formita kiel kuglo.

Tio ne helpis, dum lia klaŭstrofobio kaj angoro ekintensis. Li demandis sin, kiom longe li povus daŭre spiri en tiu ĉi mallarĝa spaco. Ne longe. Lia aero baldaŭ elĉerpiĝus, kaj li mortus. Li profunde enspiris, provante malaltigi la angornivelon.

Unu afero estis certa: neniukaze Eriel povus eniĝi en ĉi tiun aĵon kun li. Krom se li disblovus la murojn – kio eble ne estus tiel malbona ideo.

E-Z frapis la murojn kaj la plafonon. Li kriis. Li kriegis. Li rememoris sian poŝtelefonon. Ĉu li povus atingi ĝin? Ĝi ne estis tie. Li metis ĝin en la sportosakon por sekvi la regulon, ke poŝtelefonoj ne estas permesitaj sur la kampo.

Ekster la kontenero, aŭdiĝis maltrankviligaj sonoj. Skrapado. Ratuloj? Ne, ne ratuloj. Li povis elteni multajn aferojn, sed ne ratulojn. "Eligu min!" li kriis.

Motoro ekfunkciis. Malnova veturilo, kiel kamiono. La planko sub li ektremis kaj ektintis, dum la kuglo ruliĝis antaŭen kaj saltadis.

Ekster la ujo io frapis la murojn. Enen, li estis en tiel mallarĝa spaco, ke ne estis multe da movado. Tio estis unu avantaĝo de esti kaptita en kuglo.

La veturilo trafis ion, kaj la kapo de E-Z frapis la supron de la objekto. Li kriis, sed la sono estingiĝis. La metala ujo denove moviĝis, flanken. Ĝi trafis ion, poste revenis al sia originala pozicio. Lia ŝultro doloris pro la frapo.

E-Z scivolis, ĉu tio estis Eriel-a tasko, sed decidis, ke ne povas esti. Li komencis konkludi, ke li estis forkaptita kaj tenata kaptito. Sed kial nun?

"Hej!" li kriis, dum la metala objekto ruliĝis kaj surteriĝis sur la plata fundo – kie estis lia postaĵo. Nun la pezo estis distribuita pli egale. Li estis komforta. Aŭ tiel komforta, kiel li povis esti sub la cirkonstancoj. Do, li restis tre senmova ĝis la veturilo tute haltis kaj li ruliĝis de flanko al flanko.

Li profunde enspiris, trankviliĝis, kaj laŭte diris la vortojn, "Roch-Ah-Or, A, Ra-Du, EE, El."

Dum li atendis, li demandis, "Kie vi estas, Eriel? Roch-Ah-Or, A, Ra-Du, EE, El?"

"Ĉu vi vokis min?" diris Eriel. Lia voĉo estis krispa kaj klara, sed li ne estis videbla.

"Jes, Eriel, mi pensas, ke oni kidnapis min. Mi estas en ujo. Ĉu vi povas helpi min?"

"Mi scias, kie vi estas ĉiam," diris Eriel. "La demando, kiun vi devus fari, estas ĈU MI helpos vin."

"Mi ne sciis, ke vi min observas 24-7!" ekkriis E-Z, ĉiam pli koleriĝante kun ĉiu momento. Li prenis kelkajn profundajn spirojn kaj trankviliĝis. Li bezonis la helpon de Eriel, kaj la arĥanĝelo ne faciligus al li la aferon. "Mi ne vidas la ŝoforon de ĉi tiu aĵo kaj mi ne povas etendi miajn flugilojn. Kaj kie estas mia seĝo? Mi elĉerpas la aeron ĉi tie. Se vi volas, ke mi finu tiujn provojn por vi, do vi pli bone eligu min de ĉi tie, kaj rapide."

"Unue vi insultas min, pridubante ĉu mi estas anĝelo aŭ ne, poste vi petegas min helpi vin. Homoj ja estas tre kapricaj estaĵoj."

"Mi scias. Pardonu. Bonvolu helpi min."

"Ĉu vi konsideris," sugestis Eriel, "ke ĉi tio JA estas provo? Io, kion vi devas superi mem?"

"Ĉu vi diras al mi, ke ĉi tio certe estas provo?"

"Mi ne diras, ke ĝi estas. Kaj mi ne diras, ke ĝi ne estas," diris Eriel kun subrido. E-Z furiozis. Li tiom sopiris Hadz kaj Reiki.

"Tiel bedaŭrinde, ke vi ankoraŭ pensas pri tiuj du idiotoj. Nu, E-Z, se tio estus provo, kiel vi elirus el ĝi?"

"Unue, ili helpis min, kiam vi preskaŭ detruis la teron. Due, tio ne povas esti provo, ĉar ne estas iu, kiun mi povus helpi."

Eriel ridis. "Ĉu vi konsideras vin neniu?" Eriel paŭzis. "Hodiaŭ vi savas vin mem kaj nur vin mem. Uzu la ilojn je via dispono." Li hezitis, poste denove ridis. "Pensu ekster la metala ujo." Lia rido estis tiel laŭta en la metala kuglo, ke ĝi doloris la orelojn de E-Z. Li kovris ilin. Poste li ne plu aŭdis Erielon.

E-Z fermis la okulojn kaj koncentriĝis. Li decidis kunpremi la pugnojn kaj provi puŝi la murojn dise. Kiom ajn forte li penis, ili ne moviĝis. La B-plano estis alvoki sian seĝon, kion li faris. Li imagis, ke ĝi ne estas malproksime. Ĉu ĝi flosis supre, atendante, ke E-Z alvoku ĝin? Li tiom forte koncentriĝis por alvoki sian seĝon, ke li ne rimarkis, ke iu promenas ekstere. Paŝoj sur la pavimo.

Unu viro, kies botoj frapis la pavimon. La viro ĉirkaŭiris la veturilon, al la malantaŭo. Ŝlosilo eniris la seruron. La pordo suprenruliĝis.

"Li ruladis sin ĉi tie," diris la viro.

Rido. Ne la rido de Eriel. La rido de alia viro.

Poste kriego.

Poste pliaj kriegoj.

Poste kurado. Forfuĝo.

Pliaj kriegoj.

Poste moviĝo. La ujo moviĝis. Estante levata en sian rulseĝon.

Poste suprenirante, pli kaj pli alte. For al sekureco.

"Dankon," diris E-Z al sia seĝo. "Nun portu min hejmen al Onklo Sam."

E-Z sciis, ke Onklo Sam povos elpreni lin el la ujo. Li bezonus gigantan konservskatol-malfermilon, sed se tia ekzistus, Onklo Sam trovus ĝin.

Tamen lia rulseĝo forrapidis en la kontraŭan direkton.

# Libro Dua
## LA TRI

# ĈAPITRO 1

T RE, TRE MALPROKSIME DE kie loĝis E-Z Dickens, dancis knabineto. Ŝiaj baletaj lecionoj okazis en malgranda studio en la centra komerca kvartalo de Nederlando.

Ŝi estis bela infano, kun orkoloraj haroj kaj vico da haŭtmakuloj etendiĝanta trans ŝian nazon kaj vangojn. Ŝiaj plej memorindaj trajtoj estis ŝiaj juglandverdoj okuloj. La koloro estis precize la sama kiel tiu de ŝia avino. Ŝia revo estis iam fariĝi la plej fama baletistino de Nederlando.

Ŝia rozkolora tutuo estis farita el tulo. Tio estis kradeca, malpeza ŝtofo uzata de modistoj por profesiaj dancistoj. Ŝian tutuon ŝia vartistino dezajnis kaj kudris por ŝi. La kostumo — artverko en si mem — tiom, ke ĉiu infano en la klaso volis unu.

Hannah, la infanvartistino de Lia, ricevis multajn petojn de aliaj gepatroj fari la saman tutuon por iliaj filinoj. Ŝi firme diris al la infanoj, iliaj gepatroj, instruistoj, kaj multaj aliaj, ke ŝi ne havis tempon por entrepreni la kroman laboron. Kvankam ŝi povus esti uzinta la monon.

Ĉion, kion Hanna faris, ŝi faris ĉar ŝi amis sian protektatino, Lia. Lia, kiun ŝi nomis sia 'kleintje', kio tradukiĝas kiel 'la etulino'.

Kiam la baletleso (tradukite: baleta leciono) preskaŭ finiĝis, Lia forpakis siajn ŝuojn. Ŝi frotis siajn dolorajn piedojn.

Ĉiuj baletdanseres (tradukite: baletdancistinoj) – eĉ sepjarulinoj kiel Lia – bezonis trejniĝi dum almenaŭ dudek horoj semajne.

Tiu ĉi kroma laboro, aldone al plena lerneja instruplano, postulis dediĉon kaj sindevontigon. Ajna infano, kiu ne povis sekvi la ritmon, estis tuj forigita. Ne gravis kiom da mono iliaj gepatroj proponis pagi por teni ilin en la programo.

Lia esperis iam renkonti sian idolon Igone de Jongh, la plej faman nederlandan baletistinon de ĉiuj tempoj. De kiam ŝia idolo emeritiĝis, Lia spektis ŝiajn prezentojn per televido.Hannah prizorgis Lian dum la semajno. La patrino de Lia, Samantha, vojaĝis pro laboro dum la semajno.

Ekster la dancstudio, Hannah kaj Lia eniris la Volkswagen Golf. Ili baldaŭ estos hejme.

"Ĉu vi havas hejmtaskojn?" demandis Hannah.

Lia kapjesis.

"Goed," tradukebla kiel "bona".

"Iru kaj komencu, dum mi preparos la vespermanĝon," diris Hannah.

"Oke," respondis Lia.

Lia tuj iris al sia ĉambro, kie ŝi pendigis sian baletan kostumon, poste eklaboris ĉe sia skribotablo.

En la lernejo ili lernis pri la legendo de la Sorĉistin-Arbo. Ilia tasko estis desegni la arbon kaj krei ion magian pri ĝi. Ŝi intencis desegni konturon per kreto. Poste uzi tubpurigilojn por la radikoj kaj briletojn sur la folioj por la magia elemento.

Kvankam ŝi havis naturan talenton por arto, ŝi ne ĝuis krei ĝin. Ŝia prefero estis dancado. Ŝi ne plendis aŭ forĵetis taskojn, kiujn ŝi ne aparte ŝatis. Ne estis en ŝia naturo esti malobeema aŭ ĝenema.

Kvankam Lia loĝis en Zumbert, Nederlando, ŝi frekventis internacian lernejon. Ŝia la angla estis bonega. Zumbert mem estis mondfama kiel la naskiĝloko de Vincent Van Gogh. Lia sciis ĉion pri Van Gogh, ĉar la sama sango fluis tra ŝiaj vejnoj kaj la liaj.

Fininte sian hejmtaskon, ŝi malfermis sian komputilon. Ĝi ekfunkciis kaj ŝi ludis ludon. Atingi la sekvan nivelon daŭrus nur kelkajn momentojn. Hannah baldaŭ vokos ŝin por la vespermanĝo (avondeten).

Neniu bezonas iam ajn ekscii, diris eta voĉeto en la fono de ŝia menso. Lia aŭskultis la voĉeton, sed por certigi, ke neniu eksciu, ŝi fermis sian dormoĉambran pordon.

Dum ŝiaj fingroj klakis sur la klavaro, la ampolo super ŝia skribotablo estingiĝis kun klako. Ŝi fermis la tekokomputilon kaj remalfermis sian pordon. Ŝi rigardis laŭ la koridoro ĝis la loko, kie estis la rezervaj halogenaj ampoloj. La vartistino konservis provizon en la lintukujo ĉe la supro de la ŝtuparo. Lia nur bezonis rapide eliri, preni unu, reveni kaj mem ŝanĝi la ampolon. Tiam ŝi havus pli da tempo por ludi sian ludon.

Reen en sia ĉambro, ŝi taksis la situacion. Ŝi devis stari sur sia skribotabla seĝo – kiu havis rulradojn. Ŝi firme puŝus ĝin kontraŭ la liton, por stabiligi ĝin. Jes, tio funkcius.

Fiksinte la seĝon sub la lumilo, ŝi suprengrimpis sur ĝin. Tenante la novan ampolon sub sia mentono, ŝi malkruĉigis la malnovan. La brulintan ampolon ŝi ĵetis sur la liton.

Preninte la alian ampolon el sub sia mentono, ŝi ŝraŭbis ĝin enen.

KRAK!

La nova ampolo eksplodis.

Vitraj fragmentoj, plejparte tre malgrandaj, ŝprucis el ĝi. En la vizaĝon kaj okulojn de la knabineto.

Lia ne tuj kriis, ĉar blua lumo plenigis la ĉambron, haltigante la tempon. La lumo ĉirkaŭis ŝin dum ĝi moviĝis supren samnivele kun ŝia vizaĝo.

ŜWIIŬ!

Aperis eta anĝela estaĵo, kiu ekzamenis la okulojn de la knabineto. Tiam, decidinte ke ili estis nedirekteble damaĝitaj, ŝi flustris, "Ĉu vi estos, unu el la tri?"

"Ja," tradukebla kiel jes, diris Lia, dum la tempo haltis.

La anĝelo, kies nomo estis Haniel, alvenis. Ŝi kantis trankviligan lulkanton al Lia, dum ŝi forigis la vitraĵojn.

En la angla, la kantoteksto estis:

"Malĝoja, afliktita knabineto sidis

Sur la riverbordo.

La knabino ploris pro malĝojo

Ĉar ambaŭ ŝiaj gepatroj estis mortintaj."

Feliĉe, la knabino Lia dormis, do ŝi ne povis esti timigita de la vortoj de la lullaby.

Kiam Haniel finis trakti la plej malbonan parton de la vundoj de Lia, ŝi metis siajn manojn sur siajn koksojn kaj ĉesis kanti. La tasko preskaŭ finita, ĉio, kion ŝi devis fari nun, estis meti la fundamentojn por la novaj okuloj de sia protektatino.

La du manetoj de Lia estis rulitaj en bulojn. Streĉitaj manetaj pugnoj. Haniel permesis al siaj flugiloj milde karesi la fermitajn fingrojn, persvadante ilin malfermiĝi.

Kiam la manplatoj de Lia estis malfermitaj, la anĝelo Haniel, uzante sian montrofingron, skizis la formon de okulo sur ambaŭ manplatoj. Sur la fingroj, ŝi desegnis po unu linion, kondukantan de la manplato supren ĝis la fingropinto. Sia tasko plenumita, la anĝelo Haniel milde kisis Lian sur la frunto, poste kun

ŜWIIŜ!

dum ŝi malaperis.

La tempo rekomenciĝis kaj nia kuraĝa eta Lia ankoraŭ ne kriis. Ŝoko faras tion al via korpo kiel defenda mekanismo, kaj haltigante la tempon, la doloro ankaŭ ĉesis. Kiam Lia finfine ekkriis, ŝi ne povis ĉesi. Ne kiam alvenis la ambulanco. Aŭ kiam oni ellevis ŝin sur brankardo en la veturilon, kun sireno aliĝanta al ŝia koruso de krioj. Aŭ kiam oni puŝis ŝin sur litoĉareto en la hospitalon.

Ne kiam ili lumigis ŝian vizaĝon per granda lumo, kiun ŝi povis senti sed ne vidi.

Ŝi ĉesis kriegi kiam oni sedatis ŝin. Poste ili uzis la plej novan teknologion por forigi la restantan vitron. Tamen, ĉiu vitra peco jam estis forigita. La kirurgoj procedis kaj bandagis ŝiajn okulojn, poste kondukis ŝin al ŝia ĉambro por resaniĝi.

Post la operacio, alvenis la patrino de Lia, Samantha. Ŝi alflugis per nokta flugo el Londono. Ŝi renkontis la kirurgon dum ŝia filino daŭre dormis.

"Mi bedaŭras, sed ŝi neniam plu vidos," li diris.

La patrino de Lia enpuŝis sian pugnobaton en sian buŝon, subpremante la emon ploregi.

La kuracisto diris, "Ŝi povas lerni brajlon, kaj frekventi lernejon por vidhandikapuloj. Ŝi estas en bonega aĝo por lerni kaj ŝi sorbos scion. En tre mallonga tempo, gestolingvo fariĝos dua naturo por ŝi."

"Sed mia filino volas esti baletistino. Ĉu vi iam vidis aŭ aŭdis pri blinda profesia dancistino?"

"Alicia Alonso estis parte blinda. Ŝi ne lasis tion malhelpi ŝin."

La patrino de Lia karesis la manon de sia dormanta filino. "Dankon, mi ekscios detalojn pri ŝi per la interreto. Sepjara infano estas multe tro juna por esti devigita rezigni pri revo."

"Mi konsentas. Nun ankaŭ vi ripozu. Lia baldaŭ vekiĝos kaj ŝi bezonos, ke vi estu forta por ŝi. Por kiam vi diros al ŝi. Se vi volas, ke mi ankaŭ estu ĉi tie, sciigu min."

"Dankon, Doktoro, mi unue provos mem solvi ĝin."

Kiam la pordo fermiĝis, la patrino de Lia tuŝis la markojn sur la vizaĝo de sia filino. La postlasitaj spuroj aspektis kiel koleraj pluvgutoj. Tiam ŝi rigardis la dormantan vartistinon de Lia, Hannah. Preterpasante ŝin por preni iom da akvo, ŝi intence akcidente piedbatis ŝian maldekstran ŝuon por veki ŝin. "Eksteren!" ŝi diris, dum Hannah bosteis.

Nun en la koridoro, la patrino de Lia, Samantha, lasis siajn emociojn libere flui sen reteno. "Kiel vi povis lasi tion okazi al mia bebo? Kiel vi povis!? Unu minuton mi estis en komerca kunveno – kaj la sekvan mi devis mallongigi mian komercan vojaĝon kaj kapti la unuan flugon el Londono! Kio okazis? Kiel tio okazis?"

"Ni ĵus revenis el baleta leciono. Mi preparis la vespermanĝon kaj Lia finis siajn hejmtaskojn. La ampolo verŝajne bruleluziĝis. Ŝi prenis alian el la koridora ŝranko kaj provis mem anstataŭigi ĝin, kaj ĝi eksplodis. Kiam ŝi kriis, mi estis tie en sekundoj kaj la ziekenwagen (ambulanco) alvenis tre rapide. Mi preĝis, ke ŝiaj okuloj estos en ordo, ke ŝi estos en ordo."

"Do vi preĝas dum vi dormas, ĉu ne?" demandis Samantha, sen atendi respondon. "La kuracistoj diras, ke ŝi neniam plu vidos," diris Samantha kun malica veneno en sia voĉo.

***

Dume, Lia estis en revo, flugante kun anĝelo. Ŝi ĉirkaŭprenis lian kolon per siaj brakoj, dum ŝi alpremiĝis al lia brusto. La movado de la rulseĝo en la aero balancis kaj konsolis ŝin.

Tiam ŝia menso turniĝis kaj ŝi rigardis malsupren al metala ujo de supre. La ujo staris sur la sidloko de flugil-hava rulseĝo. Ĝi estis transportata al loko, kiun ŝi ne konis.

Ŝi levis supren sian dekstran manon kaj poste la maldekstran, kaj per ili ŝi povis vidi, ke estis anĝel-knabo kaptita interne. Li havis afablan vizaĝon, kun okuloj pli bluaj ol la ĉielo, kun oraj makuletoj, kiuj igis ilin briletadi kvankam li estis en la mallumo. Lia hararo estis plejparte blonda, krom iom da griziĝo ĉe la tempioj. Sed la plej stranga afero estis nigra strio laŭ la mezo. Tio igis la knabon ŝajni pli aĝa.

La anĝel-knabo en la ujo, sidanta sur la seĝo de la rulseĝo, flugis pli proksimen al la knabineto en ŝia revo. Ŝi tuŝis la ujon, kaj kiam ŝi faris tion, ŝi povis senti kaj aŭdi la korbaton de la anĝel-knabo interne. Ne nur tio, sed ŝi ankaŭ povis legi liajn pensojn kaj emociojn.

Lia vekiĝis kaj ekkriis: "Patrino! Hannah! Venu rapide!"

"Mi estas ĉi tie, karulino," diris ŝia patrino, dum ŝi revenis al la litrando de sia filino.

Hannah viŝis siajn okulojn kaj reeniris la ĉambron.

"Ne estas tempo por ke vi, patrino, kulpigu Hannah-n. Tio estis akcidento. Krome, oni bezonas nian helpon. Bonvolu trovi por mi iom da papero kaj krajonoj - NUN."

"Ŝi deliras!" ekkriis Samantha. Ŝi kontrolis la frunton de sia filino por febro. Ŝajnis, ke ĉio estas en ordo.

Hannah prenis la petitajn aĵojn el sia sako kaj metis ilin en la manojn de Lia.

Senhezite, Lia ekdesegnis. Ŝi skrapis la paperon, kiel inspirita artisto. Samantha kaj Hannah rigardis kun scivolemo.

La unua bildo, kiun ŝi desegnis, estis de knabo ene de metala ujo en la formo de kuglo. La ujo ripozis sur la seĝo de rulseĝo, kaj la rulseĝo havis flugilojn. Anĝelflugilojn. Lia turnis la paĝon kaj desegnis duan bildon de knabo/anĝelo el ĉiuj anguloj. El ĉiuj flankoj. Post la unua bildo, ŝi freneze desegnis multajn pliajn, kaj poste ĵetis ilin supren en la aeron.

La bildoj, kvazaŭ kaptitaj de ventblovo – dancis ĉirkaŭ la ĉambro, flugante supren, poste malsupren, poste ĉirkaŭen. Kvazaŭ ili estus sub magia sorĉo. Unu el la bildoj postkuris la vartistinon, do ŝi kuris el la ĉambro kriante.

Lia forte fermis siajn pugnojn, poste murmuris kelkajn neaŭdeblajn vortojn.

"Ĉu mi voku la kuraciston?" demandis ŝia histeria patrino. "Mia bebo, ho ne, mia kompatinda bebo!"

Hannah revenis, tremante dum ŝi rigardis, kiel Lia denove ekdormis.

La du virinoj sidis ĉe la lito de la infano. Ili rigardis ŝin pace dormi ĝis fine ankaŭ ili endormiĝis.

Lia ne povis vidi per la juglandkoloraj okuloj, kun kiuj ŝi naskiĝis. Ili estis anstataŭigitaj per okuloj sur la manplatoj.

Ŝiaj novaj manplataj okuloj enhavis ĉiun normalan parton de okulo. Tiajn kiel la pupilo, la iriso, la sklero, la korneo, kaj la larmotubo. Ĉiu manpalma okulo havis palpebron. La supra komenciĝis kie la fingroj finiĝis. La malsupra finiĝis kie la manradiko komenciĝis.

Koncerne ciliojn, sur ĉiu fingro estis tatuita hararo. De la supro de la palpebro ĝis kie la ungo komenciĝis, same kiel sur la polekso.

Kio estis bona afero, ĉar neniu junulino volus fingrojn kun kreskantaj haroj sur ili.

Aparte ne knabineton kiel Lia, kiu esperis iun tagon fariĝi granda baletistino.

# ĈAPITRO 2

Kiam ŝi vekiĝis, la palmoj de ŝiaj manoj tre jukis. Fakte, ili jukis pli forte ol iam ajn antaŭe. Tio memorigis ŝin pri io, kion ŝia avino iam diris. La avino diris, ke kiam jukas la dekstra mano, tio signifas, ke oni ricevos monon, kaj multe da ĝi. Se jukas la maldekstra mano, tio signifas, ke oni perdos monon.

Ŝi neniam diris, kio okazus, se ambaŭ manplatoj jukus samtempe.

Fulmo de la anĝelo/knabo kaptita en la ujo reportis ŝin al la realo. Ŝi malfermis siajn manplatojn, pretiĝante gratumi. Anstataŭe, ŝi ŝokiĝis vidante sin reflektita en ili. Ŝi ridetis, kvazaŭ pozante por memfoto.

Ankoraŭ ne centprocente certa, ĉu ŝi revas, ŝi turnis ambaŭ manplatojn for de si. Ŝia intenco estis preni panoraman vidon de la ĉambro.

Ĝi estis ornamita kvazaŭ ŝi naĝus en akvario. Klaŭnaj fiŝoj kaj orfiŝoj okupite postkuris unu la voston de la alia. Ŝi daŭre movis siajn manojn tra la ĉambro, ĝis ŝi trovis Hannah. Poste ŝi trovis sian patrinon. Ŝi kriis pro ĝojo.

La patrino de Lia, Samantha, eksaltis, same kiel Hannah.

"Kio estas, karulino?"

"Panjo? Mi povas vidi vin."

"Kompreneble, vi povas, mia karulino."

"Ĉu vi kredas min?"

"Jes, kompreneble mi kredas vin. Sed diru al mi ion, antaŭe, kial vi desegnis rulseĝon kun flugiloj? Rulseĝoj ne havas flugilojn."

Ŝi ne vidas miajn novajn okulojn, pensis Lia. "Mi amas vin, panjo, sed iuj rulseĝoj ja havas flugilojn kaj iuj anĝeloj flugas en rulseĝoj kun flugiloj."

"Ankaŭ mi amas vin, karulino," ŝi respondis. "Kiu knabo/anĝelo? Ĉu vi sonĝis?"

"Estas knaba anĝelo," diris Lia.

"Knaba anĝelo? Kie, karulino?"

Lia malfermis la manplatojn kaj pensis pri la anĝela knabo. Ŝi pensis tiel forte, ke ŝi povis vidi lin, aŭdi lin, senti lian ĉeeston en sia menso. "La anĝelknabo venas ĉi tien por vidi min," ŝi diris.

"Ĉi tien, karulino?" demandis ŝia patrino, ekrigardante en la direkton de la infanvartistino, kiu levis la ŝultrojn.

"Jes, la anĝelknabo bezonas mian helpon. Li venas por vidi min el Nordameriko."

"Kiam vi desegnis la bildojn," demandis Hanna, "ĉu vi desegnis laŭ memoro pri la anĝelknabo?"

"Aŭ el sonĝo?" demandis ŝia patrino.

"Ĝi komenciĝis kiel sonĝo, sed nun mi povas vidi lin ankaŭ kiam mi estas veka."

"Se vi povas vidi min, karulino, kion mi surhavas?"

"Mi povas vidi vin, panjo, ne per miaj malnovaj okuloj. Sed per miaj novaj. Vi surhavas ruĝan robon, kun perloj ĉirkaŭ via kolo."

Maljuna paciento preterpasanta ŝian ĉambron haltis subite, kiam li vidis infanon tenantan siajn manplatojn malfermitaj antaŭ si. "Estas ŝi," li pensis, kaj por konfirmi tion li ne devis atendi longe. Ĉar Lia, sentante la ĉeeston de alia persono, turnis sian maldekstran manplaton en la direkton de la pordo. La maljunulo vidis ŝian manplaton palpebrumi, poste li eliris el ŝia vido. "Ŝi divenas," sugestis Hanna, deturnante la atenton de Lia for de la pordo.

Flegistino alvenis kaj Lia, kiu neniam antaŭe vidis ŝin, diris: "Saluton, Flegistino Vinke."

"Ĉu ni jam renkontiĝis?" demandis Flegistino Heidi Vinke.

Lia subridis. "Ne, sed mi povas legi vian nomŝildon."

"Ŝi diras, ke ŝi povas vidi, per siaj novaj okuloj," diris la patrino de Lia.

"Nu, nu," respondis Flegistino Vinke, prizorgante la patrinon anstataŭ la knabinon. La infano ne zorgis, kiam Flegistino Vinke kondukis ŝian patrinon eksteren por paroli kun ŝi private.

"Estas normale, ke via filino uzas sian imagpovon sub la cirkonstancoj, ŝi perdis sian vidpovon. Ŝi estas feliĉa knabineto, kvankam terura afero okazis al ŝi."

Samantha kapjesis kaj la du revenis al Lia. "Vi certe estas laca, infaneto," diris Flegistino Vinke, palpante la pulson de la knabineto.

"Ne," diris Lia. "Mi ĵus vekiĝis kaj mi ne volas rekuŝi. Se mi dormos nun, mi eble maltrafos lin."

"Maltrafi kiu?" demandis Vinke, litkovrante la knabineton.

"Nu, la knabo/anĝelo," diris Lia. " Li nun proksimiĝas. Preskaŭ ĉi tie - kaj li bezonas mian helpon. Mi tre antaŭĝojas renkonti lin. Li vojaĝis tre, tre longan vojon, nur por vidi min."

"Nu, nu, infaneto," flustris Vinke. Ŝi enpikis nadlon plenan de dormiga medikamento en la brakon de Lia.

Lia protestis, sed tiam tuj ekdormis.

"Dormu, dormu, bebeteto," flustris ŝia patrino.

La maljunulo revenis al sia ĉambro kaj prenis la telefonon. Tiam li postulis eksteran linion.

"Ŝi estas ĉi tie," li flustris en la telefonon. "Mi vidis ŝin per miaj propraj okuloj – ĝuste ĉi tie en la hospitalo, laŭ la koridoro de mia ĉambro."

Oni silentis, poste aŭdiĝis klako ĉe la alia flanko. La maljunulo enlitiĝis. Li ŝaltis la televidilon per la teleregilo.

Lia plej ŝatata programo: Nun aŭ Neniamlando (ankaŭ konata kiel Timo-Faktoro) ĵus komenciĝis. Li volis vidi, kion tiuj frenezaj malsaĝuloj faros en la ĉi-semajna epizodo.

# ĈAPITRO 3

ANKORAŬ KUNPREMITA ENE DE la arĝenta kuglo, E-Z ne plu sentis sin tiel sola. Ĉar en sia menso, li parolis kun knabineto.

Ŝi eniris lian menson akompanate de luma fulmo kaj kriego. Ŝi estis vundita. Li rigardis, dum la anĝelo Haniel helpis ŝin. Li aŭskultis, kiam Haniel kantis kanton al la knabineto, dum ŝi forigis la vitron. Tio, kio sekvis, estis neatendita. La anĝelo Haniel desegnis liniojn sur la manplaton kaj fingrojn de la knabineto. Haniel donacis al la infano novan specon de vidkapablo. Kaj manplatajn okulojn.

Li tuj sciis, ke la sorto de la knabineto estis ligita al la lia. Komence, kvankam li povis vidi ŝin en sia menso, li ne povis komuniki kun ŝi. Estis kvazaŭ li spektus televidan programon en sia menso sen sono. Poste, kiam la infano sonĝis, ŝi venis al li kaj metis siajn manojn sur la kuglon, en kiu li estis kaptita. Tiam li sciis tion, kion ŝi sciis, kaj ŝi sciis tion, kion li sciis, kaj ili estis ligitaj.

La unuaj vortoj, kiujn ŝi diris al li, estis: "Mi ne ŝatas la mallumon."

E-Z respondis, "Ne timu. Mi estas ĉi tie. Mia nomo estas E-Z. Kaj kia estas via nomo?"

"Mia nomo estas Cecilia," respondis la infano. "Sed miaj amikoj nomas min Lia. Vi povas nomi min Lia. Mi aĝas sep jarojn. Kiom vi aĝas?"

E-Z pensis, ke la infano estas pli juna. "Mi havas dek tri jarojn," li diris. "Mi estas el Nordameriko."

"Mi loĝas en Nederlando," diris Lia.

Ambaŭ silentis, dum Lia uzis siajn palmo-okulojn por rigardi lin interne de la ŝtala kuglo.

"Kion vi faras tie?" ŝi demandis.

E-Z pripensis antaŭ ol respondi. Li ne volis timigi la infanon per la vera rakonto, ke li estis forkaptita kiel provo de arĥanĝelo. Li volis diri al ŝi la veron, sed li ne certis, ĉu ŝi povus elteni la veron, ĉar ŝi estis tiel juna.

Li diris, "Mi ne vere certas, kial oni metis min ĉi tien, sed mi pensas, ke estis por, ke mi renkontu vin." Li hezitis, gratis sian kapon, kaj demandis, "Ĉu vi konas Eriel?" Lia estis flattita, ke li venis por vidi ŝin, sed maltrankvila, ke li estis transportata tiamaniere por ŝia profito. "Mi tiom bedaŭras, se vi estas devigata kontraŭ via volo, vojaĝante tiamaniere por renkonti min. Ho, kaj ne, tiu nomo ne estas konata al mi."

E-Z estis tre scivolema pri Lia. Ĉar ŝi diris, ke ŝi estas nederlandanino, lin treege impresis, kiel bonega estis ŝia la angla.

"Mi sentis vin, sed ne povis vidi vin ĝis la okuloj, miaj novaj okuloj, kreskis. Antaŭ tio, mi povis legi viajn pensojn. Ĉu vi povis legi la miajn? Ho, kaj dankon, pri mia la angla."

"Mi vidis, kio okazis al vi, la akcidenton. Mi profunde bedaŭras, ke vi vundiĝis. Mi ne povis helpi vin, pro ĉi tiu afero." Li frapegis per siaj pugnoj kontraŭ la murojn. Li kovris siajn orelojn, dum la frapegado resonis. "Kiam vi sonĝis, vi estis kun mi. En mia kapo."

Lia fermis sian dekstran pugnon, lasante la maldekstran malfermita kaj tuŝanta la eksteran muron. Ŝia manplato malfermiĝis kaj fermiĝis, malfermiĝis kaj fermiĝis. Ŝi diris nenion, sed fiksrigardis antaŭen kiel en transo.

E-Z decidis tiutempe rakonti al ŝi sian historion.

"Miaj gepatroj mortis en aŭto-akcidento. Kaj mi perdis la uzon de miaj kruroj."

Li haltis tie. Pripensante, kiom multe li rakontu al ŝi.

Tiu hezito decidis por li.

Ŝi dormis profunde.

# ĈAPITRO 4

REEN ĈE LA HOSPITALO, nova kuracisto deĵoris. Li mallonge rigardis la dosieron de Lia. Vidante, ke Cecelia ankoraŭ dormas, li flustris al ŝia patrino.

"Ni devas konduki vian filinon al la dua etaĝo por alia skanado."

"Ĉu tio estas urĝa?" demandis la patrino de Lia. "Ŝi tiom pace dormas; estus domaĝe vekigi ŝin."

La kuracisto, kies nomŝildeto estis kovrita de la kolumo de lia medicina jako, ridetis. "Ne necesas veki ŝin. Ni povas enŝovi ŝin en la maŝinon dum ŝi dormas. Iuj pacientoj, precipe la pli junaj, preferas tiel."

Samantha rigardis sian horloĝon. "Komprenite, mi iros malsupren kun ŝi."

"Ne necesas," diris la kuracisto. "Miaj asistantoj tuj alvenos. Profitu la tempon por preni sandviĉon aŭ tason da kamomila teo – mia edzino ĵuras pri tiu trinkaĵo. Ĝi helpas ŝin malstreĉiĝi kaj dormi."

"Dankon," diris Samantha, dum du flegistoj alvenis. La du fortikaj viroj en civilaj vestoj levis Lian de la lito kaj metis ŝin sur rulbarilon. La kuracisto deprenis litkovrilon de sub la litoĉareto kaj kovris Lian per ĝi. "Ni varmigos ŝin kaj revenos tre baldaŭ. Ne forgesu profiti de ĉi tiu tempo por preni teon aŭ kafon."

Dum Hanna daŭre dormis, Samantha observis la asistantojn kaj la kuraciston, dum ili puŝis ŝian filinon laŭ la koridoro. Nun, atendante ĉe la lifto, ŝi observis pli atente. Dum la liftaj pordoj fermiĝis, ŝi vagis laŭ la koridoro, ignorante intuician senton, kiu ĝenis ŝin. Ŝi forpuŝis ĝin, dirante al si, ke ŝi malsatas, kaj direktiĝis al la kafeterio. Tie estis tre homplene. Plejparte kun personaranoj en kirurgiaj vestoj.

Dum ŝi preparis kaj sorbis sian teon, ŝi rimarkis, ke neniu personarano portis civilajn vestojn.

"Pardonu," ŝi diris al unu el la kuracistoj. " Kio estas sur la dua etaĝo? Ĉu tie oni faras rentgenradiojn kaj korpaskanojn?"

Li skuis la kapon, "La dua etaĝo estas la akuŝejo."

Samantha leviĝis de sia seĝo, renversante sian varman teon kaj verŝante ĝin sur sian sinon. Helpantoj venis el ĉiuj direktoj, kiam ŝi kriis.

"Mia filino!" ŝi kriis. "D-ro kun du asistantoj ĵus forportis mian filinon Lian sur litoĉareto. Ili diris, ke ili portas ŝin al la dua etaĝo por iuj testoj. Se la dua etaĝo estas por akuŝo, kial ili forprenis ŝin?"

Ŝia eksplodo altiris tro multe da atento. Do, la kuracisto, al kiu ŝi unue parolis, persvadis ŝin eliri eksteren.

Ili revenis al la ĉambro de Lia. Samantha klarigis ĉion pli detale. Bonŝance, ŝi rigardis sian horloĝon, do ŝi povis diri al ili la precizan horon, kiam ĉio okazis.

"Tio ĉi estas grava afero," diris Doktoro Brown. "Lasu ĝin al mi. Ni havas sekurecajn kameraojn tra la tuta hospitalo. Eble vi misaŭdis pri la dua etaĝo? Eble ŝi estas sur la sepa etaĝo, ricevante skanadon ĝuste nun, dum ni parolas. Lasu ĝin al mi. Sidu trankvile ĉi tie kaj mi revenos al vi kiel eble plej baldaŭ."

    Samantha sidiĝis kaj klarigis ĉion al Hannah. Ili dividis la tunan sandviĉon kaj forte penis ne zorgi.

Dum Lia plu dormis, la viro, kiu ne vere estis kuracisto, kaj la internuloj, kiuj ne estis internuloj, forlasis la konstruaĵon. Ili iris al atendanta aŭto. Ili lasis la litanon en la parkejo.

Doktoro Brown vokis kunvenon kun la Administranto. Per videokontrolado, ili atestis la forkaptadon de Lia. Ili alarmis la policon, donante priskribon de la veturilo. Bedaŭrinde, la kameraoj ne registris la detalojn de la numerplato.

"Ni atendu iomete," diris Helen Mitchell, la Hospitala Administrantino. Ŝi emeritiĝos post nur kelkaj tagoj. "Antaŭ ol ni informos la patrinon de la knabineto. Ni ne volas maltrankviligi ŝin."

"Mi ne povas fari tion," diris Doktoro Brown.

"La polico eble reportos la infanon tre baldaŭ."

"Mi esperas, ke vi pravas. Tamen, ĝi estas zorgo. Espereble, ili ne tro malproksimiĝos."

La telefono sonis, estis la polico. Ili eldonis tutlandan serĉordonon (APB) pri la knabineto. Ili petis lastatempan foton de ŝi.

"Ili volas lastatempan foton," diris Helen Mitchell.

"La sola maniero akiri unu estas demandi ŝian patrinon," diris Doktoro Brown. Helen kapjesis, dum Brown turniĝis por foriri.

"Diru al ili, ke ni faksos ĝin kiel eble plej baldaŭ."

"Mi sendos iun el la traŭmata teamo," diris Helen. Poste al la polico per la telefono, "Ŝi estas blinda kaj nur sepjara. Kial en la mondo tiuj tri viroj farus tian komplikan planon por forigi ŝin el la hospitalo tiel?"

"Mi ne povas diri," diris la policisto ĉe la alia flanko.

# ĈAPITRO 5

E-Z TUJ SCIIS, KE io ne estis en ordo kun lia nova amikino Lia. Ŝi devus dormi en sia hospitala lito, sed ŝia lito moviĝis. Kio do?

Li pripensis veki ŝin, sed kion ŝi povus fari, eĉ se li tion farus? Ne, estus plej bone, ke ŝi daŭrigu dormi – ĝis li povus trovi kaj savi ŝin. Fakte, ŝi okupate sonĝis, ke ŝi baletdancas. Li neniam antaŭe multe atentis baleton, sed ŝajnis al li, ke tiu ĉi knabino estis talenta. Kaj ŝi dancis, uzante la okulojn en siaj manoj, dum ŝi moviĝis trans la scenejon.

E-Z transportis sin per sia menso al ŝia loko sen granda peno. Jen ŝi estis, profunde dormanta en la malantaŭa seĝo de moviĝanta veturilo. Ŝi aspektis tiel paca, ĉar ŝi estis for en sia menso, farante ion, kion ŝi amis – dancante.

Li plilarĝigis sian vidon, kaj li vidis tri kapojn. La ŝoforo havis normalan grandecon kaj staturon. Dum la aliaj du viroj aspektis kiel usonaj piedpilkistoj.

"Rapidigu!" E-Z komandis al sia seĝo, sed ĝi jam faris tion.

Kiel li povus helpi ŝin, kiam li ankoraŭ estis kaptita ene de la arĝenta kuglo? Li devis dispecigi ĝin – kaj prefere pli frue ol poste. Ĝis nun, ĉiu provo rompi ĝin ne sukcesis.

Li scivolis, kial la viroj forkaptis ŝin. Ĉu ili sciis pri ŝiaj povoj? Kiel ili povus scii? Plej multaj hospitaloj havis CCTV-on, ĉu ili eble observis ŝin? Tamen tio ne havis sencon. Ŝi estis sepjara blinda knabino. Kion ili volis de ŝi?

Dum E-Z rapidegis tra la ĉielo, li ne povis ne scivoli, kial ili forkaptis ŝin. Ĉu ili intencis postuli elaĉeton?

Ĉiuokaze, se tio estis ilia celo, tio havis pli da senco por li. Pli bone ol se ili scius, ke ŝi vidas. Krome kun specialaj povoj. Tamen, lia ĉefa prioritato estis eliri el la kuglo.Li kriis. Kiel li faris multfoje antaŭe, "HELPU!"

POP.

"Saluton," diris Hadz, sidante sur la ŝultro de E-Z. "Kion diable vi faras ĉi tie? Ĉi tiu loko estas tro malgranda por vi." Hadz suprenĵetis la okulojn.

E-Z estis pli ol iomete ekscitita vidi Hadz. Li kaptis la besteton kaj forte brakumis ĝin al sia brusto.

"E-hm, zorgu pri la flugiloj," diris Hadz.

E-Z liberigis la estaĵon. "Dankon, ke vi venis kaj respondis mian alvokon. Mi tute bezonas vian helpon por eltrovi, kiel eliri el ĉi tiu aĵo. Mi scias, ke oni forigis vin de mia kazo, sed estas knabineto nomata Lia, kaj ŝi estas en danĝero kaj ŝi bezonas min. Vi simple devas helpi. Mi certas, ke Eriel komprenos."

"Ho, do vi ne volas esti en ĉi tiu aĵo, do?" demandis Hadz.

"Ne, mi ne volas esti ĉi tie. Mi volas eliri, sed kiel?"

"Simple faru ĝin," diris Hadz.

"Mi provis ĉion. La flankoj ne moviĝas. Mi alvokis Erielon por helpi min, sed li diris, ke mi devas mem elturni min ĉi-foje."

"Aĥ, tio ne plaĉus al li. Mi ne devus helpi, sed unu aferon mi povas diri al vi: konsideru vian ĉirkaŭaĵon."

"Tio estas neniu helpo," diris E-Z, provante ne tute perdi sian memregadon. "Mi petis la seĝon, ke ĝi portu min al Onklo Sam. Li certe elprenus min el ĉi tiu aĵo. Sed la seĝo ignoris miajn dezirojn. Nun, knabineto estas en danĝero, kaj ŝi bezonas mian helpon. Se mi ne povas eliri, tiam mi ne povas helpi min mem, kaj se mi ne povas helpi min mem, tiam mi ne povas helpi ŝin. Bonvolu. Diru al mi, kiel eliri de ĉi tie. Elĵetu min per fulmo aŭ io."

La estaĵo skuis la kapon, poste flugis supren al la pinto de la kuglo. Tuŝis la pinton. "Pripensu fizikon. Se vi estas en kuglo, kio estas la aspekto de ĉi tiu aĵo, tiam vi devas esti pafita. Pafita. Ĉu ne?"

E-Z pripensis siajn eblojn. Li povus diri al la seĝo, ke ĝi faligu lin, lanĉante lin al la grundo. La grundo rompus lian falon. Ĉu ĝi disrompus la kuglon tute? Li decidis, ke la risko valoras. "Bone," diris E-Z, "mi devas igi la seĝon faligi min, ĉu ne?"

La estaĵo ridis. "Vi estas amuza, E-Z. Se vi falus de ĉi tiu alto, ĉi tiu aĵo enprofundiĝus en la teron. Tio supozeble, se ĝi ne eksplodus ĉe la trafo. Kun vi en ĝi." Ŝi denove ridis. "Aŭ vi ne mortus en la falo. Se vi mortus, vi ne povus savi la knabinon. Hej, pri kiu knabino vi entute parolas?"

"Ŝia nomo estas Cecelia, Lia kaj ŝi estas en Nederlando, ne malproksime de kie ni nun estas."

Hadz sentis la pinton de la ujo, kiun E-Z ne vidis, nek li povus atingi. La estaĵo puŝis ĝin. La cilindro liberiĝis kaj malfermiĝis kiel tulipo. Hadz helpis E-Z-on eliri el la kuglo kaj baldaŭ li sidis en sia seĝo, tenante la aĵon sur sia sino. La flugiloj de E-Z malfermiĝis. Estis bone etendi ilin.

E-Z ekflugis trans la ĉielon, portante la cilindron, kiun li ĵetis en la Nordan Maron.

La triopo, E-Z, la seĝo kaj Hadz, flugis je alta rapido kaj flugis al Norda Holando, kie la aŭto rapidis laŭvoje.

"Dankon," diris E-Z.

"Ne dankinde," respondis Hadz. "Mi restos ĉi tie, se vi bezonos min."

"Mirinde!"

# ĈAPITRO 6

**E**-Z ATINGIS LA AŬTON, kiu nun alproksimiĝis al Zaandam. Li kontrolis kaj Lia ankoraŭ dormis profunde en la malantaŭa seĝo. Ŝi tamen ne plu sonĝis, do li maltrankviliĝis, ke ŝi eble baldaŭ vekiĝos.

Lia rulseĝo ŝanĝis kurson, akceliĝis kaj celis la aŭton, poste flosis super ĝi. La falsa kuracisto, kiu stiris, ekvidis la rulseĝon malantaŭ si en la flankospegulo.

"Kio estas tiu fluganta aparato?" li demandis. (Traduko: "Kio estas tiu fluganta aparato?")

La du banditoj turnis siajn kapojn.

Unu diris, "Mi ne scias, sed rapidigu ĝin!" (Traduko: "Mi ne scias, sed rapidigu ĝin!")

La dua bandito ridis, poste elprenis pafilon el la tabakujo. Li kontrolis, ĉu estas kugloj. Li frapfermis ĝin kaj malŝaltis la sekurigilon.

La rulseĝo de E-Z surteriĝis sur la tegmenton de la aŭto kun klako.

La ŝoforo forte bremsis, pro kio la rulseĝo glitis antaŭen. Ĝi glitis laŭ la antaŭa vitro, turniĝinte antaŭen, poste trans la kapoton.

E-Z leviĝis, flosis, kaj turniĝis por alfronti ilin.

"Kio la?" kriis la ŝoforo, dum li perdis la kontrolon de la aŭto, pro kio ĝi glitis kaj zigzagis.

E-Z kaj la rulseĝo leviĝis, reirante, kaj ekkaptis la aŭtoparĉesgon, pro kio ĝi tute haltis. Instantane, la pordo de la pasaĝero malfermiĝis per impeto kaj oni ekpafis.

En la malantaŭa seĝo Lia dormegis.

La bandito kun la pafilo elruliĝis tra la pordo, poste sur siaj genuoj prepariĝis por pafi al E-Z.

Hadz aperis el nenie kaj frapis la pafilon el la mano de la bandito. Ŝi tiam ligis liajn manojn malantaŭ lia dorso kaj liajn piedojn malantaŭ lia dorso, kvazaŭ li estus bovido ĉe rodeo.

La dua bandito rekte atakis E-Z-on, kiu lastris lin per sia zono. La bandito falis, do li povis facile ĉirkaŭligi la zonon ĉirkaŭ liaj kruroj.

La ulo provis saltegi for, sed ne atingis malproksimen. Nun, kiam li estis haltigita, ili atakis la kuraciston uzante la kaĝan mekanismon de la seĝo. La kuracisto estis kaptita kaj senmoviĝigita.

Lia dormis tra ĉio, eĉ dum Hadz ellevis ŝin el la veturilo kaj portis ŝin al sekureco.

E-Z sidigis la tri virojn flank-al-flanke en la malantaŭan sidlokon de la aŭto.

"Por kiu vi laboras?" li postulis.

Hadz alflugis, "Ili ne komprenas la anglan." Al la viroj ŝi tradukis la demandon de E-Z. Post kiam la falsa kuracisto respondis, Hadz tradukis. "Li diras, ke ili ne scias, por kiu ili laboras."

"Tio estas ridinda. Ili forkaptis infanon el la hospitalo. Demandu ilin, kien ili tiam kondukis ŝin? Kaj kiel ili eksciis pri ŝi?"

Hadz tradukis. La falsa kuracisto denove respondis: "Oni diris al ni, ke ni konduku ŝin al la kajo, kaj iu atendos ŝin tie. Tio estas ĉio, kion ni scias."

E-Z ne kredis ilin, sed Hadz konfirmis, ke ili ja diris la veron. "Kion vi volas fari kun ili?" ŝi demandis.

"Ĉu vi povas forviŝi iliajn memorojn? Kaj la memorojn de tiuj, al kiuj ili estas ligitaj? Ĉi tiuj tri estas dentaĵoj en la maŝino. Ni volas forviŝi la memoron de la persono ĉe la kajo. Do, ili ĉiuj forgesos pri ŝi – por ĉiam."

"Faris," ŝi diris.

"Ŭaŭ, vi estas rapida!"

E-Z kaj Hadz en la seĝo reiris al la hospitalo, ĝuste kiam Lia komencis vekiĝi. Ŝi movis sian kapon, sentis la venton blovanta ŝian hararon kaj sin kunpremis al la brusto de E-Z. Ŝi malfermis sian dekstran manplaton kaj rigardis sian amikon, la knabon/anĝelon. Ŝi ridis kaj forte brakumis lin. Kiam ŝi rimarkis la malgrandan feecan estaĵon sur la ŝultro de E-Z, ŝi uzis siajn manplatojn kiel okulojn por rigardi ĝin.

"Vi estas tiel malgranda kaj ĉarma," ŝi diris.

"Plezure por mi vin," diris Hadz. "Kaj dankon."

Ili flugis al la hospitalo.

"Vi nun estas sekura," diris E-Z.

"Kaj vi ne plu estas en tiu afero," diris Lia.

"Hadz helpis min eliri," diris E-Z, flugetante per siaj flugiloj.

"De kie vi ricevis tiujn?" demandis Lia. "Ĉu mi povas havi kelkajn?"

E-Z ridetis. Li ne certis, kiom multe li devus diri al ŝi. Li zorgis, kion dirus Eriel, se li malkaŝus tro multe. "Mi ricevis ilin post kiam miaj gepatroj mortis."

"Sed kial?" demandis la malgranda Lia.

"Mi komencis savi homojn," diris E-Z.

"Do vi volas diri, ke mi ne estas la unua persono, kiun vi savis?"

"Ne, vi ne estas."

Hadz tusetis, kio estis signalo al E-Z por ĉesi paroli.

Ili plu flugis silente. La knabineto brakumis la bruston de E-Z. La rulseĝo sciis, kien ĝi devis iri. Hadz sentis sin denove bezonata.

E-Z estis perdita en siaj pensoj. Li demandis sin, ĉu savi Lian estis la ĉefa provo. Aŭ ĉu eviti la kuglon plenumis la taskon. Eble ĝi estis du por unu! Kiom tio estus tiam? Li devis noti ilin por teni kalkulon. Tion li faradis en sia taglibro, sed lastatempe li ne havis multan tempon por registri aferojn.

"Mi povas aŭdi vin pensi," diris Lia. Ŝi havis ambaŭ siajn manplatojn malfermitaj. Ŝi rigardis la eksteron de E-Z dum ŝi aŭskultis tion, kion li pensis interne. "Mi volas scii pli pri ĉi tiuj provoj. Kaj mi volas scii, kial mi povas vidi per miaj manoj anstataŭ per miaj okuloj. Ĉu vi pensas, ke ĉi tiu Eriel scios?"

POP

Hadz ne atendis la respondon.

"La hospitalo estas sube," diris E-Z.

La seĝo malrapide malsupreniris, kaj ili eniris la hospitalon. E-Z kaj la flugiloj de la seĝo malaperis. Li puŝis laŭ la koridoro kaj trovis la ĉambron de Lia. Ŝia patrino atendis tie.

"Arekestu ĉi tiun knabon," kriis la patrino de Lia.

E-Z estis konsternita. Kial ŝi volus, ke oni arekestu lin? Li ĵus savis ŝian filinon.

"Sed Panjo," komencis Lia.

La polico envenis. Ili atingis malantaŭ E-Z kaj metis liajn manojn en mankatenojn.

Antaŭ ol ili fermis ilin, Lia kriis. Poste ŝi malfermis la manplatojn kaj etendis ilin antaŭ si. El ŝiaj manplatoj eliris blinda blanka lumo, kiu haltigis ĉiujn en la ĉambro krom ŝi kaj E-Z. La malgranda Lia haltigis la tempon.

"Mireginde! Kiel vi faris tion?" ekkriis E-Z, dum la mankatenoj falis sur la plankon kun klako.

"Mi, mi ne scias. Mi volis protekti vin. Savigi vin." Ŝi haltis, aŭskultis. "Iu venas, vi devas foriri de ĉi tie. Mi sentas, ke iu alia venas, kaj vi devas malaperi."

"Iu?" demandis E-Z. "Ĉu vi scias kiu?"

"Mi ne scias. Mi nur scias, ke iu alia venas, kaj vi devas foriri - tuj."

"Ĉu vi fartos bone? Ĉu ili vundos vin?"

"Mi fartos bone – ili venas por vi – ne por mi. Foriru de ĉi tie, nun."

"Kiam mi revidos vin?" demandis E-Z, dum li frakasis la hospitalan fenestron kaj flugis eksteren, atendante ŝian respondon.

"Vi ĉiam vidos min, E-Z. Ni estas interligitaj. Ni estas amikoj. Foriru de ĉi tie kaj mi prizorgos la ceteron." Ŝi flugblovis al li kison.

Lia enlitiĝis, tiris la litkovrilojn ĝis sia kolo kaj ŝajnigis sin profunde dormanta, antaŭ ol ŝi denove ekmoviĝis.

"Kio okazis?" demandis ŝia patrino.

Ĉio denove estis en ordo. Lia estis en la lito, nedifektita.

La mondo daŭris kiel antaŭe, dum E-Z flugis reen hejmen.

"Dankon, Hadz, pro la helpo," diris E-Z, kvankam ŝi jam foriris. Iel, li sciis, ke kien ajn ŝi estis, ŝi povis aŭdi lin.

# ĈAPITRO 7

Dum E-Z flugis tra la ĉielo, li rimarkis, ke li malsategas. Sub li estis Big Ben. Li decidis surteriĝi kaj akiri por si iom da angla fiŝo kun fritaĵoj.

Dum la seĝo malsupreniris, li rimarkis blankan kamioneton rapide moviĝantan laŭ la vojo. Ĝi estis paralela al lernejo. Li vidis gepatrojn en veturiloj kaj piede atendantajn por preni siajn infanojn.

Kiam la kamioneto turniĝis ĉe la angulo, ĝi akcelis.

Lia rulseĝo ŝanceliĝis antaŭen, falante malantaŭ la veturilon. La veturado fariĝis pli senprudenta, dum ĝi alproksimiĝis al la lernejo. Infanoj komencis eliri.

E-Z kaptis la malantaŭon de la kamioneto. Uzante sian tutan forton, li haltigis ĝin tute kun skrapado.

La ŝoforo premis la akcelilon, provante forveturi. Li tute malsukcesis. Ili ne povis vidi kio aŭ kiu tenis ilin.

E-Z rompis la seruron de la kofro, enmetis la manon kaj eltiris la startkablojn. La seĝo subite antaŭenĵetiĝis kaj surteriĝis sur la tegmenton de la veturilo. E-Z uzis la startkablojn por ligi la taksi-pordojn. La ŝoforo ne povis eliri.

La sonoj de sirenoj plenigis la aeron.

E-Z ekflugis, kaj rimarkinte, ke pluraj homoj fotas lin per siaj poŝtelefonoj, li flugis ĉiam pli alte.Lia stomako grumblis kaj li rememoris la fiŝon kun frititaj terpomoj. Ne havante britan monon, li ĉiuokaze ne povis pagi por ili, do li ekiris hejmen.

Pensante pri sia onklo, kiu scivolis, kie li estas, li decidis lasi mesaĝon kaj ekparolis: "Mi estas survoje hejmen."

Klik.

"Kie vi estas?" demandis Onklo Sam.

E-Z ĝojis, ke ĝi ne estis mesaĝo!

"Mi nur flugas super Britio. Estas agrabla tago por flugi, ĉu ne?"

"Kio? Kiel?"

"Estas longa rakonto, mi klarigos kiam mi revenos."

"Ĉu vi estas en aviadilo?"

"Ne, nur mi kaj mia seĝo."

Malsupre, E-Z povis vidi homojn fotantajn lin. Kiam li ekvidis lokan 747-on venantan al li, li konstatis, ke li havas problemojn. Antaŭ ol li havis la ŝancon flugi pli alte, fotiloj fotis lin kaj afiŝis la fotojn ĉie en la sociaj retoj.

"Pardonu, Eriel," li diris, leviĝante pli alte. "Ĉu vi konas la diron, ke ĉia reklamo estas bona reklamo? Nu..." E-Z ridis. Se Eriel povis vidi lin ĉiutage kaj ĉiuhore, kial tiu devis voki lin por helpo? Io ne tute kongruis. Ne, la ĉeftreĉeĥloj volis, ke li kompletigu la provojn.

Frison trairis lin dum la ĉielo ŝanĝiĝis, kaj nigraj nuboj kirliĝis kaj pulsis ĉirkaŭ li. Li plu flugis, provante plirapidiĝi, sed tiam ekbrilis la fulmoj, kaj li devis ilin eviti. Tiam li rememoris la aviadilon. Li povis vidi, ke ĝi sukcese surteriĝis, kaj la homoj estis nevunditaj. Li daŭrigis sian vojon hejmen.Post la ŝtormo, aperis la steloj. Lia seĝo daŭre flugetis siajn flugilojn dum E-Z dormetis.

"E-Z?" Lia diris en lia kapo. "Ĉu vi estas tie?"

Li subite vekiĝis, forgesis, ke li estas en la seĝo kaj elfalegis. Li komencis fali, sed liaj flugiloj ekfunkciis kaj baldaŭ li denove estis en la seĝo.

"Ĉu ĉio bonas, etulo?" li demandis.

"Jes. Ili pensas, ke ĉio estis songo, ke mi parolis kun vi. Desegnadis vin. Panjo scias la veron, sed ŝi ne volas alfronti ĝin."

"Ho, ĉu tio maltrankviligas vin?"

"Ne. Miaj povoj kreskas. Mi povas senti ilin, kaj mi scias, ke io venas. Io, por kio vi bezonos mian helpon. Mi baldaŭ iros hejmen. Mi demandos al Panjo, ĉu ni povas viziti vin. Baldaŭ."

"Kio? Via Panjo devus telefoni al mia Onklo Sam kaj ili povus babili?"

"Jes, tio estas lerta ideo. Panjo vidis la fotojn, kaj ŝi renkontis vin, sed ŝi ne memoras. Estas kvazaŭ ŝia menso estis purigita aŭ ŝiaj memoroj pri vi dormas."

"Ĉu vi certas, ke tio estas la ĝusta afero?"

"Mi certas. Mi devas esti tie, kie vi estas. Mi devas helpi vin."

La menso de E-Z blankiĝis. Lia malaperis.

La adoleskanto pensis pri Lia, venanta al Nordameriko. Ŝi estis knabineto, vidanta per siaj manoj, jes, sed kiel ŝi povus helpi lin? Ŝi helpis lin eskapi, sed li estis konfuzita pri ŝia impliktiĝo. Li ne volis endanĝerigi ŝin. Li denove vokis Erielon. Li elvokis la ĉanton, sed nenio okazis.

Li rigardis la pejzaĝon, momenton forprenante sian menson de la knabineto. Li nun preskaŭ estis hejme. Feliĉe, lia seĝo estis modifita kaj li povis vojaĝi S-E-P-R-E-T-E!

# ĈAPITRO 8

ĜUSTE ANTAŬE, E-Z EKVIDIS la marbordon. Li suspiris kun trankviliĝo ĝis li rimarkis grandan birdon rekte al li flugantan. Kiam ĝi alproksimiĝis, li ekkomprenis, ke ĝi estis cigno. Sed ne ordinara cigno. Ĝi estis giganta, kaj ankaŭ ĝia flugilamplekso, kiun li taksis je pli ol cent kvindek coloj. Ĝi estis la sama cigno, kiu antaŭe parolis al li.

Kaj ne nur tio, sed li ankaŭ rimarkis hele ruĝan lumon palpebrumantan sur la ŝultro de la birdo.

La cigno flankiĝis kaj poste peze surteriĝis sur liajn ŝultrojn. Ĝi veturigis sin.

"Nu, saluton," diris E-Z, suprenrigardante la belan kreaĵon dum ĝi ekstabilis sin.

"Huu-huu," diris la cigno. Tiam ĝi skuis la kapon, malfermis sian bekon, kaj diris, "Saluton, E-Z."

"Mi kredas, ke mi dankas vin," li diris.

"Ho, ne menciu. Kaj mi esperas, ke ne ĝenas vin, ke mi kunveturis," diris la cigno, ordigante siajn plumojn.

"Nu, neniu problemo," respondis E-Z.

"Jen mia mentoro Ariel," diris la cigno.
HURRA
Anĝelo remetis la ruĝan lumon.

"Saluton," ŝi diris, sidiĝante sur la genuo de E-Z.

"E-hm, plezure," li diris.

"Kiel mi povas servi?" li demandis.

"Mi esperas, ke vi, kaj mia amiko la cigno ĉi tie, povos formi partnerecon."

"Kiel tiel?" li demandis.

"Mia protektito travivis multon. Li povos informi vin pri la detaloj, kiam li sin sentos preta, sed nun mi bezonas, ke vi helpu lin, permesante al li helpi vin pri la provoj. Vi ja povas uzi iom da helpo, ĉu ne?"

"Laŭ mia kompreno," li diris, alparolante Ariel. Poste al la cigno, "nenio kontraŭ vi, amiko." Nun al Ariel, "ĉu tio signifas, ke neniu povas helpi min en miaj provoj? Tion diris rekte Eriel kaj Ophaniel."

"Mi jam interkonsentis kun ili. Do, se tio estas via sola objeto," ŝi paŭzis, poste

HURA

kaj ŝi malaperis.

Post tio E-Z kaj la cigno daŭrigis trans la Atlantikan Oceanon kaj plu en Nordamerikon. Li ĉiam volis vidi la Grandan Kanjonon. Li devos vidi ĝin alifoje. La cigno ronkis kaj alpremiĝis al la kolo de E-Z.

E-Z enmetis la manon en sian poŝon kaj eltiris sian poŝtelefonon. Li faris memfoton kun la cigno. Li tenis la poŝtelefonon en la mano, planante registri la cignon la venontan fojon kiam ĝi parolos. Li bezonis pruvon, ke li ne freneziĝas.

Post iom da tempo, E-Z precize alcelis sian domon. Estis lerneja tago, sed li estis multe tro laca por iri. Kiam la seĝo komencis sian malsupreniron, la cigno vekiĝis. "Ĉu ni jam alvenis?"

"Jes, ni estas ĉe mia hejmo," diris E-Z, premante la registran butonon de sia telefono. "Ĉu ie, kien vi volas, ke mi lasu vin?"

"Ne, dankon. Mi restos kun vi," diris la cigno, etendante sian kolon por rigardi la domon, kie li restos. "Ni, vi kaj mi, devas paroli."

E-Z premis la ludbutonon, sed estis nur silento. La cigno ne povis esti registrita. Stranga.

Ili alteriĝis ĉe la frontpordo. E-Z enmetis sian ŝlosilon en la seruron, sed antaŭ ol li povis malfermi ĝin, Onklo Sam jam estis tie. Li donis al sia nevo grandan brakumon kaj diris, "Bonvenon hejmen." Li gratis sian mentonon kaj aspektis iom maltrankvila, kiam li vidis la kunulon de E-Z, escepte grandan cignon.

"Mi ĝojas esti reen," diris E-Z, enirante.

La cigno sekvis, kun siaj membruditaj piedoj padumantaj malantaŭ li.

"Kaj kiu estas via, hm, plumhava amiko?" demandis Onklo Sam.

E-Z rimarkis, ke li eĉ ne konas la nomon de la cigno.

La cigno diris, "Alfred, mia nomo estas Alfred."

E-Z faris formalan prezenton.

La cigno tiam padis laŭ la koridoro, en la ĉambron de E-Z, kaj ĝi flugis supren sur lian liton por preni bone merititan dormeton.

E-Z eniris la kuirejon kun Onklo Sam sur siaj radoj.

"Kion diable faras tiu cigno ĉi tie?" Li paŭzis, prenis lakton el la fridujo. Li plenverŝis glason da lakto por sia nevio. "Ĝi ne povas resti ĉi tie. Ni devus meti ĝin en la banujon. Se ĝi entute eniros. Ĝi estas la plej granda cigno, kiun mi iam ajn vidis. Kie vi trovis ĝin kaj kial vi alportis ĝin ĉi tien?"

E-Z englutis sian lakton. Li viŝis sian laktan mustaĉon. "Mi ne trovis ĝin, ĝi trovis min. Kaj ĝi povas paroli. Ĝi, li, estis tie kiam mi savis tiun knabinon kaj kiam mi savis tiun aviadilon. Li diras, ke ni devas paroli."

Onklo Sam sen respondo paŝis laŭ la koridoro. E-Z proksime sekvis sen paroli.

"Parolu!" postulis Onklo Sam.

Alfredo la cigno malfermis siajn okulojn, yaŭmis, kaj poste ree ekdormis sen eĉ eligi sonon.

"Mi diris, parolu," diris Onklo Sam, ree provante.

Alfredo la cigno malfermis sian bekon kaj snufis.

"Estas bone, Alfredo," diris E-Z. "Tio estas mia Onklo Sam."

"Li ne povas kompreni min. Kaj mi ne pensas, ke li iam ajn povos. Mi estas ĉi tie por vi kaj nur por vi," diris la cigno Alfredo. Ĝi snufis, poste sin komfortigis en la litkovrilo kaj denove ekdormis.

Onklo Sam rigardis, dum la cigno estis vigla kaj intense rigardis E-Z-on.

Li kaj Onklo Sam fermis la pordon elirante kaj reiris en la kuirejon por paroli.

E-Z estis tiel laca, ke li apenaŭ povis teni siajn okulojn malfermitaj.

"Ĉu tio ne povas atendi ĝis la mateno," li demandis.

Sam skuis la kapon.

"Bone, jen mi komencas. Unue, mi batis basbalpilkon el la parko. Kaj mi kuris aŭ rulseĝumis ĉirkaŭ la bazoj. Poste, mi estis kaptita ene de kugloforma ujo sen elirejo. Poste mi povis paroli kun knabineto en Nederlando. Mi iris tien por savi ŝin. Ŝia nomo estas Lia, kaj ŝia patrino telefonos al vi. Mi haltigis veturilon de vundi infanojn, en Londono, Anglio.

Poste mi renkontis Alfredon, la trumpetantan cignon. Kaj nun vi estas informita – ĉu mi bonvolu iri dormi?"

"Kion mi diru, kiam ŝi telefonos?" demandis Sam. "Ni eĉ ne konas tiujn homojn, sed ni devus lasi ilin resti ĉi tie en la domo kun ni. Ni kaj Alfred la cigno?"

"Jes, bonvolu kunludi. Estas plano en agado ĉi tie kaj mi ankoraŭ ne konas ĉiujn detalojn. Lia havas povojn, okulojn en la manplatoj kaj ŝi povas legi miajn pensojn kaj haltigi la tempon. Alfred la cigno ankaŭ havas povojn, li povas legi mian menson kaj li povas paroli. Mi pensas, ke ni tri estas iel ligitaj, eble pro la provoj. Mi ne scias. Io ajn povas okazi kun Eriel spionanta min 24-7," diris E-Z.

Alvenante laŭ la koridoro, ili aŭdis la plaŭdadon de la cignaj piedoj dum ĝi marŝegis. "Mi estas tro malsata por dormi," diris Alfred la cigno.

"Kiajn aferojn vi manĝas?"

"Maizo estas bona, aŭ vi povas eligi min malantaŭen kaj mi trovos al mi iom da herbo."

"Ĉu ni havas maizon?" demandis E-Z.

"Nur frostigitan," diris Onklo Sam. "Sed mi povas sublavigi la grajnojn per varma akvo, kaj ili pretos tuj."

"Diru al li dankon," diris Alfred la cigno. "Tio estas tre afable de li." Onklo Sam metis la maizon sur teleron kaj Alfred manĝis tion, kio estis proponita. Li tamen ankoraŭ malsatis kaj bezonis eliri por malplenigi sian vezikon, do li finfine petis eliri. Dum li estos ekstere, li manĝos iom da herbo.

E-Z kaj Onklo Sam observis la cignon dum kelkaj sekundoj.

"Mi esperas, ke la ĉihuahua de la najbaro ne venos por vizito," diris Onklo Sam. "Tiu cigno estas tiel granda, ke ĝi terurege timigos la hundon."

E-Z ridis. "Imagu, kion ĝi farus, se la hundo povus kompreni ĝin kiel mi povas?"

Alfredo la cigno sentis sin hejme. Li certis, ke li estos feliĉa ĉi tie.

# ĈAPITRO 9

POSTE, LA CIGNO ALFREDO petis paroli private kun E-Z.

"Vi povas diri ĉi tie kion ajn," diris E-Z. "Onklo Sam ne komprenas vin, memoru?"

"Jes, mi scias. Sed temas pri bonaj manieroj. Oni ne parolas al persono, kiam alia ĉeestas, precipe kiam oni estas gasto en ies hejmo. Tio estus, nu, sufiĉe malĝentila. Fakte, tre malĝentila."

Nur nun E-Z rimarkis, ke Cign-Alfredo parolas kun brita akĉento.

"Ĉu mi rajtas foriri?" demandis E-Z.

Onklo Sam kapjesis kaj E-Z iris en sian ĉambron, dum Cign-Alfredo lin sekvis.

"Bone," diris E-Z. "Diru al mi, kial Ariel sendis vin ĉi tien kaj kion precize vi intencas fari por helpi min?"

Nun kiam E-Z estis en sia lito, la cigno ĉirkaŭflirtis dum ĝi enprofundiĝis en la litkovrilon, provante komfortiĝi.

"Vi povas dormi ĉe la piedo de la lito," diris E-Z, ĵetante kusenon tien.

"Dankon," diris la cigno Alfred. Ĝi ŝanceliĝis sur la kusenon kaj frapegis ĝin per siaj membruditaj piedoj ĝis ĝi estis komforta. Poste ĝi kaŭris.

"Nu, ni komencu," diris Alfred.

E-Z, nun en siaj piĵamoj, aŭskultis dum Alfred rakontis sian historion.

"Mi iam estis homo."

E-Z ekĝemis.

"Pli bone ne interrompi ĝis mi finos," riproĉis la cigno. "Alie, mia rakonto daŭros senfine kaj neniu el ni du dormos."

"Pardonu," diris E-Z.

La cigno daŭrigis. "Mi loĝis kun mia edzino kaj du infanoj. Ni estis nekredeble feliĉaj, ĝis ŝtormo ekblovis kaj detruis nian domon kaj mortigis ilin ĉiujn. Mi postvivis, sed sen ili mi ne volis vivi. Tiam anĝelo venis al mi, Ariel, kiun vi renkontis, kaj ŝi diris al mi, ke mi povus vidi ilin ĉiujn denove, se mi konsentus helpi aliajn. Mi ĝuas helpi aliajn, kaj fari tion donus al mi celon. Krome, mi havis neniun alian elekton, kaj tial mi konsentis."

"Ĉu vi havas provojn?" demandis E-Z. Li erare supozis, ke la rakonto de Alfred finiĝis.

"Mia rakonto ankoraŭ ne finiĝis," diris Alfred la cigno, iom incitetite. Li tiam daŭrigis.

"Tio estas la kerno de mia rakonto. Mi ne havas provojn, ĉar mi ne estas trejnata anĝelo. Miaj flugiloj ne estas kiel viaj flugiloj. Mi estas cigno, kvankam pli granda ol kutime. La nomo de mia speco estas la Cygnus Falconeri, kiu ankaŭ estas konata kiel la giganta cigno. Mia specio formortiĝis antaŭ longe. Mia celo estis nedifinita. Mi estis blokita en la intera stato, driviĝante tra la tempo, ĉar mi faris eraron. Sed mi ne volas nun paroli pri tio. Kiam mi vidis vin savi tiun knabinon, mi vokis Arielon kaj demandis, ĉu mi povus servi al vi. Ŝi riproĉis min pro mia eskapo kaj mi estis resendita al la intermondo. Mi denove eskapis de tie kaj helpis vin kun la aviadilo, kaj Ariel petis Ophanielon doni al mi alian ŝancon. Nun mi havas celon - helpi vin."

"Kaj Ophaniel konsentis? Sed kio pri Eriel?"

"Ne unue. Tio estis ĉar Hadz kaj Reiki denuncis min pro tio, ke mi helpis vin, alvokante miajn birdo-amikojn. Kiam mi aŭdis, ke ili estis senditaj al la minejoj, kaj mi denove eskapis, Ariel prezentis mian kazon kaj Ophaniel konsentis. Mi ne scias pri Eriel. Ĉu li estas via mentoro?"

"Jes, li anstataŭis Hadz kaj Reiki. Ili aperadis kaj malaperadis, dum li diras, ke li ĉiam povas vidi, kie mi estas kaj kion mi faras."

"Tio sonas kiel troigo. Tamen, mi ŝatus renkonti lin iun tagon. Nuntempe, ni estas teamo. Mi povas helpi vin, por ke iun tagon, mi ankaŭ, estos denove kun mia familio. Do, kien ajn vi iras, E-Z, tien mi iras."

E-Z apogis sian kapon sur la kusenon kaj fermis la okulojn. Li sentis sin danka pro ajna helpo. Finfine la cigno helpis lin en la pasinteco kun la aviadilo.

"Mi ne malhelpos vin," diris Alfred la cigno. "Mi scias, vi pensas, ke ni estas malkohera paro kaj kiam Lia alvenos, ni estos eĉ pli malkohera triopo, sed..."

"Atendu," diris E-Z. "Vi scias pri Lia? Kiel?"

"Ho jes, mi scias ĉion pri vi kaj mi scias ĉion pri ŝi kaj mi ankaŭ scias pli. Ke ni tri estas ligitaj. Antaŭdestinitaj por kunlabori." Li etendis siajn makzelojn, kio aspektis kvazaŭ li provus boji. "Mi estas tro laca por plu paroli ĉi-nokte." Baldaŭ poste Alfred, la cigno, ronkis. E-Z en sia menso revidis ĉion, kion li sciis pri cignoj. Kio ne estis multe. Matene, li esploros pri la specio de Alfred.

Li scivolis, kiel PJ kaj Arden sentos sin pri Alfred. Ĉu li bezonas prezenti ilin al li, aŭ ĉu Alfred povus resti sekreto?

Li pluflufigis sian kusenon per siaj pugnoj kaj preparĝis por ekdormi.

Tio vekis Alfredon, kaj li estis malbonhumora pro tio.

"Ĉu vi devas fari tion?" demandis Alfred.

"Pardonu," diris E-Z.

# ĈAPITRO 10

LA SEKVAN MATENON, E-Z vekiĝis pro la sono de Onklo Sam frapeganta lian pordon. "Vekiĝu, E-Z! PJ kaj Arden jam estas survoje por konduki vin al la lernejo."

E-Z bosteis kaj streĉiĝis. Li vestiĝis, poste manovris sin en sian seĝon. Ĉar Alfred ankoraŭ dormis, li kaŝe eliros kaj vidos lin post la lernejo.

"Vi ne rajtas iri ien sen mi!" diris Alfred. Li skuis siajn plumojn ĉien kaj poste saltis malsupren sur la plankon.

"Vi ne rajtas veni kun mi al la lernejo. Dorlotbestoj ne estas permesataj."

"E-Z, rapidu, knabo!" kriis Onklo Sam el la kuirejo. "Alie, vi maltrafos la matenmanĝon."

La stomako de E-Z grumblis, dum la odoro de rostpano flosis en lian direkton. "Mi venas!"

Sen tempo por argumenti, E-Z malfermis la pordon. Li eniris la kuirejon ĝuste kiam Arden kaj PJ alvenis. Hupado ekstere sciigis lin, ke ili estas tie.

"Bone, bone!" E-Z kriis, dum li prenis toston. Li iris laŭ la koridoro, kaj lia nova piedplata kunulo sekvis lin malantaŭe.

PJ eliris el la aŭto por helpi E-Z-on eniri kaj sekurigis lian rulseĝon en la kofro. Dum li fermis ĝin, li ekvidis Alfred-on provantan eniri la veturilon.

"E-hm, tiu aĵo ne povas eniri la aŭton," kriis PJ.

Arden mallevis la fenestron.

"Kio diable estas tio? Ĉu mi maltrafis avizon, ke ni havos Hodiaŭan Prezentadon?" li subridegis.

"Ĉu tio estas cigno?" demandis S-ino Handle, la patrino de PJ.

"Aŭ ĉu tiu aĵo estas la prezidanto de via fan-klubo?" demandis PJ kun mokrido.

En la aŭto, E-Z respondis. "Ni estas tro maljunaj por 'montru kaj rakontu'," li ridis. "La cigno estas mia projekto. Eksperimento, kiel gvidhundo por blinda homo. Li estas mia rulseĝa kunulo." Li zonis Alfredon per la sekurzono.

PJ iris sidi en la fronta sidloko apud sia patrino.

La cigno Alfred diris, "Ĉu vi ne prezentos min?"

S-ino Handle ekveturigis la aŭton kaj ili veturis al la lernejo.

"Alfred," E-Z ekrigardis siajn amikojn, "renkontu S-inon Handle. Kaj miajn du plej bonajn amikojn, PJ-on kaj Arden-on. Ĉiuj, jen Alfred, la trompet-cigno." E-Z krucis la brakojn.

Alfred diris, "Huu-huu." Al E-Z li diris, "Mi estas nekredeble plezurigita renkonti vin. Vi povas traduki por mi."

"Kiel vi scias lian nomon?" demandis PJ.

"Vi ne fariĝas, kiel tiu ulo, kiu povis paroli kun bestoj, ĉu ne, E-Z? Bonvolu diri al mi, ke ne. Kvankam, tio povus fariĝi vera monfonto. Ni povus komerci vian talenton. Peti demandojn, kaj afiŝi respondojn en nia propra Jutuba kanalo. Ni povus nomi ĝin E-Z Dickens, la Cignomurmuranto."

"Bonega ideo!" diris PJ, dum lia patrino haltis ĉe transirejo. "Antaŭ kelkaj jaroj, ni verŝajne estus gajnintaj milionojn rete. Nuntempe gajni monon rete estas malfacile. Ili vere striktigis la regulojn."

"Ne estu malĝentila," diris S-ino Handle, daŭrigante la veturadon.

"La persono, al kiu li aludas, estas Doktoro Dolittle," proponis Alfred. "Ĝi estis serio de dek du romanoj verkitaj de Hugh Lofting. La unua libro aperis en 1920, kaj la aliaj sekvis, ĝis 1952. Hugh Lofting mortis en 1947. Li ankaŭ estis brita. Naskiĝinta kaj kreskinta en Berkshire."

"Mi scias, kiun ili celas," E-Z diris al Alfred. "Kaj ne, mi ne estas."

Arden diris, "Mi esperas, ke via cignokunulo ne ŝtelos ĉiujn knabinojn de ni hodiaŭ. Vi scias, kiel knabinoj amas plumajn aferojn."

S-ino Handle tusetis.

"Mi estis sufiĉe granda sinjorkonkeranto, en miaj tempoj," diris Alfred, sekvite de alia, "Huu-huu!" kiun li direktis al PJ kaj Arden.

PJ diris, "Via akompana cigno vere ridigas min."

Arden demandis, "Kiu birdfilmo gajnis Oskaron?"

PJ respondis, "Sinjoro de la Flugiloj."

Arden demandis, "Kie birdoj investas sian monon?" PJ respondis, "En la cikonio-merkato!"

"Viaj amikoj estas facile amuzeblaj," diris Alfred. "Ili estas du stultuloj, el la sama ŝtofo. Mi komprenas, kial vi ŝatas ilin. Mi ŝatas S-ino Handle. Ŝi estas kvieta kaj bonega ŝoforo."

E-Z ridis.

"Mi ĝojas, ke vi ĝuas la matenan humuron," diris PJ."Mi ne vere," diris Alfred. "Cetere, vi du estas veraj stultuloj."

Arden kaj PJ duoble ekmiris.

E-Z ankaŭ duoble ekmiris pro ilia duobla ekmiro. "Kio?"

"Ĉu vi ne aŭdis tion?" diris la du kune. "La cigno povas paroli – kaj kun brita akĉento. Ho, la knabinoj lin vere amos."

S-ino Handle skuis la kapon. "Ne ludu stultulojn, vi du!"

E-Z rigardis Alfredon la cignon, kiu ŝajnis konfuzita.

Alfred provis propran ŝercon por vidi, ĉu ili vere povas kompreni lin. "Kial kolibroj zumas?" li demandis.

La tri knaboj rigardis; estis klare, ke kaj Arden kaj PJ nun povas kompreni lin.

Alfred diris la finon de la ŝerco, "Ĉar ili ne konas la vortojn, komprenible."

PJ kaj Arden ridis, nu, sed ili estis plejparte teruritaj.

"Kial ili nun ankaŭ povas kompreni vin?" demandis E-Z. "Unue, ili ne povis, nun ili povas. Mi pensis, ke vi diris, ke nur mi povas. Kaj kial Onklo Sam ne povis kompreni vin?"

Nun, kiam ili povis kompreni lin, Alfred sentis sin embarasita. Li flustris al E-Z, "Mi honeste ne scias. Krom se mia tuta celo ĉi tie iel rilatas ankaŭ al ili."

"Kaj ne inkluzivas Onklon Sam? Aŭ S-inon Handle?"

"Eble ne," Alfred respondis.

"Kaj kie vi trovis ĉi tiun parolantan cignon?" demandis Arden.

"Kaj kial vi kunportas lin al la lernejo?" demandis PJ.

Sinjorino Handle ofespiregis. "Vi ĉiuj estas tre malsaĝaj. E-Z diras, ke li estas akompana cigno. Li ne povas paroli."

"Unue, li ne estas nur cigno, li estas Cygnus Falconeri. Ankaŭ konata kiel giganta cigno kaj specio, kiu formortiĝis antaŭ jarcentoj."

"Mi ne vidis multajn cignojn en la reala vivo," diris Arden. "Tiuj, kiujn mi vidis en la naturkanalo, tamen ne ŝajnis tiel grandaj kiel li. Liaj piedoj estas gigantaj! Kaj kio okazos, se li devos, vi scias, iri al la necesejo?"

"La averaĝa giganta cigno havis longon de la beko ĝis la vosto inter 190-210 centimetroj," diris Alfred. "Kaj se mi ja faros tion, mi uzos la herbon – la sportkampo devus doni al mi sufiĉe da spaco por manĝi kaj plenumi miajn bezonojn, kiam ajn tio estos necesa."

"Vi volas diri, ke vi manĝas la herbon kaj poste vi faras vian aferon sur la herbo?" diris PJ.

"Fuj!" diris Arden.

Ili nun estis terure proksime al la lernejo, do E-Z klarigis. "Mi ne povas doni al vi detalojn, ĉar mi fakte ne konas ilin. Ĉio, kion mi scias certe, estas, ke Alfred estas ĉi tie por helpi min, kaj vi multe vidos lin."

"Mi ne pensas, ke ili lasos lin eniri la lernejon," diris Arden.

"Tio ne estos problemo, ĉar mi estas via kunulo," diris Alfred.

PJ, Arden kaj Alfred ridis, kiam la aŭto haltis ekster la lernejo.

"Voku min, se vi volas, ke mi venigu vin post la lecionoj," diris S-ino Handle.

"Dankon," ili respondis.

Post kiam la seĝo de E-Z estis elprenita el la kofro, S-ino Handle ekveturis de la vojrando.

Liaj amikoj helpis lin eniri ĝin, dum Alfred flugis supren kaj sidiĝis sur lian ŝultron. Ili direktis sin al la fronto de la lernejo, kie la lernejestro Pearson enpelis lernantojn.

"Bonan matenon, knaboj," li diris kun grandega rideto sur sia vizaĝo. Ĝis li rimarkis Alfredon la cignon. "Kio estas tiu aĵo?" li demandis.

"Li estas akompana cigno," diris E-Z.

"Cignuso de Falkado, por esti preciza," diris Arden.

"Li estas kun ni," diris PJ.

Direktoro Pearson krucis la brakojn. "Tiu aĵo, la Cignuso kio-scias-kio, ne eniros ĉi tien!"

Alfred diris, "Estas bone, E-Z. Ni ne kaŭzu scenon. Mi estos ĉi tie kiam viaj lecionoj finiĝos. Ĝis poste." Alfred flugis supren kaj surteriĝis sur la tegmenton de la konstruaĵo. Li ĝuis la vidon antaŭ ol flugi malsupren sur la futbalan kampon. Estis multe da herbo por maĉi. Plenmanĝinte, li trovus ombra lokon sub arbo kaj dormetus.

Direktoro Pearson skuis la kapon, poste tenis la pordon por E-Z kaj liaj amikoj. En la interno eksonis la kvinminuta avertosonoro.

Tiu lerneja tago estis senokaza por E-Z kaj liaj amikoj.

Ankoraŭ ne estis sciigo de Eriel pri iuj novaj provoj.

# ĈAPITRO 11

ALFRED ALKUTIMIĜIS AL SIA nova rutino. La infanoj en la lernejo ekkonis lin – kvankam nur E-Z kaj liaj amikoj sciis, ke li povas paroli.

En tiu tago, ekster la lernejo Alfred atendis E-Z-on kaj demandis, "Ĉu ni povas paroli?"

E-Z ĉirkaŭrigardis; li ankoraŭ ne volis, ke la aliaj lernantoj subaŭskultu lin parolantan al cigno. Li flustris, "Hm, ĉu tio povas atendi ĝis ni hejmenvenos?"

"Ho, mi komprenas," diris Alfred. "Vi ankoraŭ sentas vin embarasita, kiam ni babilas. Kio estas komprenebla, sed la infanoj ĉi tie amas min. Ili viciĝas por karesi min, por manĝigi min. Krome, ĉu Onklo Sam ne estos hejme? Mi bezonas paroli kun vi sola."

"Ĉar li ankoraŭ ne povas kompreni vin, vi parolas nur kun mi eĉ kiam ni estas hejme."

"Sed temas pri io zorgiga kaj ĝi estas sufiĉe temp-sentema," diris Alfred.

PJ haltigis la aŭton ĉe la vojrando apud ili. Arden demandis, ĉu ili volas veturon hejmen.

"Nu, uloj. Pardonu, sed mi promenos hejmen kun Alfred hodiaŭ. Li havas iun esencan informon por transdoni al mi."

PJ kaj Arden skuis la kapojn. Arden diris, "Ni atendis, ke ni iam estos forlasitaj pro knabino – ne pro birdo." Li subridegis.

"Kaj kio pri la ludo?" demandis Arden.

"Hodiaŭ estas hodiaŭ, kaj la ludo estas nur morgaŭ. Pardonu, uloj." E-Z plirapidigis la paŝadon. La aŭto rampis apud li, poste forrapidis kun kriego de la pneŭoj.

"Stultuloj," diris Alfred.

"Ili bonintencas. Nu, kio estas tiel grava?"

"Ĉu vi aŭdis ion de Lia lastatempe? Mi zorgas pri ŝi." Alfred marŝetis apud E-Z, deŝirante la kapon de bladaĉo dum li iris. "Kial vi maltrankviliĝas? Neniu novaĵo estas bona novaĵo, ĉu ne?"

"Nu fakte, mi ja aŭdis de ŝi kaj okazis, eh, nu, konfuziga nova evoluo."

E-Z haltis. "Rakontu pli."

"Daŭrigu marŝi," diris Alfred, nun mordetante la kapon de demelujo. "Lia kaj ŝia patrino jam estas survoje ĉi tien. Ili devus alveni iam morgaŭ."

"Kial la granda hasto? Nu, jes, tio estas surprizo. Ni sciis, ke ili baldaŭ venos. Kio estas konfuziga pri tio?"

"Tio ne estas la konfuziga parto."

"Ĉesu prokrasti kaj elspitu ĝin!"

"Lia ne plu aĝas sep jarojn – ŝi nun aĝas dek jarojn."

"Kio? Tio estas neebla."

"Ĉu vi pensas, ke ŝi mensogus?"

"Ne, mi ne pensas, ke ŝi mensogus, sed – tio tute ne havas sencon. Homoj ne maljuniĝas de sep ĝis dek jaroj en la daŭro de kelkaj semajnoj."

"Ŝi diris, ke ŝi enlitiĝis. La sekvan matenon, ŝi eniris la kuirejon por matenmanĝi kaj ŝia infanvartistino ekkriis. Tiel ŝi malkovris, ke ŝi maljuniĝis je tri jaroj dum unu nokto."

"Ho!" ekkriis E-Z.

"Kaj estas pli."

"Pli. Mi ne povas imagi ion pli."

"Ŝi sukcesis konvinki sian patrinon, ke ne necesas, ke ŝi restu ĉi tie dum la tuta vizito. Ŝi estas okupita komercistino. Necesis sufiĉe da persvado. Lia diris, ke estus pli bone por ŝi, konsiderante la sperton de Sam kun vi kaj la procesojn. Ŝia patrino konsentis, sub kelkaj kondiĉoj."

"Ekzemple?"

"Ke ŝi ŝatas Onklon Sam."

"Ĉiuj ŝatas Onklon Sam."

"Ankaŭ, ke vi klarigu al ŝi, kiel ŝia filino povis tiel maljuniĝi dum unu nokto."

"Kaj kiel precize mi faru tion?"

"Sincere," diris Alfred, "mi tute ne scias. Tial mi volis paroli kun vi sola. Mi celas, Onklo Sam scias, ke Lia venas, ĉu ne?"

E-Z kapjesis, "Mi supozas, ke jes, se ili estas survoje."

"Sed li atendas sepjaran knabinon, kiam dekjara aperos ĉe lia sojlo."

E-Z denove haltis. Onklo Sam. Li eĉ ne pensis pri tio, ke Onklo Sam devos trakti dekjaran knabinon. "Mi ne certas, ĉu mi iam menciis al li la aĝon de Lia!"

Alfred plu babilis. "Mi aŭdis pri homoj, kiuj maljuniĝas rapide. Ekzistas malsano nomata Progerio. Ĝi estas genetika kondiĉo, sufiĉe malofta kaj sufiĉe mortiga. Plej multaj infanoj ne vivas pli ol dek tri jarojn kaj Lia jam havas dek, do ni devas eltrovi tion."

"Kiel nomiĝas tiu afero, kiun vi diris,"

"Progerio."

"Jes, Progerio, kiel oni ĝin kontraktas?" demandis E-Z.

"Laŭ mia kompreno, ĝi okazas dum la unuaj kelkaj jaroj. Kaj la infanoj kutime estas misformaj."

"Lia estas misforma, pro la vitro, ne pro malsano. Ĉu ekzistas kuracilo?"

"Neniu kuracilo. Sed E-Z, estas io alia. Tio iel rilatas al la okuloj en ŝiaj manoj. Ili estas novaj kaj la malsano estas nova. Ĉu ne estas tro granda koincido?"

E-Z pripensis tion kaj decidis, ke Alfred pravis. Tio estis tro granda koincido. Sed kion li farus pri tio? Ĉu li telefonu al Eriel? "Ĉu vi konas Eriel?"

Alfred malrapidigis sian paŝadon, kaj ankaŭ E-Z. Ili estis preskaŭ hejme kaj bezonis elparoli tion antaŭ ol ili renkontiĝos kun Onklo Sam. "Jes, mi aŭdis pri li. Sed, kiel vi scias, Eriel ne estas mia anĝelo. Vi renkontis mian mentoron Ariel, kaj ŝi estas la anĝelo de la naturo, tial mi estas en la kondiĉo de rara cigno. Ŝi eble povos helpi, sed ni devos atendi ŝian sekvan aperon por fari tion."

"Ĉu vi volas diri, ke vi ne povas alvoki ŝin?"

Alfred kapjesis. "Ĉu vi povas alvoki Eriel laŭplaĉe?"

E-Z ekridegis. "Ne ĝuste laŭvole, sed oni ja povas atingi lin. Tamen, li estas vera kapdoloro pri tio kaj ne ŝatas esti vokata aŭ alvokata." E-Z silenteme pripensis, kaj ankaŭ Alfred. Ilia domo nun estis videbla kaj Onklo Sam estis hejme, ĉar lia aŭto estis parkita sur la enveturejo. "Mi pensas, ke ni devus atendi kaj vidi, kio okazos kun Lia."

"Konsentite," diris Alfred, paŝante de la vojeto, eltirante iom da herbo el la grundo kaj maĉante ĝin. E-Z observis. "Mi preferas ne manĝi tro da herbo; mi celas ĝardenherbon. Tion mi manĝas la tutan tagon, kiam vi estas en la lernejo – krom la malmultaj floroj, kiujn mi povas trovi. Nun mi emas manĝi iom da la malseka aĵo, kiu kreskas subakve. Ĝi estas pli freŝa kaj pli sukoplena."

"Mi tute komprenas tion," diris E-Z. "Mi ŝatas manĝi salaton, kiam ĝi estas freŝa kaj kraketa. Mi ne tiom ŝatas ĝin, kiam ĝi venas en sakoj kaj la sola maniero engluti ĝin estas trempi ĝin en salatsaŭco."

"Mi ja sopiras homan manĝaĵon."

"Kion vi sopiras plej multe?"

"Kazeoburgeron kaj terpomfingrojn, sen dubo. Ho, kaj keĉupo. Kiel mi amis tiun dikan, ruĝan, gluan saŭcon, kiu taŭgas por ĉio."

"Eble ne estus tiel malbone, sur herbo?" E-Z ridis, sed Alfred pripensis tion.

"Mi pretus provi tion."

"Ni metu ĝin en vian farendoliston," diris E-Z.

"Kio estas farendolisto?" demandis Alfred.

# ĈAPITRO 12

E-Z PRIPENSIS LA DEMANDON de Alfred. Alfred ne sciis, kio estas listo de revoj... kaj la esprimo estis kreita en 2007. En la filmo de Nicholson/Freeman kun la sama nomo. Li klarigis sen tro eniri en detalojn.

"Tio estas vere interesa ideo," diris Alfred, flufigante siajn plumojn. "Sed kio estas la celo de havi dezirliston? Certe, vi memorus ĉion, kion vi vere volus fari?"

"Vi scias, Alfred, mi ne estas tute certa. Mi supozas, ke tio eble rilatas al aĝo. Maljuniĝi kaj perdi la memoron."

"Havas sencon."

Ili daŭrigis sian vojaĝon kaj alvenis hejmen. Kiam E-Z suprenveturigis sin per sia rulseĝo laŭ la ramplo, Alfred saltis sur ĝin. La cigno batis per siaj flugiloj por helpi per la suprenira impeto. Supre, dum E-Z malfermis la pordon, ili aŭdis nekonatan voĉon.

"Ho ne, ili jam estas ĉi tie!" diris Alfred.

"Vi povus esti avertinta min!" respondis E-Z, pendigante sian sakon sur hokon enirante la salonon.

"Kompreneble, mi estus, se mi estus sciinta!"

Lia staris.

Por E-Z, la dekjara Lia aspektis rimarkinde malsama, ĝis ŝi levis siajn malfermitajn manplatojn.

Lia kriis kaj kuris al li kaj donis al li grandan brakumon. Poste ŝi brakumis Alfredon kaj diris, ke ŝi estas nekredeble feliĉa finfine renkonti lin.

La patrino de Lia, Samantha, ankaŭ staris, rigardante sian filinon brakumi la knabon, kiu savis ŝian vivon. La anĝelo/knabo en la rulseĝo. Ŝia filino menciis Alfredon, sed ne, ke li estis giganta cigno.

Onklo Sam stariĝis kaj diris, "Ho, E-Z! Dank' al Dio, ke vi estas hejme!" Li alproksimiĝis al sia nevo. Poste li embarase sugestis, ke ili iru en la kuirejon por preni trinkaĵojn.

"Ni fartas bone," diris Samantha.

Sam insistis, ke ili tamen iru en la kuirejon.

"E-hm," balbutis E-Z. "Mi ŝatus trinkaĵon."

Sam suspiris.

"Ne faru por ni ajnan penon," diris Samantha.

"Tio tute ne estas peno," diris Sam, puŝante la seĝon de E-Z al la elirejo de la salono. "Lia, vi estas tre bela," diris Alfred, klinante la kapon por ke ŝi povu lin karesi.

"Dankon," diris Lia ruĝiĝante. Ŝi ekrigardis E-Z-on dum ili forlasis la ĉambron, sed li ne rimarkis, ĉar liaj okuloj estis sur lia onklo.

Kiam ili estis en la kuirejo, Sam sidigis sian nevon. Li malfermis la fridujon kaj remalfermis ĝin. Li iris al la ŝranko, malfermis la pordon, kaj remalfermis ĝin.

"Kio malbonas?" demandis E-Z.

"Mi, mi ne atendis ilin tiel baldaŭ, kaj kion homoj el Nederlando entute manĝas kaj trinkas? Mi ne pensas, ke mi havas ion taŭgan hejme. Ĉu mi eliru kaj aĉetu ion specialan?"

"Ili estas homoj samkiel ni, mi certas, ke ili provos kion ajn vi havas. Ne tro pripensu tion."

"Helpu min ĉi tie, karulo. Kiajn aferojn ni servu? Fromaĝon kaj biskvitojn? Ion varman, kiel grilditajn fromaĝsandviĉojn? Ni havas akvon, sukon kaj senalkoholajn trinkaĵojn."

"Bone, ni faru por nun la aferon kun fromaĝo kaj biskvitoj. Ni vidos, kiel tio iros. Kaj pleto da diversaj trinkaĵoj."

Sam sopiris kaj metis ĉion sur pleton. "Ho, serviloj!" li diris, elprenante aron da ili el la tirkesto.

"Ĉu ĉio pretas?" demandis E-Z.

"Dankon, karulo," diris Sam, levante la pletojn plenajn de manĝaĵoj kaj trinkaĵoj. Li eniris la salonon, kaj lia nevo sekvis lin. Sam metis ĉion sur la tablon, poste saltis supren kaj diris, "Krompladoj!" kaj forlasis la ĉambron, revenante post mallonga tempo kun la menciitaj aĵoj.

E-Z ekrigardis al Lia, kiam li trinkis sian trinkaĵon. Li ankoraŭ povis vidi ŝin kiel knabinon, kvankam ŝi ne plu estis tia. Ŝia hararo estis pli longa.

La patrino de Lia aspektis eĉ pli malkomforta ol Onklo Sam. Ŝi ludis per biskvito, sed ne mordis ĝin. Ŝi movis la glason antaŭen kaj malantaŭen, sed ne trinkis el ĝi. Ŝi de tempo al tempo ekrigardis en la direkton de Onklo Sam, sed ne longe. Poste ŝi suspiris tre laŭte kaj ree komencis ludi kun sia manĝaĵo.

"Kia estis via flugo?" demandis E-Z.

"Ĝi estis tre facila kompare kun flugado kun vi," diris Lia. Ŝi ekridis kaj la senalkohola trinkaĵo preskaŭ eliris el ŝia nazo. Baldaŭ ili ĉiuj ridis kaj sentis sin pli trankvilaj.

Alfred babilis libere, sciante, ke nur Lia kaj E-Z povis kompreni lin. "Nun ni estas kune, La Tri. Kiel estis destinite."

Lia kaj E-Z interŝanĝis rigardojn.

Alfred daŭrigis. "Mi daŭre scivolas, kial ni estis kunigitaj. E-Z, vi povas savi homojn kaj vi estas super-supera forta, krome vi povas flugi kaj ankaŭ via seĝo. Lia, viaj povoj estas en via vidkapablo. Vi povas legi pensojn. Laŭ tio, kion E-Z rakontis al mi, vi havas la povojn de lumo kaj povas haltigi la tempon.

"Mi, mi povas vojaĝi, flugi en la ĉielo kaj mi povas kelkfoje antaŭsenti kiam aferoj okazos antaŭ ol ili okazas. Mi ankaŭ povas legi mensojn, ne ĉiam. Krome, plej multaj homoj amas cignojn. Iuj diras, ke ni estas anĝelaj. Estas eĉ tiuj, kiuj kredas, ke cignoj havas la potencon transformi homojn en anĝelojn. Mi ne scias, ĉu tio estas vera. Mi, mem, povas helpi ĉiujn vivantajn, spirantajn estaĵojn resaniĝi."

La lasta parto estis nova por E-Z. Li volis scii pli.

Alfred proponis, "Kapitulaco estas la unua paŝo."

E-Z kaj Lia estis perditaj en pensoj pri la konfesio de Alfred.

"Kion ni faru nun?" demandis Lia.

"Ĉiu teamo bezonas gvidanton, kapitano. Mi proponas E-Z-on," diris Alfred.

"Mi subtenas la nomumon," diris Lia. Lia kaj Alfred levis siajn glasojn al E-Z. Onklo Sam kaj la patrino de Lia, Samantha, aliĝis al la tosto. Kvankam ili tute ne sciis, kion ili ĉiuj tostis.

E-Z dankis ilin ĉiujn. Sed interne li scivolis, kiel ĉio funkcios. Kiel li gvidos knabinon kaj cignon? Kiel li protektos ilin kaj tenos ilin sekuraj?

Onklo Sam kaj Samantha proponis purigi, dum la triopo reiris en la salonon.

"Estos bona okazo por ke ili iom pli bone interkonatiĝu," diris Alfred.

"Jes, panjo neniam antaŭe estis tiel nervoza. Pro sia laboro, ŝi renkontas multajn homojn kaj parolas kun ili, eĉ kun tute fremdaj, kvazaŭ ŝi ĉiam konis ilin. Tio estas unu el la sekretoj de ŝia sukceso, mi pensas. Kun Sam tamen, ŝi estas kvieta kiel muso kaj nervoza."

"Eble temas pri horzonaskeleto," sugestis E-Z.

Alfred ridis. "Ne, ili estas reciproke allogitaj. Vi ambaŭ estas tro junaj por rimarki tion, sed estis ia etoso en la aero."

"Ĉu vere, mia panjo enamiĝis al Sam?"

"Onklo Sam ankaŭ estis mallerta – sed li ne renkontas multajn knabinojn nuntempe, ĉar li laboras hejme kaj pasigas la plejparton de sia tempo helpante min. Mi proponas, ke ni ŝanĝu la temon."

"Ankaŭ mi," diris Lia.

"Vi du estas senamuzaj."

"Mi pensas, ke eble estas la tempo por ni alvoki Erielon," diris E-Z. "Li devas esti tiu, kiu kunigis nin ĉiujn. Ni bezonas esti informitaj pri la plano. Scii, kio estos atendata de ni kaj kiam."

"Kiu estas Eriel?" demandis Lia. "Mi memoras, ke vi demandis min antaŭe, ĉu mi konas lin."

"Li estas Arĥanĝelo kaj li mentoras miajn provojn. Nu, almenaŭ pri la lastaj kelkaj."

"Mia anĝelo, tiu, kiu donis al mi la donon de man-vidado, nomiĝas Haniel. Ŝi ankaŭ estas arĥanĝelo. Ŝi estas la prizorgantino de la tero."

Tio surprizis E-Z-on. Se ili ĉiuj laboris por siaj propraj anĝeloj, kial do oni kunvenigis ilin? Ĉu unu anĝelo estis pli potenca ol la alia? Kiu estis la estro-anĝelo? Al kiu oni respondecis?

"Mi ja ŝatus scii, kio okazas," diris Alfred.

"Ĉio, kion mi scias," diris Lia, "estas ke post la akcidento oni demandis min, ĉu mi estus unu el la tri. Kaj nun, jen, jen ni estas."

Onklo Sam kaj Samantha eniris la ĉambron. Ili babilis kune ankoraŭ iom da tempo, ĝis Samantha, laca pro la flugo, iris al sia ĉambro. Onklo Sam ankaŭ iris al sia ĉambro.

"Ni iru en mian ĉambron kaj parolu," diris E-Z.

Lia kaj Alfred sekvis. Post kelkhora diskuto, la triopo rimarkis, ke ili havis multajn demandojn sed malmultajn respondojn. Lia iris al sia ĉambro, kiun ŝi kunhavis kun sia patrino. Alfred dormis sur la rando de la lito de E-Z. E-Z ronkis. Morgaŭ estos alia tago – tiam ili ĉion eltrovos.

# ĈAPITRO 13

LA SEKVAN MATENON LIA elportis bovlojn da cerealoj en la malantaŭan ĝardenon. La suno leviĝis en la ĉielo, estis sennuba tago kaj proksimiĝis la 10-a matene. Alfred maĉis la herbon apud la vojeto. Lia donis al E-Z lian bovlon, poste sidiĝis sub la ombrelo sur la teraso kaj prenis kuleron da Maizflokoj.

"Nord-amerikaj Maizflokoj gustas alimaniere ol tiuj, kiujn ni havas en Nederlando."

"Kio estas la diferenco?" demandis E-Z.

"Ĉio ĉi tie gustas pli dolĉe."

"Mi aŭdis, ke oni uzas malsamajn receptojn en diversaj landoj. Ĉu vi volas ion alian?" Ŝi neis per kapskuo. "Mi ne povis dormi hieraŭ nokte," diris E-Z, prenante plian kuleron da Kapitano Krako.

"Pardonu, ĉu mi tro ronkis?" Alfred demandis, dum li puŝis sian vizaĝon en la rosan herbon.

"Ne, vi estis en ordo. Mi havis multon en la kapo. Mi volas diri, ni ĉiuj estas ĉi tie. La triopo – kaj mi ne havis proceson de iom da tempo... De kiam Hadz kaj Reiki estis degraditaj, mi ne scias, kio okazas. Post tiu lasta batalo kun Eriel – kiun mi cetere gajnis – mi aŭdis nenion de li. Tio nervozigas min. Mi scivolas, kion li elpensas por mizerigi mian vivon."

Alfred marŝis plu for en la ĝardeno, dum unukorno alteriĝis sur la herbon.

"Je via servo," diris Little Dorrit.

La unukorno frapetis per la kapo al Lia, dum ŝi staris kaj kisis ĝin sur la frunto.

Super ili komenciĝis blua strio de ĉielskribo. Ĝi formis la vortojn:

SEKVU MIN.

La seĝo de E-Z leviĝis, "Antaŭen!" li kriis.

Little Dorrit kliniĝis, permesante al Lia suriri ĝin.

Alfredo flugilbatis kaj aliĝis al la aliaj.

"Ĉu vi scias, kien ni direktiĝas?" demandis Alfredo.

"Ĉio, kion mi scias, estas ke ni devas rapidi! La vibradoj plifortiĝas, do ni devas esti proksime."

"Rigardu antaŭen," kriis Lia. "Mi pensas, ke oni bezonas nin ĉe la amuzparko."

Tuj estis evidente al E-Z, kiel oni bezonis ilin. La ondfervojo deŝinaĝis. La vagonoj pendis parte sur kaj parte ekster la trako. Kaj pasaĝeroj de ĉiuj aĝoj kriis. Unu infano pendis tiel danĝere kun siaj kruroj super la rando de la vagono, ke estis klare, ke li unue falos.

"Ni kaptos la infanon," diris Lia, ekflugante. Ŝi kaj Little Dorrit iris rekte al la knabo. Li sin liberigis, falis, kaj surteriĝis sekure antaŭ Lia sur la unukorno.

"Dankon," diris la knabo. "Ĉu ĉi tio vere estas unukorno, aŭ ĉu mi sonĝas?"

"Jes, vere," diris Lia. "Ŝia nomo estas Little Dorrit."

"Mia panjo havas libron kun tiu nomo. Mi pensas, ke ĝi estas de Charles Dickens."

"Ĝuste," diris Lia.

"Ĉu estas unukornoj en Little Dorrit? Se jes, mi devos legi ĝin!"

"Mi ne povas diri certe," diris Lia. "Sed se vi ekscios, sciigu min."

E-Z kaptis la elstarantajn vagonojn unu post la alia. Estis iom da peno ekvilibrigi ilin; komence, ĝi estis iom kiel risorto, tute kliniĝinta en unu direkto. Sed lia sperto pri aviadiloj helpis kaj inspiris lin, dum li levis la vagonojn reen sur la trakojn. Li tenis ilin stabilaj, ĝis ĉiuj pasaĝeroj estis sekure interne.

Danke al la helpo de Alfred, tiu procezo estis glata. Alfred, uzante siajn flugilojn, bekon kaj grandegan grandecon, povis levi ilin al sekureco.

"Ĉu ĉiuj fartas bone?" E-Z vokis meze de la resona aplaŭdo de ĉiuj pasaĝeroj.

La tasko sukcese plenumita, Alfred flugis supren al kie estis Lia kaj la aliaj. Ĝi estis bonega loko por observi.

"Ĉu ni povas nun mallevi la knabon?" Lia demandis. E-Z donis al ŝi dikfingron supren.

Malsupre, kranon oni alportis por levi ĝin por savado. Ĝi tute ne estis preta ankoraŭ. Li observis, kiel laboristoj svarmis ĉirkaŭe en siaj flavaj kaskoj.

E-Z fajfis al la ulo, kiu funkciigis la montetfervojon, por ke li ekfunkciigu ĝin.

La funkciigisto de la montorelvojo denove ekfunkciigis la motoron. Unue la vagonetoj iomete antaŭenruliĝis, poste haltis. La pasaĝeroj kriis, timante ke ĝi denove deŝpuriĝos. Iuj tenis siajn kolojn, kiuj estis skuitaj en la originala okazaĵo.

E-Z poziciigis sian rulseĝon antaŭ la vagonetoj por observi, ke ilia pozicio ne ŝanĝiĝis. Li rimarkis, ke la vento plifortiĝis, ĉar la haroj de la pasaĝeroj estis balaitaj en la vagonetoj. Unu maljunulo perdis sian basbalĉapon de LA Dodgres. Ĉiuj rigardis, dum ĝi falegis al la tero.

"Provu denove," kriis E-Z, esperante la plej bonan sed samtempe pripensante Planon B por ĉiaokaze.

La funkciigisto akcelis la motoron. Denove, la montetfervojo moviĝis antaŭen. Ĉi-foje iom pli longe, sed denove ĝi tute haltis.

E-Z kriis ordonojn al Little Dorrit, "Bonvolu surterigi Lia. Poste prenu iom da ĉenrondo kun hokoj ĉe ambaŭ finoj, kaj alportu ilin al mi."

La unukorno kapjesis, malsuprenirante meze de la "ohoj" kaj "ahooj" de la homamaso, kiu kolektiĝis sube. Unu ulo provis kapti ŝin kaj kunveturi, ŝi forpuŝis lin per sia nazo kaj la polico ekagis por barikadi la areon.

"Jen!" diris konstruisto. Li aŭdis la peton de E-Z. Li metis parton de la ĉeno en la buŝon de Little Dorrit kaj ĉirkaŭligis la reston ĉirkaŭ ŝian kolon.

"Ĉu ne estas tro peze?" li demandis, dum Little Dorrit ekflugis senprobleme kaj suprenflugis al la loko, kie Alfred nun atendis apud E-Z.

Alfred, uzante sian bekon, enmetis la hokon en la fronton de la montet-veturilo. Li firme lokis ĝin kaj alkroĉis ĝin al la rulseĝo de E-Z.

"Bonvolu resti sidanta," vokis E-Z. "Mi malsuprenigos vin, malrapide sed certe. Provu ne tro moviĝi, mi ŝatus, ke la pezo restu konstante lokita. Je la tria, ni ekveturu," li diris. "Unu, du, tri." Li tiris, donante ĉion el si, kaj la vagono ruliĝis kun li. La malsupreniro estis facila, sed suprenirante, li devis certigi, ke la vagono ne akceliĝu tro multe kaj ne denove deŝoviĝu. Little Dorrit kaj Alfred flugis apud la vagono, pretaj agi, se io ajn misus.

Lia estis tiel timigita, nervoza kaj ekscitita.

"Vi povas fari tion, E-Z!" ŝi kriis, forgesante, ke ŝi povis paroli la vortojn en sia kapo, kaj li aŭdus ilin.

"Dankon," li diris, tenante la ritmon malrapida kaj konstanta. Kvankam E-Z estis laca, li devis plenumi la taskon. Kiam la aŭto ĉirkaŭveturis la angulon kaj plene haltis, ĝi reiris en la tunelon. Reen al kie ĝia vojaĝo unue komenciĝis.

"Dankon!" vokis la operaciisto. Fajrobrigadistoj, paramedikoj kaj flegistoj sin preparis por la amasveno de pasaĝeroj. Ili eliris samtempe.

"E-Z! E-Z! E-Z!" la homamaso skandis, kun telefonoj levitaj filmante la tutan okazaĵon.

"Ĉu vi pensas, ke ni havas tempon por preni iom da sukerlano?" Lia demandis.

"Kaj Karamelizita Maizo?" diris Alfred. "Mi ne certas, ĉu ĝi plaĉos al mi, sed mi pretas provi ĝin!"

"Komprenite," diris E-Z, "mi aĉetos ambaŭ por vi, sen zorgo! Eble mi eĉ aĉetos por mi Sukerpomon."

Dum li iris aĉeti, li rimarkis, ke raportistoj alvenis. Ili estis kolektiĝintaj ĉirkaŭ iu tre alta kun tute nigraj haroj. La viro tenis cilindron antaŭ si kaj similis al Abraham Lincoln. Rigardante pli atente, li konstatis, ke temas pri Eriel kaŝvestita. Li alproksimiĝis por aŭskulti.

"Jes, mi estas tiu, kiu kunigis ĉi tiun dinamikan triopon. La gvidanto estas E-Z Dickens, kaj li estas dektri-jara kaj superstelulo. Krom esti la plej sperta membro de La Triopo, li estas la gvidanto. Kiel vi certe rimarkis, li povas mastrumi preskaŭ ĉion. Li estas bonega knabo!"

E-Z sentis sian vizaĝon ruĝiĝi.

"Kaj la knabino kaj la unukorno?" kriis raportisto.

"Ŝia nomo estas Lia, kaj ĉi tio estis ŝia unua aventuro en la mondo de superherooj. Ŝia unukorno estas Little Dorrit, kaj la du estas miranda teamo. Ŝi savis tiun knabon," li kaptis la knabon. Li metis lin en la centron antaŭ la fotiloj.

Kiam ĉiuj rigardoj estis sur li, li finis sian frazon. "Senpene. Lia kaj Little Dorrit estas mirindaj aldonoj al la teamo, kaj ili estos grandega helpo por E-Z en ĉiuj liaj estontaj klopodoj."

"Kiel estis?" raportisto demandis la knabon.

"Lia estis vere afabla," diris la juna knabo. La malluma figuro forpuŝis la knabon. Li skuis la polvon de si.

"La trompet-cigno nomiĝas Alfred. Tio estis lia unua okazo helpi E-Z-on. Li kuraĝe riskis sin. Alfred estas alia elstara membro de ĉi tiu superheroa teamo de La Tri. Vi multe vidos ilin en la estonteco." Li hezitis, "Ho, kaj mia nomo estas Eriel, se vi volas citi min en via artikolo."

Nun E-Z deziris, ke li ne estus konsentinta kolekti karnavalajn dolĉaĵojn. Li kuntiriĝis flanken, esperante ne esti rimarkita.

"Jen li!" iu kriis.

Aliaj, kiuj staris en la vico malantaŭ li, puŝis lin al la komenco de la vico.

"Estas senpage," diris la vendisto, transdonante al li po unu el ĉio.

"Dankon," li diris, dum li forflugis.

"Jen li! La knabo en la rulseĝo! Nia heroo!" iu kriis de sube.

"Jen li, fotu lin."

"Bonvolu reveni por memfoto!"

E-Z ekrigardis tien, kie estis Eriel, sed nun, kiam oni ekvidis lin, neniu plu interesiĝis pri li. Antaŭ ol li ekkonsciis, Eriel jam malaperis.

"Ni foriru de ĉi tie!" ekkriis E-Z, demandante sin, kien precize ili iru. Se ili irus al lia domo, la raportistoj kaj fervoruloj plej verŝajne sekvus ilin. Iasence, li sopiris la tagojn, kiam Hadz kaj Reiki forviŝis la mensojn de ĉiuj implikitaj – tio certe simpligis la aferojn.

Survoje reen, E-Z ne povis ne scivoli, kion Eriel faras. Finfine, neniu devis scii pri liaj provoj. Tio estis tre stranga – sed li estis tro elĉerpita por paroli pri tio kun siaj amikoj. Anstataŭe, li scivolis, kial ne plu gravis kaŝi siajn provojn – kaj kiel tio ŝanĝos la aferojn. Estis bone, ke liaj flugiloj ne plu brulis, kaj lia seĝo ŝajnis ne plu interesi pri sangotrinkado.

"Nu, tio estis sufiĉe facila," diris Alfred. Lia ridis, "Kaj estis iom amuze vidi vin aganta, E-Z."

"Hej, kio pri mi, mi ankaŭ helpis!"

"Vi ja helpis," diris E-Z. "Kaj Little Dorrit, dankon! Mi ne povus fari tion sen vi!"

Little Dorrit ridis. "Mi ĝojas helpi."

"Vi estis mirinda!" diris Lia, karesante sian kolon.

Sed io maltrankviligis ilin. Estis evidente, ke E-Z povus fari ĉion mem. Li ne bezonis helpon.

Alfred precipe sentis, ke, estante trumpetanta cigno, li faris ĉion eblan. Sed li ne multe helpis en tia savado. Ne kiel iu kun manoj povus helpi. Li faris sian plejeblon, sed ĉu tio sufiĉis? Ĉu li estis la plej bona elekto por esti membro de La Triopo?

Lia pensis, ke Little Dorrit povus esti surteriĝinta sub la knabo kaj savinta lin sen esti sur ĝia dorso. La unukorno estis inteligenta kaj povus esti sekvinta la gvidon kaj instrukciojn de E-Z. Ŝi sentis, ke ŝi venis tiom malproksimen, kaj por kio? Tio vere ne havis sencon.

Ili denove revenis hejmen. Kvankam ili kune atingis ion mirindan, ilia animo estis malalta.

Little Dorrit foriris kaj foriris al kie ajn ŝi loĝis, kiam oni ne bezonis ŝin.

E-Z tuj iris al sia oficejo, kie li iomete laboris pri sia libro. Li jam delonge volis ĝisdatigi la liston de provoj por vidi, kie li staras. Li decidis retipi ilin ĉiujn denove de la komenco:

1/ savis la knabinon
2/ savis la aviadilon de kraŝo
3/ haltigis la pafiston sur la tegmento
4/ haltigis la knabinon en la butiko
5/ haltigis la pafiston ekster sia domo
6/ dueladis kun Eriel
7. evitis tiun kuglon
8/ savis Lian
9/ remetis montoplanon sur la trakon.

Li ne certis, ĉu savi Onklon Sam estis provo aŭ ne. Hadz kaj Reiki forviŝis lian menson. La interna sento de E-Z estis, ke savi Onklon Sam ne estis provo.

Li apogis sin en sia seĝo. Pensante pri sia alproksimiĝanta limdato. Li devis plenumi tri pliajn provojn en limigita tempo. Unuflanke, li volis ilin fari, por fini kun ili. Aliflanke, la fino de lia devontigo timigis lin.

Dume, Alfred decidis naĝi ĉe la lago.

Dume, Lia kaj ŝia patrino promenis.

"Do, kiel estis?" demandis Samantha.

"Estis treege ekscite kaj timige samtempe. E-Z estas rimarkinda. Sentima," klarigis Lia.

"Kaj kia estis via kontribuo?"

Ili turnis la angulon kaj sidis kune sur parka benko. Infanoj ludis, kurante tien kaj reen kaj kriante. Kaj patrino kaj filino rememoris, kiel Lia kutimis ludi tiel, senzorge, kiam ŝi havis sep jarojn. Nun, kiam ŝi estis dekjara, ŝia intereso pri ludado multe malkreskis.

"Ĉu vi sopiras tion?" demandis Samantha.

Lia ridetis. "Vi ĉiam scias, kion mi pensas. Mi ne vere, sed iam baldaŭ, mi ŝatus denove provi danci. Por vidi kiel kaj ĉu mi povus adaptiĝi."

Ili sidis kune rigardante, sen diri ion ajn.

"Koncerne mian kontribuon, knabeto pendis de la aŭto kaj sen la helpo de Little Dorrit, eble estus falinta."

"Eble estus?"

"Jes, mi pensas, ke E-Z estus savinta lin, poste prizorginta la reston, se ni ne estus tie. Li kutimas fari la provojn sola."

"Ĉu vi ne pensas, ke vi aŭ Alfred estis bezonataj?"

"Nia ĉeesto por morala subteno estis helpa, mi ne scias. La ĉefanĝeloj multe penadis por kunigi nin. Por flugigi nin la tutan vojon el Nederlando, nia hejmo. Kiam, surbaze de ĉi tiu provo, mi ne pensas, ke ni estas necesaj."

Samantha prenis la manon de sia filino en la sian kaj ili leviĝis de la benko kaj turniĝis reen hejmen.

"Mi pensas, ke havi teamon, subtenon, estas bona afero kaj mi certas, ke E-Z scias kaj aprezas tion. Li ne ŝajnas esti la speco de knabo, kiu estas solulo. Li ludis basbalon, kaj ankoraŭ ludas, laŭ tio, kion Sam diras al mi. Li scias, ke teamoj bone kunlaboras, konstruante sur la fortoj de ĉiu ludanto. Koncerne vin, mi ne zorgus, ke vi ne estis la plej decida faktoro en ĉi tiu provo. Kaj neniam subtaksu vian valoron."

"Dankon, Panjo," diris Lia, dum ili turniĝis ĉe la angulo al sia strato. "Nu, ni parolu pri Sam. Vi vere ŝatas lin, ĉu ne?"

Samantha ridetis sed ne respondis.

***

Dume, Sam kontrolis pri E-Z.

"Ĉu ĉio bonas?" li demandis, enŝovis la kapon en la oficejon de sia nevo.

"Mi ne certas. Ĉu ni povas paroli?"

"Kompreneble, karulo."

"Fermu la pordon, mi petas."

"Kio okazis? Ĉu la unua team-provo ne iris bone?"

"Unue, mi volas demandi vin, kio okazas inter vi kaj la patrino de Lia?"

Sam ŝovetis siajn piedojn kaj purigis siajn okulvitrojn. "Ni ne parolu pri mi kaj Samantha. Tio estas inter ni."

"Ho, do, do ekzistas NI, ĉu ne?" li subridis.

"Ŝanĝu la temon," diris Sam.

"Bone do, kiel vi volas. Koncerne la provon, ĝi bone sukcesis, kaj ne pensu malbone pri mi. Mi ne diras tion ĉar mi estas aroganta, sed mi povus esti plenuminta ĝin sen la aliaj."

"Rakontu al mi precize, kio okazis. Kio estis via tasko? Kaj mi devas diri, tio surprizas min, ĉar vi ĉiam estis teamano."

"Mi scias. Tio estas ankaŭ tio, kio ĝenas min. Ĝi okazis en la amuzparko. Ondfervojo devojis de la trako. Ĝia fronto pendis de la rando kaj pasaĝeroj verŝiĝis eksteren. Nur unu estis en vera danĝero – infano, kiun Lia kaptis kun la helpo de la unukorno Little Dorrit."

"Ŝajnas, ke tiu savado estis helpa."

"Jes, ja la infano estis en danĝero, sed mi estis tie kaj povus esti savinta lin. Poste remeti la vagonon sur la trakon kaj helpi la aliajn interne. Estis kvazaŭ la tempo haltis por mi – do, mi facile povus solvi ĉi tiun situacion sen ies ajn helpo."

"Ŝajnas, ke Alfred ne multe utilis al vi. Ĉu vi implicas, ke vi povus fari sen li?"

E-Z pasigis siajn fingrojn tra la malhela mezo de sia hararo. La piketa sento iel malstreĉis lin.

"Alfred helpis. Sed mi serĉis manierojn por ke li helpu. Li tiom strebas. Ni tiom volas helpi, sed honeste, li estas sufiĉe lerta por scii, ke mi kreis laboron por li. Do, li povus helpi, kaj mi ne sentas min bone pri tio."

"Tion faras teamanoj. Ili zorgas unu pri la alia. Helpas unu la alian."

"Mi scias, sed kiam estas vivoj en risko, estas mia respondeco certigi, ke neniu mortu. Se mi trovas taskojn por la aliaj por ke ili sentu sin bezonataj, tio estas handikapo, ne helpo." Li profunde suspiris, klakante siajn fingrojn sur la klavaro. Honte, li evitis okulkontakton kun sia onklo.

Post kelkaj minutoj da silento, E-Z revenis al la verkado de sia libro por lasi sian onklon pripensi la aferojn. Li trairis la detalojn de la tagaj eventoj.

Dum li raportis, malkomponante la aferojn, dissekciante la provon kaj remuntante ĝin, li havis revelacion. Tio estis io, kion li neniam antaŭe faris. Li povus diskuti la aferon kun sia teamo. Ili povus diri al li, kiel li agis, fari sugestojn por ke li povu pliboniĝi. Jes, estis multaj avantaĝoj esti unu el la tri. Li sentis sin malstreĉita kaj pli feliĉa pro tiu scio.

"Mi pensas, ke vi devus doni pli da tempo al ĉi tiu teama situacio, antaŭ ol vi decidos ion ajn. Devas esti utile por vi scii, ke ili ĉiu havas siajn proprajn specialajn povojn por helpi vin. En ĉi tiu situacio, viaj kapabloj estis la ĉefaj. Tio ne signifas, ke ĉiam estos tiel. Aferoj povus ŝanĝiĝi por la sekva tasko. Ĉio okazas pro kialo."

"Vi nun pensas same kiel mi. Ĉio ĉiam estas pli bona, se oni ne devas alfronti ĝin sola. Vi instruis tion al mi."

"Ĉu iu alia en ĉi tiu domo malsatas?" vokis Alfred, dancante laŭ la koridoro.

E-Z puŝis sian seĝon malantaŭen kaj respondis, "Mi!"

Sam diris, "Vi kio?"

"Ho, Alfred demandis, ĉu iu malsatas."

"Ankaŭ mi!" kriis Sam.

"Jes," diris Lia. "Kio estas por la vespermanĝo?"

Samantha sugestis, ke ili mendu picon. Ĉiuj ĝojkriis, krom Alfred. Li ne ŝatis fadenecan fromaĝon.

Ili pasigis la vesperon kune, plenigante siajn buŝojn kaj maraton-spektante serion pri zombioj.

"Ĉu ĝi ne estas tro timiga por vi, ĉu ne, Lia?" demandis E-Z,

"Ĝi estas tro timiga por mi!" respondis Samantha. Sam metis sian brakon ĉirkaŭ ŝin, dum Lia subridegis kaj tenis la manon de sia patrino.

# ĈAPITRO 14

F RUE LA SEKVAN MATENON Alfred vekiĝis kun kriego. Se vi neniam aŭdis cignon kriegantan, do vi bonŝancas. Ĝi estis tiel laŭta, ke ĝi vekis ĉiujn.

E-Z provis trankviligi Alfredon. La cigno nur batis siajn flugilojn pli forte kaj eligis teruran sonon. Estis kvazaŭ li estus turmentata. Aŭ tio, aŭ la mondo finiĝis!

Onklo Sam alvenis por kontroli, kio okazis. "Estas Alfred, sed ne zorgu. Mi prizorgos tion," diris E-Z.

Baldaŭ Lia kaj Samantha venis esplori. Lia konvinkis Samanthan rekuŝti.

Lia restis, por helpi E-Z-on konsoli Alfredon. Kiu tuj iris al la fenestro, malfermis ĝin per sia beko kaj flugis eksteren en la nokton.

Super ili, E-Z kaj Lia aŭskultis, dum la membrudigitaj piedoj de Alfred frapis la tegmenton.

"Kion vi du atendas!" li kriis. "Ni devas foriri – NUN!"

Lia elgrimpis tra la fenestro kaj staris treme sur la fenestrobreto. Ŝi atendis, ĝis E-Z povis eniri sian rulseĝon kaj manovri ĝin en flosantan pozicion.

"Atendu, mi pensas, ke la unukorno finfine estas survoje," diris Alfred. "Tial mi estas ĉi tie supre. Por vidi, ĉu ŝi venas."

Little Dorrit alteriĝis, metis sian nazon sub Lian kaj ĵetis ŝin sur sian dorson.

Ili forflugis, kun Alfred gvidanta la vojon.

"Malrapidu!" kriis E-Z. Alfred ignoris lin. Li daŭrigis, gajninte altitudon kaj rapidon. La ĉaraj flugiloj de E-Z komencis bati, same kiel liaj anĝelaj flugiloj. Li devis rapide agi por teni Alfredon en vido.

Lia ekstremis. "Mi dezirus havi puloveron kun mi."

"Kovru vin al mia kolo," diris Little Dorrit. "Mi varmigos vin."

E-Z plirapidiĝis, alproksimiĝante, kaj tiam rimarkis, ke Alfred malrapidiĝis. Aŭ almenaŭ tiel li pensis. Anstataŭe, li vidis vidaĵon, kiu neniam forviŝiĝus el lia menso. Alfred estis frostigita en la aero, kun siaj flugiloj kaj piedoj etenditaj. Kvazaŭ li modelus X-on.

Tiam lia tuta korpo komencis tremi, kio kreskis al skuo. Ŝajnis, ke li estas elektrumata. Kaj lia vizaĝo, kun la esprimo de neeltenebla doloro, eltiris larmon el la okuloj de liaj amikoj.

"Kio okazas al li?" demandis Lia. "Mi ne plu povas spekti tion. Mi simple ne povas," ŝi ploregis.

"Estas kvazaŭ li estus elektrizata. Kiu farus tian aferon?" Dum li tion diris, li sciis. Nur Eriel povus esti tiel kruela. Eriel ilin alvokis. Uzante ĉi tiun elektrizigan teknikon por igi ilin sekvi sian amikon Alfred. Nur, kio se li ne postvivus la ŝokojn? Dum li tion diris, manpleno da plumoj de Alfred disiĝis de lia korpo kaj flosis en la aero. Li ĉesis tremi kaj ekflugis.

Super sia ŝultro li diris, "Nu, sekvu min, antaŭ ol ĝi trafos min denove."

"Ĉu vi fartas bone?" demandis Lia.

"Tio estis la tria, kaj ĉiufoje ĝi plimalboniĝas. Ni devas atingi la lokon, kien ili volas nin, kaj rapide. Mi ne scias, ĉu mi travivos alian – ne pli malbonan ol la lasta. Tio estis vere forta."

Ili plu flugis, babilante dumvoje.

"Mi pardonpetas, ke mi vekis ĉiujn," diris Alfred, nun kiam la ŝokoj ĉesis.

"Ne estis via kulpo," diris E-Z. "Mi sufiĉe certas, ke mi scias, kies kulpo ĝi estas – kaj kiam ni vidos lin, mi bone riproĉos lin."

"Kion vi celas?" demandis Lia, ĉarmiĝante al la kolo de Little Dorrit. Estis tiel mallume kaj malvarme; ŝi ne povis ĉesi tremi.

Alfred diris, "Oni vokis nin per sendado de elektraj ŝokoj tra mia tuta korpo. Estis kvazaŭ miaj plumoj brulus de interne eksteren. Tiel malĝentile. Tiel tre malĝentile, kaj dum momento, mi pensis, ke mi denove estas en la intermondo."

Lia tuta cignokorpo tremis, pensante pri tio. "Mi donos al la farinto tion, kion ili meritas, kiam mi ankaŭ vidos ilin!"

Alfred plu flugis apud la aliaj. "Antaŭe Ariel flustris en mian orelon por veki min. Poste ni kune elpensis planon. Ŝi eĉ faris tion, kiam mi estis en la intermondo. Ŝi ĉiam estis milda kaj afabla al mi. Tiu ĉi alvoko estis malsama."

"Sonkas kiel faro de Eriel," konfesis E-Z. "Li ne estas tre taktika kaj li povas esti iom melodrama kaj sufiĉe senkonsidera. Sen mencii, ke li havas malsanan humursenton."

"Iom melodrama eĉ ne skrapas la surfacon," diris Alfred.

"Vi devos iam rakonti al ni pli pri tiu inter-tia stato. La nomo sonas ĉarma, sed mi havas la senton, ke ĝi estas oksimoro," diris E-Z.

"Mi ne ŝatas paroli pri tio," respondis Alfred.

"Mi vere antaŭĝojas renkonti tiun Eriel-ulon. NE." konfesis Lia. "Estas kvazaŭ antaŭĝojadi renkonti Voldemort-on. Lia reputacio antaŭas lin."

"Aha, do Harry Potter-fano?" diris Alfred.

"Sendube," konfesis Lia.

La steloj en la supra ĉielo elsendis imagan varmon. Tamen, ili tremis neprepare en la nokta aero.

"Ĉu ni preskaŭ alvenis?" demandis E-Z.

"Mi ne scias certe," diris Alfred. "La ŝoko ne diris, kien oni nin alvokis, kaj mi ne povas percepti iujn ajn vibradojn en la aero. La sola afero, kiu indikos, ke ni ne faras tion, kio estas atendata de ni, estas alia ŝoko. Bedaŭrinde."

"Ni ne volas, ke tio okazu. Ni rapidigu la paŝon."

"Tamen ŝajnas, ke ni proksimiĝas." Alfred haltis meze de la aero; la flugiloj plene etenditaj. "Ho ne!" li flustris, atendante la novan ŝokon. Li atendis kaj atendis, sed nenio okazis. "Mi supozas, ke ni preskaŭ..."

La korpo de la cigno ĉi-foje ne nur skuiĝis kaj tremis. La korpo de Alfred ruliĝis reen kaj reen. Kvazaŭ li farus saltetojn en la ĉielo.

Perdoj flugis ĉirkaŭ li, dancante en la vento dum la cigno falis libere.

E-Z flugis sub la trompet-cignon kaj kaptis lin. "Alfred? Alfred?" La kompatinda cigno svenis. "Eriel! Vi! Vi granda harplena vulturo!" kriis E-Z, levante sian pugnobaton al la ĉielo. "Vi ne devas mortigi Alfredon. Diru al ni, kie vi estas, kaj ni venos tien, sed nur se vi konsentos ĉesigi la elektrajn ŝargojn. Tio estas barbara. Li estas cigno, pro kompatemo. Donu al li paŭzon."

"Kion li diris," respondis Lia, kun siaj malfermitaj manplatoj turnitaj supren.

Dum sekundo, ili flosis, senmove.

Tiam ŝoko trafis la rulseĝon. Poste ĝi trafis Dorrit la unukornulon. Kaj ĉiuj falis libere.

La rido de Eriel plenigis la aeron ĉirkaŭ ili. La mondo estis lia Sensurround, kaj li mokis La Triopon kiel neniu alia povus. Aŭ volus.

# ĈAPITRO 15

ILI DAŬRE FALEGIS DUM sufiĉe longa tempo. Neniu el ili havis ian kontrolon pri siaj specialaj povoj aŭ atributoj.

Ili duon-atendis, ke iliaj korpoj disbatiĝos sur la pavimo sube. La pavimo supreniris por akcepti ilin.

Subite, la malsupreniro finiĝis. Estis kvazaŭ ili ĉiuj estus fiksitaj al iu nevidebla pupisto.

Post kelkaj sekundoj, la moviĝo rekomenciĝis. Sed ĉi-foje ĝi estis milda.

Gvidante ilin, ĝis ili povis esti sekure faligitaj ĉe la piedoj de Eriel, Ariel kaj Haniel la arĥanĝeloj.

"Ĉu vi havis agrablan vojaĝon?" demandis Eriel. Li muĝis pro rido. Liaj kunuloj rigardis sen ridi aŭ paroli.

Alfred, nun vekiĝinta, flugis kaj surteriĝis, sekvata de la Unukorno Little Dorrit, portanta Lian.

La unukorno klinis sin al la aliaj gastoj, poste retiriĝis al la malproksima flanko de la ĉambro.

Eriel, la plej alta el la tri aliaj, staris kun la manoj sur la koksoj, certigante, ke estu neniu dubo pri tio, kiu estris.

Ariel, kontraste, estis feeca.

Haniel estis statueca, radianta belecon.

Eriel paŝis antaŭen, leviĝis de la grundo tiel, ke li estis super ili. Li muĝis, "Vi bezonis sufiĉe da tempo por alveni ĉi tien! En la estonteco, kiam mi ordonos vian ĉeeston, vi estos ĉi tie tuj-tuje!"

Haniel flugis pli proksimen al Alfred. Ŝi tuŝis lin sur la frunto. Ŝi tiam turniĝis al E-Z kaj faris la samon. Ŝi ridetis. "Mi ĝojas renkonti vin ambaŭ." Ŝi turniĝis al Lia. Lia malfermis sian manplaton kaj la du interŝanĝis tuŝojn per malfermitaj manplatoj kaj fingroj. Lia ĵetis sin en la brakojn de Haniel. Haniel ĉirkaŭprenis ŝin per siaj flugiloj, observante la aspekton de la nova dek-jara knabino.

Ariel flugetis proksimen al E-Z. Ŝi palpebrumis al li kaj ridetis al Lia. Ŝi flugis al Alfred kaj forprenis lian doloron.

"Sufiĉe da tumultado!" komandis Eriel, kaj lia voĉo tondris tiel laŭte, ke E-Z timis, ke ĝi suprenĵetos la tegmenton.

"Atendu momenton," diris Alfred, paŝante kun la sono de siaj membrueitaj piedoj flapantaj sur la betona planko. "Mi preskaŭ estis elektromortigita, kaj mi ŝatus pardonpeton."

Eriel malfermis siajn flugilojn larĝe, pli larĝe, kiel eble plej larĝe. Li flosis super Alfred, kiu ektremis sed restis surloke. Iliaj rigardoj interkroĉiĝis.

E-Z sentis, ke Alfred la trumpet-cigno estis aŭ tre kuraĝa aŭ tre malsaĝa. Ĉiukaze, li bezonis helpon.

E-Z ruliĝis antaŭen, poziciigis sian seĝon inter ili. "Kio okazis, okazis." Li alparolis Alfredon, "Retiriĝu." Alfred obeis. Poste al Eriel, "Mi scias, ke vi estas ĉikananto kaj tio, kion vi faris al nia amiko, estis pardonnebla kaj kruela. Estas meze de la nokto, do venu al la afero – diru al ni, kial ni estas ĉi tie? Kio estas la granda urĝaĵo?"

Eriel alteriĝis kaj liaj flugiloj faldiĝis malantaŭ lia korpo. Li muĝis, "Miaj provoj persone atingi vin, mia protektito, restis senrespondaj. Kio ajn mi faris, via ronko malhelpis vin vekiĝi. Mi sendis Hanielon por Lia, sed ŝi ne povis veki ŝin sen ĝeni ŝian patrinon, kiu dormis apud ŝi. Tial ni alvokis Alfredon, kiu ankaŭ ne respondis dum sufiĉe longa tempo. Ŝia mentoro provis alproksimiĝi al li, laŭ sia kutima maniero – sed ŝiaj flustroj ne estis sufiĉe potencaj por vekigi lin."

"Mi maltrankviliĝis pri vi," diris Ariel.

"Pardonu," diris Alfred. "La lito de E-Z estas mirinde komforta, kaj li ja ronkas sufiĉe laŭte. Jam delonge mi ne dormis en vera lito."

"SILENTO!" kriegis Eriel.

Alfredo paŝis malantaŭen, dum E-Z movis sian seĝon tiom pli proksimen al la estaĵo.

Eriel malaltigis sian voĉon. "Haniel pensis, ke vi estas morta, cigno. Kaj tial mi, uzis ĉi tiun oportunon por taksi nian plej novan teknologion."

"Ĝi ne estis antaŭe farita sur homoj," Haniel konfesis.

"Ni pensis, ke estus plej bone provi ĝin sur iu, kiu ne estas homo – Alfredo, vi taŭgis por la celo kaj ĝi funkciis perfekte. Certe, vi ĉiuj malfruis vian alvenon, sed vi alvenis. Kiel oni diras, pli bone malfrue ol neniam."

"Ĉu vi uzis min kiel provobekon?" diris Alfred, svingante sian kolon tien kaj reen kun la beko larĝe malfermita kaj antaŭenpaŝante sur la planko.

E-Z denove poziciigis sian rulseĝon inter ili. "Retiriĝu," li diris al Alfred.Eriel, Haniel kaj Ariel formis duoncirklon ĉirkaŭ la triopo.

"Vi pravas, E-Z. Kio pasis, pasis. Pli bone, ke ili provis ĝin sur mi, ol sur vi du. Nun ek al la afero," Alfred postulis.

"Jes, Eriel," diris E-Z, "denove mi demandas, kial ni estas ĉi tie?"

"Unue," la arkangelo bojetis, "la plano estis, ke vi tri iel formu triopon."

"Ni jam mem eltrovis tion," diris Lia. Ŝi tenis siajn manplatojn malfermitaj, por povi samtempe enrigardi la tri arkangelojn. Ŝi ankaŭ de tempo al tempo ĉirkaŭrigardis la ĉambron por enrigardi sian ĉirkaŭaĵon. Ĝi aspektis konata, kun metalaj muroj kiel tiu, en kiu ŝi unue renkontis E-Z-on. Nur multe pli spaca.

E-Z ĉirkaŭrigardis kaj rigardis Lian. Li pensis la saman. Ju pli li rigardis la murojn, des pli ili ŝajnis fermiĝi sur li. Li sentis sin malvarma kaj klaustrofobia, kvankam la spaco estis grandega. Li deziris, ke lia rulseĝo havu butonon kiel en iuj aŭtoj, kie la seĝo povas esti varmigita.

"Silentu!" kriis Eriel. Ĉar ĉiuj silentis, tio ŝajnis misloka. Kompreneble, ili ne konsideris, ke li ankaŭ povis legi iliajn pensojn.

Alfred ridis.

Eriel mallongigis la distancon inter ili, kaj Alfred retropaŝis. Eriel denove mallongigis la distancon. Kaj tiel plu, ĝis Alfred estis premita kontraŭ la muron. Alfred ekflugis. Eriel kaptis lin per siaj ungegaj piedoj. Tenis lin super la aliaj.

"Eriel, bonvolu," diris Ariel. "Alfredo estas bona animo."

Eriel demetis lin, poste levis siajn pugnojn. Fulmoj elflugis el ili kaj resaltis de la metala plafono de la ujo. Ĉiuj krom Eriel ludis evitu-ludon kun la flugantaj elektraj ŝargoj. Eriel observis. Ridis. Ĝis li laciĝis pro la amuzo. La konfido de la Triopo estis elprovita.

Eriel kaptis la ceterajn fulmojn. Li faris grandan spektaklon el tio, dum li metis ilin en siajn poŝojn.

"Nu do," li diris kun ruzeta rideto. "Nova provo venas al vi. Hodiaŭ. Unu el vi mortos."

E-Z subite leviĝis en sia seĝo. Alfred nevole kriis "Hoo-hoo!", kaj Lia kriis kiel knabineto.

Eriel daŭrigis, ignorante iliajn reagojn. "Vi estas ĉi tie por elekti. Kiu el vi mortos hodiaŭ? Post kiam vi elektos, mi klarigos la konsekvencojn, kiujn vi alfrontos pro tiu morto." Eriel flugis kelkajn futojn for kaj la aliaj du anĝeloj staris apud li, po unu sur ĉiu flanko.

Unue, Ariel priskribis la morton de Alfred:

"Mi ne povas diri al vi pri iuj detaloj pri ĉi tiu provo. Ĉio, kion mi povas diri al vi, estas, ke Alfred, se vi mortos hodiaŭ, vi ne plenumos vian kontraktan interkonsenton. Tial, vi ne revidos vian familion, nek nun nek iam ajn. Via morto, tamen, estus bela. Ĉar kiel en la vivo, la morto de cigno estas ĉiam bela. Majesta. Ĉar kiam cigno mortas, ĝi fariĝas anĝelo. Via transformiĝo estus nova komenco por vi. Via celo estus por la plibonigo de homoj kaj bestoj egale. Oni donus al vi novan nomon kaj novan celon. Oni vere valorigus vin ĉielmaniere. Kaj via animo revenus al sia eterna ripozejo."

Larmoj fluadis laŭ la trompetistaj cignaj vangoj de Alfredo. Ariel konsolis lin, ĉirkaŭbrakante lin per siaj flugiloj.

Due, Haniel rakontis pri la morto de Lia:

"Infano, baldaŭ iĝonta virino, kiel Ariel, mi ne povas diri al vi ajnan informon pri la tasko antaŭ vi. Ĉio, kion mi povas diri al vi, kara Cecilia, ankaŭ konata kiel Lia, estas, ke se vi mortus hodiaŭ, tiam vi ne plu ekzistus. En ajna formo. Via morto estus simple tio, morto. Fina. Estus kiel se la ampolo eksplodus, vi mortus. Via kompatinda vivo tiam finiĝus. Kaj tamen vi estas ĉi tie nun, kaj vi havas multon por oferi al la mondo. Vi eĉ ne gratis la surfacon de la povoj disponeblaj al vi. Tamen, se vi mortus hodiaŭ, tiuj povoj restus neuzitaj. Vi irus en la teron, polvo al polvo. Nur memoro por tiuj, kiuj konis kaj amis vin. Sed via animo ankaŭ, revenus al sia eterna ripozejo."

Lia fermis siajn manojn por reteni la larmojn falantajn el ili. Ili ankaŭ falis el la okuloj. Ŝiaj maljunaj okuloj. Ŝia korpo ektremis, kiam ŝi eksploregis. Ŝi estis tro kortuŝita por paroli.

Little Dorrit alproksimiĝis kaj frapetis la etulinon sur la ŝultron. Ankaŭ Haniel provis konsoli ŝin, kisante ŝin sur la frunton.

Kaj tiam Eriel ekrakontis la historion de E-Z:

"E-Z, vi atingis multajn aferojn de kiam viaj gepatroj mortis. Provadoj estis donitaj al vi. Kelkfoje, ofte nesupereblaj taskoj por homo. Tamen vi sukcesis superi ilin. Vi savis vivojn. Vi ne seniluziigis min. Tamen, ni ja sentas." Ŝi hezitis, rigardante flanken. "Mi precipe sentas, ke vi subfosis viajn povojn. Kelkfoje eĉ neis ilin. Vi prenis la tempon, kiun ni donis al vi por plibonigi la mondon, kaj malŝparis ĝin."

E-Z malfermis la buŝon por paroli.

"Silentu!" kriis Eriel. "Ne provu pravigi vin. Ni observis vin ludi basbalon kaj malŝpari tempon kun amikoj, kvazaŭ vi havus la tutan mondon da tempo por plenumi viajn taskojn. Nu, la tempo elĉerpiĝis. Se vi mortos hodiaŭ, viaj provoj estos nekompletaj."

E-Z havis bonan ideon pri tio, kio sekvos, sed li devis atendi, ke Eriel diru ĝin. Elparoli la vortojn por ke ĝi estu vera.

Kapitano Krako Eriel turnis la dorson. Ili rigardis lin etendi siajn flugilojn, kvazaŭ li preparus sin por foriri.

Ĉiuj silentis. Pripensante siajn sortojn.

Post iom da tempo, Eriel rompis la silenton. "Ariel, Haniel kaj mi forlasos vin por nun. Vi povas interparoli kaj decidi. Sed rapidu. Ni ne havas la tutan tagon."

La triopo de arĥanĝeloj malaperis tra la plafono.

# ĈAPITRO 16

Post kiam la arĥanĝeloj foriris, La Tri estis tro ŝokitaj por diri ion ajn. Ĝis E-Z rompis la silenton.

"Tio tute ne havas sencon, ke ili kunvenigis nin ĉiujn ĉi tien. Ke ili torturis Alfredon. Venigis nin ĉi tien. Poste diris al ni, ke unu el ni devas morti. Kaj ni devas elekti, kiu. Tio estas barbara – eĉ por Eriel."

Lia paŝadis kun pugnetoj fermitaj. Ŝi estis tro kolera por paroli, kaj ŝi ne zorgis, ĉu ŝi frapis ion. Fakte, kiam ŝi ja frapis ion, ŝi piedbatis ĝin.

Alfred ekparolis. "Mi pensas, ke se iu devas morti, tio estu mi. Miaj povoj estas treege limigitaj. Mi plej verŝajne fariĝus cignosupo pro la komplekseco de la provoj. Kiel la lasta provo. Mi scias, ke vi helpis min, E-Z. Estis afable de vi, sed mi sciis, ke mi estas ŝarĝo."

E-Z provis interrompi, sed Alfred simple daŭrigis.

"Por ne mencii, ke mi eble estus obstaklo. Metus unu el vi en danĝeron. Mi vivis malĝojan kaj solan vivon, de kiam oni forprenis de mi mian familion. Kelkfoje la soleco estas superforta. Esti membro de La Triopo helpis, sed...Eĉ kiel cigno, mi povis pensi pri ili. Memori ilin, ami ilin. La scio, ke ili mortis kune kaj estas ie kune, donas al mi pacon. Eĉ se mi ne estas kun ili, sed mi estos hodiaŭ, se mi estos tiu, kiu mortos. Mi pretas riski tion. Krome, kiam mi foriros, neniu sur la tero sopiros min."

"Ni sopiros vin!" diris Lia.

"Kompreneble, ni sopiros vin!" konsentis E-Z, transirante la plankon, rimarkante tablon, kiu antaŭe kunfandiĝis kun la muro. Li alproksimiĝis al ĝi, sur kiu li malkovris stakon da paperoj, kiujn li foliumis.

"Mi dankas la senton," diris Alfred. "Hej, kion vi faras, E-Z? De kie aperis tiu tablo?"

Lia etendis ambaŭ manojn antaŭ si, por ke ŝi povu vidi kaj E-Z kaj Alfred samtempe.

E-Z daŭrigis foliumi la paĝojn. Baldaŭ ili flugis ĉirkaŭ la tuta ĉambro. Ĵirante en la aero, kvazaŭ kaptite en la okulo de tornado.

La Triopo grupiĝis kaj rigardis la paperan neĝadon. Tiam subite ili falis sur la plankon.

Lia kaptis unu el ili kaj legis ĝin, dum E-Z kaj Alfred rigardis.

"Kio estas ĉi tio?" ŝi ekkriis. "Ĝi diras niajn nomojn. Ĝi rakontas la rakontojn. Niajn rakontojn. Pri niaj mortoj."

"Ĝi diras, ke ni jam estas mortaj!" diris E-Z, legante unu el la paperfolioj, kiun li kaptis.

"Ho," diris Lia, kun larmo ruliĝanta laŭ ŝia vangon. "Ĝi ankaŭ diras, ke mia patrino estas morta, kaj ankaŭ via Onklo Sam."

E-Z skuis la kapon. "Tio ne povas esti vera. Tio ne veras. Ili ludas kun ni." Li ĉirkaŭrigardis. Io en la ĉambro ŝanĝiĝis. La muroj. Ili nun estis ruĝaj. "Ĉu ni eniris alian dimension aŭ ion? Rigardu la murojn? Ĉu ni estas ie alie, kie la estonteco jam estas la pasinteco?"

Alfred prenis alian el la falintaj paĝoj. Ĝi rakontis pri la morto de lia edzino, liaj infanoj kaj pri lia propra morto. Kaj tamen, kiam li rigardis sin, sentis sin, li estis viva, kun plumoj: blankcignulo. "Mi volas eliri," li diris.

Lia ridetis. "Ĉu vi celas, el ĉi tiu ĉambro, aŭ el ĉi tiu vivo? Ankaŭ mi volas eliri, mi celas, el ĉi tiu timiga metala ujo, sed mi ne volas morti. Vidi la mondon tra la manplatoj estas samtempe stranga kaj mojosa. Povi legi pensojn, tio ankaŭ estas mojosa. Kiam mi tamen haltigis la tempon, tio estis mirinda. Imagu povi alvoki tiun potencon, ekzemple se iu estus en danĝero, aŭ se okazus katastrofo. Imagu, kiom da vivoj povus esti savitaj? Kaj nun mi havas dek jarojn kaj kiu scias, kiaj aliaj potencoj atendas min."

"Dia," diris E-Z. "Mi scias, kiel vi sentis vin, Lia. Tiel mi ankaŭ sentis min, kiam mi savis tiun unuan knabinon, kiam mi savis la aliajn kaj kiam mi savis vin."

La tri formis cirklon kaj kunligis siajn manojn, dum ili recitis la vortojn: "Ni havas la potencon. Neniu mortas hodiaŭ. Ne gravas, kion ili diras." Ili turniĝis ĉirkaŭe, ĉantante sian novan manton. Ĝis ili estis pretaj revoki la arĥanĝelojn.

# ĈAPITRO 17

ERIEL ALVENIS UNUE, KUN levitaj brovoj kaj malsupra lipo tordiĝinta en malestimon. Poste alvenis Ariel kaj Haniel. La du restis malantaŭ li en la ombro de liaj grandegaj flugiloj. Eriel krucis la brakojn, dum la du aliaj arĥanĝeloj alproksimiĝis. Ili flosis sur kontraŭaj flankoj de liaj ŝultroj.

"Ni decidis," diris E-Z. "Neniu mortos hodiaŭ."

La rido de Eriel tondris tra la metala ĉirkaŭbaro. Li leviĝis en la aeron, poste krucis la brakojn sur sia brusto. Ariel kaj Haniel restis silentaj, dum la rido de Eriel plialtiĝis laŭ tono, sufiĉe laŭta por vundi la orelojn de Alfred.

Alfred svenis sed rapide resaniĝis. Lia kaj E-Z helpis lin leviĝi. Ili subtenis lin ĝis Malgranda Dorrit flugis al li. Momentojn poste Alfred sidis alte super ili sur la unukorno. Li estis vizaĝon kontraŭ vizaĝo kun Eriel.

"Dankon, amiko," diris Alfred.

"Ĝojas helpi," diris Little Dorrit.

"Sufiĉe!" kriis Eriel, moviĝante pli alte super ili. Intimegante ilin per sia grandeco, sia morbideco, sia tondra voĉo. "Ĉu vi pensas, ke vi povas ŝanĝi tion, kio devas okazi? Mi diris al vi, kio devas okazi, kaj vi havas neniun elekton krom obei min. Tio ne estis enketo. Nek demokratio. Ĝi estis certeco. Ĉar estas skribite..."

Tiam li rimarkis, ke la planko estis kovrita per paperoj. Li flugis malsupren kaj prenis unu. Poste li leviĝis, tiel ke li estis vizaĝ-al-vizaĝe kun Alfred. En sia mano li tenis la rakonton de Alfred.

"Mi vidas, ke vi legis la estontecon. Nun vi scias la veron, ke vi vivas en paralela universo. Kio okazas ĉi tie, ondas tra la aliaj universoj. En lokoj kie ekzistas kaj la estonteco kaj la pasinteco."

Lia mallevis sian dekstran manon kaj levis la maldekstran. Ŝiaj brakoj ne estis fortaj, ĉar ili ankoraŭ alkutimiĝis al la neceso teni ilin levitaj.

Eriel flugis trans la ĉambron al ruĝa sofo, sur kiu li sidiĝis. La aliaj anĝeloj aliĝis al li, po unu sur ĉiu brako. Eriel sidiĝis komforte kun siaj flugiloj nek plene en, nek plene ekstere.

Post kiam li komfortiĝis, li daŭrigis.

"En unu el la mondoj, vi tri jam estas mortaj. Vi legis la veron. En ĉi tiu mondo, ankoraŭ ekzistas espero. Espero ekzistas, pro ni, tio estas mi, Ariel, Haniel kaj Ophaniel. Ni elektis vin tri homojn, por kunlabori kun ni. Ni donis al vi celojn, kaj ni helpis vin kie kaj kiam ni povis. Dum ni estas kun vi, nur ni permesas, ke via ekzisto daŭru.

Ni solaj donas al via vivo celon. Rifuzu sekvi la vojon, kiun ni elektis por vi, kaj vi ne plu ekzistos ĉi tie en ĉi tiu mondo ankaŭ. Vi estos forviŝita, kvazaŭ vi neniam estus ekzistinta kaj neniam estus ekzistonta."

E-Z kunpremis siajn pugnojn kaj lia seĝo subite antaŭenpuŝiĝis. "En la dokumento, la dokumento pri mia alia vivo, estis dirite, ke Onklo Sam ankaŭ estis morta. Li ne estis en la akcidento kun miaj gepatroj. Li ne estas parto de ĉi tiu interkonsento. Ĉu vi mortigis lin, Eriel, por teni min ĉi tie?"

Ne atendante respondon, Lia enparolis. "En mia dokumento, estas skribite, ke mia patrino estas morta. Kiel tio povas esti vera? Bonvolu diri al mi, ke tio ne estas vera!"

Alfred, nun sentante sin pli bone, saltis de la dorso de Little Dorrit. Li marŝetis pli proksimen al la sofo kaj denove alfrontis Eriel.

E-Z fiere rigardis sian amikon Alfred, la sentima trumpetansovo.

"Kaj en la dokumentoj, miaj preĝoj estas responditaj. Mi jam estas morta. Mi mortis kun mia familio, kiel devus esti. Mi preferus esti lasita morta. Morti kun ili, anstataŭ esti reenkarniĝinta kiel trumpetansovo. Tio estas post kiam Haniel savis min el la intermondo."

Eriel forpelis Alfredon. "Ho, jes, la intermondo. Mi forgesis, ke oni sendis vin tien. Ĉu vi ne tre amis ĝin, ĉu ne?"

Alfred movis sian kolon kaj grimacis per sia beko. Li nudigis siajn malgrandajn, hakajn dentojn, kvazaŭ li volus mordi Erielon.

"Malstreĉiĝu," diris E-Z, alproksimiĝante al la sofo.

Alfred fermis sian bekon. Lia proksimiĝis. Nun La Tri staris kune antaŭ Eriel. Ili atendis, ke la arĥanĝelo diru ion, ion ajn. Mute por unu fojo.

E-Z profitis la okazon por ekregadi la situacion.

"En la gazetoj, estis dirite, ke Onklo Sam mortis en la akcidento kun mia patrino, mia patro kaj mi. Li ne estis en la aŭto kun ni, por ke tio okazintus, oni devus esti plantinta lin en la veturilon kun ni. Por kio? Klarigu al ni, vi tiel nomataj arĥanĝeloj. Kial vi ŝanĝus la historion por konveni al viaj propraj celoj? Kie estas Dio en ĉio ĉi, cetere? Mi volas paroli kun li."

"Ankaŭ mi!" ekkriis Lia.

"Ankaŭ mi!" aldonis Alfred.

Eriel krucis siajn krurojn kaj etendis siajn flugilojn. Li metis sian manon sur sian mentonon kaj respondis, "Dio ne havas rilaton kun ni aŭ vi – ne plu." Li bosteis, kvazaŭ ĉi tiu tasko enuigus lin.

"Kio se mi dirus al vi, ke via domo brulas ĝuste nun? Kio se mi dirus al vi, ke nek Onklo Sam, nek via patrino Samantha, nek Lia vivus por vidi alian tagon?"

"Vi p-p-pagululo!" ekkriis E-Z.

"Ankaŭ mi!" diris Lia.

"Nu," riproĉis Eriel. "Ni ĉiuj estas amikoj ĉi tie. Amikoj, ĉu ne? Via domo eble brulas, io ajn povus okazi dum ni estas ĉi tie en ĉi tiu loko, suspenditaj en la tempo. Ju pli longe vi prokrastas elekti, des pli da kaoso vi kreas en la mondo." Li stariĝis kaj liaj flugiloj etendiĝis, kio igis la triopon fari kelkajn paŝojn malantaŭen.

Li daŭrigis, "E-Z, vi riskus vian vivon por via Onklo Sam, ĉu ne?" Li kapjesis. "Kompreneble, vi farus tion. Kaj Lia, vi riskus vian vivon por savi la vivon de via patrino, jes?" Lia kapjesis.

"Kaj Alfred, mia kara malgranda trumpetanta cigno. Mia plumeca mortiga amiko. Kiun el la du vi savus? Se vi povus savi nur unu el ili?" Eriel ridetis, fiera pri la rimoj, kiujn li kreis.

"Mi savus ambaŭ," diris Alfred. "Mi riskus mian vivon aŭ mortus provante."

"Vi havas strangan mortdeziron, mia plumeca amiko."

Alfred impetis al Eriel.

"N-e-e-e-n-t-e-s-t-a-s m-e-n-a-m-i-k-o! Ĉesu ludi kun ni. Vi kunigis nin. Kial? Por inciti nin. Por plorigi knabinon. Vi estas nenio krom, krom granda ĉikanulo."

"Jes," diris Lia. "Ĉesu ĉikani nin."

"Kion ili diris," aldonis E-Z.

Eriel nun kolerega, ŝanĝiĝis de nigra al ruĝa al nigra al ruĝa. Li flugis trans la ĉambron kaj frapis la tablon per siaj pugnoj.

"Ĉu vi volas la veron? Vi ne povas elteni la veron!" Li grimacis. "Malgranda flanka noto, mi amas la aktoradon de Jack Nicholson en 'Kelkaj Bonaj Viroj'."

Tio estis unu afero, pri kiu kaj Eriel kaj E-Z konsentis. La aktorado de Nicholson en tiu filmo estis senmakula.

"Ĉesigu la melodramaĵojn kaj diru al ni, kion vi volas de ni."

"Ni jam diris," diris Eriel. "Mi diris al vi, ke unu el vi devas morti hodiaŭ. Mi diris al vi, ke vi elektu, kiu. Estas skribite, ke unu el vi devas morti. Vi devas elekti. Nun."

Alfred paŝis antaŭen, kun sia cignokolo etendita. "Do, estos mi."

Alfred genuiĝis, lia korpo tremis. Li mallevis la kapon, kvazaŭ atendante, ke la arĥanĝelo forhakos ĝin.

Anstataŭe, ĉiuj tri arĥanĝeloj aplaŭdis. Ili petoladis tra la ĉambro, kriegante kvazaŭ dungitaj klaŭnoj prezentantaj sin ĉe infana naskiĝtaga festo.

Post kelkaj minutoj da kompleta frenezo, la arĥanĝeloj ĉesis.

"Estas farite," diris Eriel.

Kaj tiam ili malaperis.

# ĈAPITRO 18

Kun E-Z en sia rulseĝo, Lia sur Little Dorrit, kaj Alfred la cigno ankoraŭ, La Triopo, kiel ili svingiĝis tra la ĉielo. Ili plu iris kelkajn mejlojn, ĝis sub ili ili rimarkis grandegan metal-ponton.

Juna viro balanciĝis sur la rando, donante ĉiun indikilon, ke li intencas salti.

E-Z elprenis sian telefonon kaj pretis voki la numeron 911, dum Alfred, senhezite, flugis malsupren al la viro. Li remetis sian telefonon kaj li kaj Lia sekvis.

Alfred flosis super la viro, nekapabla paroli kaj esti komprenata de li; ĉio, kion li povis diri, estis, "Huu-huu!"

"For de mi!" kriis la viro, forgestante la kompatindan Alfredon, kiu nur provis helpi.

La viro paŝeton post paŝeto proksimiĝis al la rando, demetante siajn ŝuojn kaj rigardante ilin fali en la riveron sub si. Li rigardis, dum la akvo englutis ilin, tirante la ŝuojn suben per sia malsata buŝo. Volante vidi pli, li demetis sian T-ĉemizon — sur kies fronto ironie estis skribite: "La Fino".

La junulo rigardis, dum lia plej ŝatata ĉemizo svingiĝis kaj dancis dum ĝia falo. Dum la akvo englutis ĝin, la viro ekkantis:

"Jen mi iras ĉirkaŭ la murĝarbusto.
La murĝarbusto, la murĝarbusto.
Jen mi iras ĉirkaŭ la murĝarbusto,
Je suna, suna mateno."

Alfredo aŭdis lin kanti. Li konis la rimon. Li atendis, ke la viro kantos alian verson. Fakte, li volis, ke li kantu pli. Sed li timis ĝeni lin. La viro ne komprenus, eĉ se li provus paroli kun li.

Dumtempe, E-Z atendis signon de Alfredo. Fine, li ricevis unu – Alfredo diris al li kaj al Lia ne alproksimiĝi plu.

Alfredo deziris, ke la junulo povu kompreni lin. Se li alproksimiĝus, ĉu li povus kapti lin? Li alproksimiĝis, plene etendante siajn flugilojn.

La junulo vidis lin. "Cigno," li diris. Poste li saltis.

La trumpet-cigno estis pli granda ol la averaĝa cigno. Sed ne sufiĉe granda por kapti plenkreskan viron. Li tamen provis bremsi sian falon. Li riskis sian vivon por savi lin. Sed kio ajn li faris, la viro tamen falis kiel plumba balono. En la malsatan buŝon de la rivero.

Alfred, senpense pri si mem, plonĝis post li. Kiel li intencis elporti la viron, neniu sciis. Iuj diras, ke gravas la intenco. En ĉi tiu kazo, Alfred estis subakvigita de la pura pezo de la viro.

Dum tiu tempo, E-Z flosis super la akvo, serĉante aŭ la viron aŭ Alfredon aperi por ke li povu helpi ilin. Nek Lia, nek Little Dorrit sciis naĝi. Kaj E-Z ne povis eniri por ili, kun aŭ sen sia seĝo.

Ĉagrenite li flugis al la bordo, serĉante ian ajn signon de vivo. Fine, li vidis ĝin, ion ŝvebantan sur la alia flanko. Li rapidis tien, portis la viron al kie Lia atendis, kaj kiam tiu ekkaptis, li iris serĉi iujn ajn signojn de Alfred la cigno.

Tiam li vidis lin. Duone en kaj duone el la akvo. Ŝvebante kun la tajdo.

"Alfred!" li vokis, levante la kapon de la cigno, tuj rimarkante, ke lia kolo estis rompita. Alfred la trumpet-cigno, lia amiko, ne plu ekzistis. La faro de Eriel estis farita.

Lia, kiu observis ĉiun movon de E-Z, vidis la kolon de Alfred kaj kriis "Neeeeeee!"

E-Z levis la senvivan korpon de la cigno sur sian rulseĝon kaj tenis ĝin. Ankaŭ li ekploris.

Malantaŭ ili, la viro, kiun Alfred savis, ekkriis,

"Mi ne mortis! Estas mi, Alfred."

# ĈAPITRO 19

TERA PAŬZO.

Birdoj haltis meze de flugo. Ankaŭ aviadiloj. Kaj aliaj flugantaj objektoj kiel balonoj kaj dronoj. Kugloj ĉesis pafi post kiam ili eliris el la ĉambro. Akvo ĉesis flui super la Niagara Akvofalo. Insektoj ne plu zumis. La aero restis senmova.

Ophaniel aperis, apud Eriel, Ariel kaj Haniel. Kun siaj manoj sur la koksoj, kaj la mentono elpuŝita antaŭen, estis pli ol evidente, ke ŝi estis ĝenita. Anstataŭ paroli, ŝi turniĝis en la direkton de E-Z.

Li estis frostigita, kun larĝe malfermita buŝo. Lia lasta parolita vorto estis, "NEOOOOOOOOOOOOOOO!"

Nun ŝi observis Lian. La knabino havis frostigitan larmon sur sia vangon. Ĝi estis fluinta el ŝia malnova okulo.

Nun reen al E-Z. Li portis korpon. La korpon de morta cigno. Nun, al Alfred, kiu ne plu estis cigno. Li alprenis la formon de viro. Droninta viro.

Ĝuste la viro, kiu devis anstataŭi lin en La Triopo.

"Nu, kio ne ĝustas en ĉi tiu bildo?" demandis Ophaniel, la reganto de la luno de la steloj.

Neniu kuraĝis paroli.

"Eriel, vi respondecas ĉi tie. Unue, vi fuŝis la ligan teston kun E-Z kaj Sam, kiam vi lasis vin mem, pardonu la esprimon – esti batita el la parko.

"Nun, pro via stulteco, Alfred la cigno transprenis homan korpon. La korpon de la persono, kiu, kiel mi diris al vi, devus esti membro de La Tri. Vi scias, kontraŭ kio ni alfrontas. Vi komprenas, kio atendas nin en la estonteco, se ni ne ordigos la aferojn. Vi scias!"

Eriel kliniĝis ĉe la piedoj de Ophaniel, poste leviĝis de la grundo antaŭ ol paroli. "Mi elparolis la vortojn, ĝi estas farita."

"Jes, vi elparolis la vortojn kaj poste vi malsukcesis certigi, ke la tasko estis plenumita, imbecilo!"

Ŝi flosis proksime al la nova Alfred. "Mi bedaŭras, sed tio komplikigas la aferojn, eĉ por ni. Eĉ per niaj povoj, elpreni lin el ĉi tiu homa korpo kaj reen en lian cignan formon ne estos tiel facila. Ni eble devos sendi lin reen al la intermondo! Kaj li ne meritas tion. Fakte,"

Ariel flugis al la flanko de Ophaniel kaj demandis, "Ĉu mi rajtas paroli?"

"Vi rajtas, se vi havas ian komprenon pri Alfred, kiu povus helpi nin el ĉi tiu fuŝaĵo."

"Mi konas Alfredon, pli bone ol iu ajn ĉi tie. Li ja konsentis esti la elektito, oferi sin. Li farus tion denove sen momento da hezito – eĉ se estus nenio por li en tio. Tio estas unu enorma ofero por iu ajn viva estaĵo, doni sian vivon por savi alian. Ankaŭ, oni devus konsideri, kiom multe Alfredo suferis, kaj en sia homa ekzisto kaj kiel cigno.

"Li estas escepta animo kaj oni devus doni al li duan ŝancon, kaj trian, kaj pli!"

Eriel mokridis, "Li devus foriri, reen al la intermondo por la tuta eterneco. Li ne estas inda je..."

"Mi ne donis al vi permeson interrompi!" kriis Ophaniel. Por ke li ne interrompu estontece, ŝi fermis liajn lipojn per butono.

"Tio, kion vi diras, estas vera, Ariel," diris Ophaniel. "Alfred bone kunlaboras kaj kun Lia kaj kun E-Z. Ni devus doni al li duan ŝancon en ĉi tiu nova korpo. Li ne estis destinita esti en la intermondo. Tio estis la kulpo de Hadz kaj Reiki. Ni estus tuj poste ekzilintaj ilin al la minejoj. Anstataŭe, ni donis al ili alian ŝancon kun E-Z.

"Tamen, Eriel ja sendis ilin al la minejoj. Do, ĉio bona fine bonas. Eble Alfred ja meritas alian ŝancon. Ni vidu, kio okazos, kiel diras la homoj, ni agos laŭ la cirkonstancoj. Se ĉio bone iros. Se ne, ĉi tiu korpo povas esti recikligita, ĉar la spirito jam forlasis la konstruaĵon."

"Dankon," diris Ariel, profunde klinante sin al Ophaniel. "Koran dankon. Mi atentos la situacion. Mi ne permesos, ke Alfred vin seniluziigu."

Ophaniel kapjesis, ekflugis kaj diris la vortojn:
TERO, REKOMENCI.

La tempo ekfluis kaj la mondo reiris al sia antaŭa stato.

Ophaniel unue malaperis, la aliaj tri atendis kelkajn sekundojn antaŭ ol sekvi lin.

# ĈAPITRO 20

"NEEBLE!" ekkriis E-Z, rulante sin pli proksimen al la nova Alfred. "Alfred, ĉu tio estas vi? Ĉu vere povas esti vi?"

Lia ne bezonis demandi, ĉar ŝi jam sciis. Ŝi kuris al Alfred kaj ĵetis siajn brakojn ĉirkaŭ lin.

Alfred diris, kun sia angla akĉento, "Eriel certe faris interŝanĝon."

Alfredo, kiu surhavis nur ĝinzojn, ektremis. "Kvankam mi frostas, ja estas bonege denove esti en korpo." Li streĉis siajn muskolojn kaj kuris surloke por varmigi sin. Poste li faris kelkajn rulpaŝojn trans la gazono, dum E-Z kaj Lia staris rigardante kun malfermitaj buŝoj.

"Kia fanfaronulo!" diris Little Dorrit.

Alfredo, kiu ĵus rimarkis ŝin, aliris kaj pasigis sian manon laŭlonge de ŝia felo. Ŝi sentiĝis tiel mola kaj varma, ke li kapdolĉis al ŝi.

"Tio estas sufiĉe stranga turniĝo de eventoj," diris E-Z, rulveturante pli proksimen. "Mi ne tute scias, kion pensi pri tio."

"Ankaŭ mi ne scias," diris Alfred, "Sed ĉu ni povas diskuti tion dum ni manĝas? Mi mortas pro malsato, kaj fromaĝburgero ŝarĝita per keĉupo kaj cepoj kun grandega porcio da frititaj terpomoj certe estus ĝuste tio, kion mi bezonas."

"Atendu momenton," diris E-Z. "Se vi estas tiu ulo, tiu ulo, kies nomon ni eĉ ne scias – do kio se iu rekonos vin?"

Alfred kliniĝis kaj tuŝis siajn piedfingrojn. Li sentis la haŭton sur sia vizaĝo. Sian hararon. "Ni transiros tiun ponton, kiam ni venos al ĝi." Li ridetis, levis sian kapon en la direkton de la ĉielo kaj diris, "Dankon, Eriel, kie ajn vi estas."

Avioneto super iliaj kapoj ĉielskribis la vortojn:

Denove al la breĉo, karaj amikoj.

"Tio estas sufiĉe stranga frazo por ĉielskribado," observis Lia. "Ĉu iu el vi scias, kion ĝi signifas?"

E-Z skuis la kapon, "Mi povas gugli ĝin." Li eltiris sian poŝtelefonon.

"Ne necesas," diris Alfred. "Ĝi estas el Ŝekspiro, atribuita al Reĝo Henriko. Laŭvorte ĝi signifas, 'Ni provu ankoraŭ unufoje.' Mi kredas, ke ĝi estis dirita dum batalo. Do, mi supozas, ke ĉi tio estas mesaĝo de mia Ariel, sciiganta min, ke mi ricevis alian ŝancon." Larmoj leviĝis en liaj okuloj.

E-Z estis suspektema pri ĉi tiu ŝanĝo de eventoj. Li ĝojis, ke Alfred ankoraŭ estis kun ili, sed li scivolis je kia prezo. "Mi maltrankviliĝas," konfesis E-Z.

Lia diris, ke ankaŭ ŝi.

"Ho, ne zorgu. Se Ariel sendas al mi ĉi tiun mesaĝon, do ŝi estas je nia flanko. Krome, la viro, kies korpo mi estas – li ne plu volis ĝin. Mi provis savi lin, sed li tamen saltis. Eble estas sorto, ke mi helpu vin kun viaj provoj, E-Z. Kio ajn ĝi estas, mi akceptos ĝin. Mi donos mian tuton. Tio estos post kiam mi surmetos ĉemizon kaj ŝuojn." Mi scivolas, kiaj estas viaj povoj nun, Alfred. Mi celas, ĉu vi ankoraŭ havas ilin, aŭ ĉu vi havas aliajn povojn. Aŭ neniujn. Ĉar vi denove estas homo," demandis Lia.

Alfred gratis sian flavharan kapon. "Nu, mi ne scias. La sola afero kuracinda ĉi tie estas mia iama cignokorpo. Mi ne volas riski; se mi kuracos ĝin, mi finos reen en ĝi. "

"Prave," diris Lia. "Sed ni ne povas lasi vian malnovan cignokorpon tie, ĉu ne? Ni devas entombigi ĝin."

Dum ili rigardis la senvivan korpon, ĝi malaperis en la aero.

"Nu, tio solvas la problemon," diris E-Z.

"Mi sentas, ke mi devus diri kelkajn vortojn, pro la forpaso de mia malnova korpo. Ĉu iu kontraŭas?"

Kaj E-Z kaj Lia klinis siajn kapojn.

Alfred deklamis fragmenton el la poemo de Lordo Alfred Tennyson titolita:

La Mortanta Cigno:

La ebenaĵo estis herba, sovaĝa, kaj nuda,

Vasta, sovaĝa, kaj malfermita al la aero,

Kiu ĉie konstruis

Subtegmenton funebran, grizan. Per interna voĉo la rivero fluadis,

Laŭ ĝi flosis mortanta cigno,

Kaj laŭte ĝi lamentis.

Tiam Alfred Huu-huumis kaj Huu-huumis ĝis larmoj plenigis iliajn okulojn dum la poemo daŭris:

Estis la mezo de la tago.

Ĉiam la laca vento daŭris,

Kaj kunportis la kano-pintojn dum ĝi foriris.

Ili staris kune en momento de silento.

Tiam Lia diris, "Nu, ni trovu por vi freŝajn kaj sekajn vestojn, poste ni ĉiuj iros al hamburgera manĝejo. Ankaŭ mi estas malsata kaj soifa."

E-Z skuis la kapon. "Iom da manĝaĵo estus bona, sed mi ankoraŭ suspektas pri Eriel. Io ĉi tie ne kongruas."

"Ni eltrovos tion – post kiam ni manĝos! Konduku min al ĉeburgera ĉielo."

Ili ekiris laŭ la promenejo ĉe la akvorando. Ili daŭrigis marŝi dum iom da tempo. Antaŭ ol ili rimarkis, ke ili perdiĝis.

"Mi estas bonega navigisto," diris Little Dorrit la unukorno, dum ŝi flugis malsupren por saluti ilin. "Enŝipiĝu, Alfred kaj Lia. E-Z, vi povas sekvi min."

Alfredo enmetis la manon en sian ĝinzpoŝon kaj eltiris monujon. En ĝi li trovis kelkajn banknotojn kaj la identigilon de la korpo, en kiu li nun loĝis. La nomo de la junulo estis David James Parker, dudek-kvarjara. Li levigis stirpermesilon.

"Bela foto," diris Lia.

"Jes, mi estas sufiĉe bela."

"Ho, frato," diris E-Z, puŝante antaŭen.

Supre, supren en la aeron flugis la pasaĝeroj de Little Dorrit. E-Z sekvis ĝis li sciis, kie li estis. Li decidis peti, ke GPS-aparato estu aldonita al lia rulseĝo. Bedaŭrinde, ili ne pensis pri tio, kiam ili modifis ĝin.

Sekvis la malsupreniro, kaj poste rapida vojaĝo al brokantejo. Alfred nun portis novan T-ĉemizon, ĝinzojn, sportŝuojn kaj ŝtrumpetojn. Tion sekvis mallonga vico antaŭ ol la mendado de manĝaĵo komenciĝis.

Little Dorrit sin forestigis, dum la triopo manĝegis. Ili ĉiuj estis tre malsataj.

Alfred faris kokerikajn sonojn, tro multajn por priskribi detale. Kiam ili finis manĝi, ili metis la rubon en la taŭgajn rubujojn. Kaj ili ekiris hejmen.

Kiam ili preskaŭ alvenis, Alfred vokis al E-Z, "Ni devas paroli!"

"Ĉu tio ne povas atendi ĝis vi surteriĝos?" demandis Little Dorrit. "Post kiam mi finos ĉi tie, mi havas lokojn por iri, homojn por vidi."

"Kia malĝentilulo," diris E-Z. "Nu, iru, Alfred aŭ David aŭ kiel ajn vi nomiĝas nun."

"Pri tio mi volis paroli kun vi," diris Alfred. "Kiel vi klarigos mian transformiĝon al Onklo Sam kaj Samantha? Nu, Onklo Sam, kaj Samantha, mi ŝatus, ke vi renkontu Alfredon, la trumpetantan cignon. Lia nomo nun estas David James Parker. Pro la korpo, kiun li eniris kaj en kiu li nuntempe loĝas. Ĉar la junulo, kiu estis la antaŭa posedanto de la korpo, sinmortigis. Sur la Ponto Jones."

"Ho ve," diris E-Z. "Ĝi estas centprocenta vero laŭ nia scio, sed ni ne povas diri al ili la veron."

"Mia patrino svenus, se ni dirus tion. Kial ni ne diru al ili, ke Alfred la cigno flugis suden? Por pli suna vetero. Aŭ ke li trovis partnerinon? Tiam ni povas prezenti Alfred-on kiel D.J., kio sonas multe pli amikece ol David James."

"Vi estas geniulo," diris E-Z. "Kvankam, ĉar mia amiko nomiĝas PJ, aferoj povus iom konfuziĝi kun D.J. kaj PJ. Kion vi pensas, Alfredo? Ĉu vi havas preferon?"

"Mi ne ŝatas DJ. Ĝi sonas tro banala. Mi preferus, ke oni nomu min Parker. Parker la Domzorgisto estis unu el miaj plej ŝatataj roluloj en Tondrobirdoj."

"Do estu Parker," finis diri E-Z, dum Lia eligis krion kaj Alfredo svenis – ilia hejmo malaperis. Bruligita ĝis la grundo.

# ĈAPITRO 21

"Ho ne!" KRIIS E-Z, kurante al la brulantaj restaĵoj. "Mi devas trovi Onklon Sam kaj Samantha-n. Mi simple devas."

Lia seĝo flosis super la restaĵoj; ĉio estis karbigita nigre. Nedistingebla amaso da detruo sen ajna signo de homa vivo. Sporadaj aĵoj estis trempitaj per akvo. Intermite leviĝantaj fumaj signaloj aperis ĉi tie kaj tie el inter la estingitaj cinderoj.

E-Z levis siajn pugnojn en la aeron. "Venu ĉi tien, Eriel, vi giganta-"

"Fluganta stultulo!" Parker finis la insulton.

Lia provis trankviligi ĉiujn.

"Kial vi devis fari tion? Kial? Kial?" E-Z kriis. Lia falis sur la teron. Ŝi apogis sian kapon sur la genuon de E-Z kaj Parker brakumis ŝin ĝuste kiam aŭto akre haltis malantaŭ ili.

Du pordoj subite malfermiĝis: Sam kaj Samantha.

Ili kuris kaj alkroĉiĝis unu al la alia; kvazaŭ ili neniam atendis revidi unu la alian. Ĉiuj verŝis larmon aŭ du, antaŭ ol ili disiĝis. Kiam ili rimarkis, ke la grupa brakumo inkluzivis viron, kiun ili ne konis.

La fremdulo estis alta viro, kiu senprobleme povus eniri la teamon Raptoroj. Li estis vestita de kapo ĝis piedo en malhelnigra, striita kostumo kun samaj ŝuoj.

La malfermitaj butonoj de lia jako malkaŝis brilan kostumon el ebla silko. Liaj jetnigraj okuloj kaj ventobatitaj haroj kontrastis kun lia oliveca haŭto. Li similis al miksaĵo inter mortzorgisto kaj magiisto.

Li etendis sian manon. "Saluton, mi estas la asekuristo de Sam."

Onklo Sam klarigis, ke li kaj Samantha eliris por manĝi ion. Vidante la mienon de E-Z, li pravigis tion: "Ŝi ne povis dormi pro horzonaska laceco." Samantha kaj Sam interŝanĝis rigardojn kaj kapjesis. "Samantha kaj mi..."

"Ho, Panjo!"

E-Z diris, "Samantha kaj Onklo Sam sidas sur arbo – k-i-s-a-n-t-e."

"Ĉesu," diris Parker. "Vi hontigas ilin."

Ĉiuj rigardoj direktiĝis al la asekuristo. Lia nomo estis Reginald Oxworthy. Li telefonis. Kriis. "Kion vi celas per tio, ke li ne kvalifikiĝas?"

"Ho ne!" diris Sam.

"Li estas nia kliento de jaroj, unue kiam li loĝis en alia ŝtato kaj ekde kiam li translokiĝis ĉi tien. Li estas asekurita, pri tio mi certas." Estis paŭzo. "Nu, RIGARDU DENOVE!" Li frapfermis sian telefonon. "Mi pardonpetas pro ĉio ĉi."

Sam alproksimiĝis kaj ĉiuj aliaj sekvis. "Kio precize estas la problemo?"

"Ho, neniu problemo, tiel diri."

"Al mi ĝi certe sonis kiel problemo," diris Samantha. La aliaj kapjesis.

Oxworthy tuse klarigis sian gorĝon. "Mi diris al ili, ke ili denove kontrolu vian asekuran polison. Nu, RIGARDU DENOVE!" Li frapfermis sian poŝtelefonon. "Mi bedaŭras ĉion ĉi."

Sam alpaŝis kaj ĉiuj aliaj sekvis. "Kio precize estas la problemo?"

"Ho, neniu problemo, tiel diri."

"Tio certe sonis kiel problemo por mi," diris Samantha.

La aliaj kapjesis.

"Tio certe sonis kiel problemo por mi," diris Samantha.

La aliaj kapjesis.

Oxworthy tuse klarigis sian gorĝon.

"Mi diris al ili, ke ili denove kontrolu vian asekuran polison. Ĝi sonis al mi kiel problemo."

Sam aldonis, "Ĝi neniam povus esti hejmo por li, por anstataŭigi la hejmon, en kiu li loĝis kun siaj gepatroj."

Oxworthy alpaŝis al ili. "Nu, nun. Mi ja pardonpetas pro la prokrasto. Sed viaj hotelaj rezervoj estas konfirmitaj. Ni povas ekiri. Mi instaliĝigos vin, kiam ajn vi pretos."

"Dankon," diris Sam. "Ĉu vi jam scias, kio kaŭzis la incendion?"

"Post prepara enketo ili estas naŭdek procentojn certaj, ke la eksplodon kaŭzis gasliko. Sed ne zorgu pri tio nun. Via asekurpolico kovras ĉiujn kostojn por la hotela restado. Mi rezervis por vi tri ĉambrojn. Tio sufiĉos, ĉu ne?"

"Tio devus sufiĉi," diris Sam. "Dankon, Reg."

"Via polico ankaŭ kovras elspezojn por anstataŭigaj aĵoj, necesaĵoj, manĝaĵo. Vi ne devos pagi eĉ cendon ĉe la hotelo. Por ajnaj aĉetaĵoj, sendu al mi kvitancojn. Faru kopiojn, vi konservu la originalojn. Mi zorgos, ke vi ricevu repagon."

Sam kaj Oxworthy manpremis.

"Ĉu iu bezonas veturon al la hotelo?" demandis Oxworthy, kaj Lia kaj Samantha eniris la malantaŭan sidlokon de lia nigra Mercedes.

E-Z kaj Parker eniris la aŭton de Onklo Sam.

"Mi ne kredas, ke ni jam konatiĝis," diris Onklo Sam, etendante sian manon al Parker, kiu sidis en la malantaŭa sidloko.

"Plezuze renkonti vin," diris Parker.

"Ho, vi ankaŭ estas brita," diris Onklo Sam. "Parolante pri tio, kie estas Alfred?"

E-Z nejesis. "Mi klarigos matene. Kaj vi povas daŭrigi tion, kion vi intencis diri al ni, pri vi kaj Samantha."

"Bonege," diris Sam, rigardante en sian retrovidejon por vidi, ke Parker profunde dormas. Li ekŝaltis la aŭton kaj forrapidis.

"Ni ĉiuj havis sufiĉe eventoplenan tagon," diris E-Z.

"Vi ja diras."

"Pardonu, Eriel, ke mi kulpigas vin pri tio," pensis E-Z. Kvankam subkonscia sento sugestis, ke la afero ankoraŭ ne estas tute decidita.

# ĈAPITRO 22

Kiam ĉiuj alvenis al la hotelo, ili enloĝiĝis en siajn ĉambrojn, kun la plano renkontiĝi poste por vespermanĝo je la 6-a vespere.

Onklo Sam havis ĉambron por si sola, sed inter lia ĉambro kaj tiu de lia nevo estis komuna pordo. Parker ankaŭ tranoktis en la ĉambro de E-Z, dum Lia kaj ŝia patrino kunhavis ĉambron kelkajn pordojn plu.

Post kiam ili ekloĝis, Lia kaj Samantha decidis aĉeti necesaĵojn. Plej grava estis nova vestaĵo, ĉar ĉio, kion ili kunportis, perdiĝis en la incendio.

"Kaj niaj pasportoj?" demandis Lia.

"Bonŝance mi ĉiam kunportas ilin en mia mansako."

"Ho, feliĉe!" La du eniris modan butikon kaj tuj komencis provi la plej novajn nordamerikajn modojn.

"Ĉi tio devus esti aparte amuza, ĉar la asekurkompanio pagas por ĉio!" elkriegis Samantha tra la muro al sia filino en la apuda provĉambro.

"Nenio plaĉas al ni pli ol butikada festeno!" diris Lia. "Mi certe aĉetos ĉi tion, kaj ĉi tion, kaj ĉi tion."

REEN ĈE LA HOTELO, Parker ronkis sur la lito. E-Z rulveturis supren kaj malsupren laŭ la ĉambro, pensante pri sia perdita komputilo. Feliĉe, li ne progresis tro multe kun sia romano Tatuita Anĝelo. sed plej multe lin okupis la aĵoj de liaj gepatroj. Li ne povis kredi, ke ili ĉiuj – MALAPARIS. Ne helpis, ke li ne rigardis ilin jam de terure longa tempo.

Sed kial li kulpigis sin? La asekuristoj diris, ke la kaŭzo estis gasliko. Ili diris, ke ili estas naŭdek procentojn certaj. Kial li daŭre sentis, ke ĉio estas lia kulpo, ĉar li povus esti haltiginta ĝin, haltiginta Erielon kiam li havis la ŝancon.

Sam enkapigis sian kapon en la ĉambron. "Ĉu vi du estas pretaj?"

Parker streĉiĝis.

"Jes, ni estas pretaj. Envenu."

"Mi iras al la butikoj por aĉeti kelkajn necesaĵojn. Ĉu vi du volas doni al mi liston de tio, kion vi bezonas, aŭ ĉu vi volas akompani min?"

"Se temas pri manĝaĵo – kalkulu min!" diris Alfred.

"Vi ĉiam malsatas!"

"Kion mi diru, mi manĝis nur herbon dum sufiĉe longa tempo."

E-Z kaptis la rigardon de Sam kaj ŝajnigis fumi imagan cigaredon.

Onklo Sam mokridis, scivolante kiel lia dek-tri-jara nevo sciis pri tiaj aferoj. Por ŝanĝi la temon, ili ŝlosis siajn ĉambrojn kaj iris laŭ la koridoro.

"Kien ni iras precize?" demandis E-Z.

"Ĝuste. Ni ne tre ofte aĉetumas en la urbo. Estas fantasta butikcentro, kien mi volas iri de kiam mi translokiĝis ĉi tien. Ĝi ne estas malproksime, do mi pensis, ke ni povus babili survoje."

"Ĉu vi povas diri al ni, kio okazis?" demandis Parker.

"Jes, kiel vi kaj Samantha ekamiĝis tiel rapide?" demandis E-Z.

"Hm," diris Sam."Mi celis la fajron," diris Parker, krucvidante E-Z-on super sia ŝultro.

Ili alvenis al la butiko. Parker kaj Sam eniris tra la turniĝantaj pordoj, dum E-Z uzis la pord-malferman butonon por eniri.

Enirinte, Parker kliniĝis por retiegi siajn ŝuojn. E-Z deprenis elegantan ĝinzan jakon de la vesta hangilo kaj surmetis ĝin. Li rulveturigis sin antaŭ spegulon por kontroli la aspekton. "Ĉi tio aspektas sufiĉe bone."

Sam alproksimiĝis por taksi la situacion, "Mi konsentas, ĝi perfekte taŭgas. Ŝajnas, ke ĝi estis farita por vi."

"Kion vi pensas, Alfred?"

Sam duoble ekrigardis. Parker diris, "Ĉu vi ĉesos nomi min Alfred! Kiu cetere estis tiu Alfred-ulo?"

"Hm, pardonu, estas la brita akĉento. Li ankaŭ havis tian. Alfredo estis, nu, amiko nia."

Sam reiris rigardi la vestaĵojn. Li plenigis korbon per subvestoj kaj tualetaĵoj.

"Kion vi pensas, Parker?"

Li transiris la plankon por pli proksime rigardi. "Ĝi bone taŭgas. Mi pensas, ke vi aĉetu ĝin. Sed estos domaĝe, kiam viaj flugiloj elrompiĝos kaj ĝi difektiĝos."

Sam preterpasis kaj E-Z ĵetis la jakon en lian korbon. "Mi pensas, ke vi uloj ankaŭ devus aĉeti iom da necesaĵoj, kiel kalsonetojn. Krom se vi intencas iri sen kalsonetoj."

"Fuj!" ekkriis E-Z.

"Ho, mi konas tiun frazon. Ĝia origino, mi estas sufiĉe certa, estas en Britio."

"Mi komprenas, kial mia nevo daŭre nomas vin Alfred. Tio estas la speco de afero, kiun li dirus."

E-Z fiksrigardis Parker-on dum sekundo. Poste li sekvis sian onklon al la kasregistro, kie li haltis, provis ĉapelon, kaj ĵetis ĝin en la korbon.

"Nu, kie Parker fariĝis?" li demandis. Sam daŭre rigardis kravatspingojn, dum E-Z serĉis sian malaperintan amikon tra la vendejo.

Parker staris senmove en la mezo de Koridoro Kvar kun sia dekstra brako levita kaj sia maldekstra brako mallevita. La esprimo sur lia vizaĝo estis nedubeble zombia.

"Ho, ne!" diris E-Z, rulveturante al li. "E-hm, Parker," li flustris. "Kio okazas? Vi pli bone atentu, aŭ iu konfuzos vin kun manekeno."

Parker restis senmova.

"Rezignu pri tio," diris E-Z, frapetante Parker-on per sia seĝo. La korpo de Parker, kliniĝinta, tiam renversiĝis. E-Z kaptis lin ĝustatempe, tenante lin supren je la kolumo de lia ĉemizo. Li provis rektigi sian amikon, por ke li ne aspektu tiel rigida kaj manekena, sed tio ne estis facila tasko.

Onklo Sam alkuris por helpi. "Kio okazas al Parker?"

"Mi ne scias. Ni devas forigi lin de ĉi tie."

"Ĉu li uzas drogojn? Li havas strangan mienon, kvazaŭ li vidis fantomon aŭ ion similan."

"Ne, neniuj drogoj, krom iom da kanabo de tempo al tempo. Kaj fantomoj ne ekzistas – krome estas tagmezo. Eble mi povas transporti lin sur mia seĝo? Ni devas elporti lin de ĉi tie antaŭ ol iu rimarkos kaj vokos la policon. Konsentite. Mi ne scias, kian kialon ili donus al la polico, se ili vokus ilin. Estas ulo en nia vendejo, kiu imitas manekenon! Venu rapide."

"Amuze," diris E-Z.

"Iru pagi kaj mi restos ĉi tie. Ni pensu, kiel ni povas elporti lin de ĉi tie sen altiri tro multe da atento."

Onklo Sam pagis, dum E-Z restis kun Parker. Klientoj venantaj laŭ la koridoro havis problemojn eniri kaj ĉirkaŭiri ilin. E-Z ruligis sian seĝon maldekstren, poste dekstren, por cedi vojon al la aĉetantoj.

Finfine, kiam estis pluraj klientoj samtempe, li puŝis Parker-on kontraŭ muron. Almenaŭ li tiel estis el la vojo. Poste li sidiĝis kaj atendis Sam-on.

"Ni estas ĉi tie!" E-Z kriis, kiam li ekvidis lin.

"Kial li frontas la muron? Kaj kion vi faras tute ĉi tie?"

"Estis multaj klientoj, kaj ni malhelpis. Ĉu vi pensis pri tio, kiel ni povas elporti lin de ĉi tie?"

"Jes, mi iros preni unu el tiuj platformaj ĉaretoj," diris Sam.

"Kial ne preni ĉareton?" demandis E-Z. "Pli nedistingebla."

"Ni neniam povus enŝarĝi lin en ĉareton. Ne, krom se vi volas eltiri viajn flugilojn, levi lin kaj ĵeti lin en ĝin."

"Mi devas pensi." Post kelkaj minutoj, li konstatis, ke preni platforman kamioneton estis la plej bona ideo. "Jes, prenu platforman kamioneton kaj mi povas helpi vin enmeti lin en ĝin. Kiam ni estos ekster la butiko, mi povos flugigi lin reen al la hotelo. La sola problemo estos, kiam mi alvenos tien, kion fari kun li tiam."

"Ni eltrovos tion, kiam ni estos ekster la butiko." Sam iris preni ĉareton. Anstataŭe, li revenis kun plata kamioneto. Tio montriĝis pli bona opcio. Ili facile metis Parker-on sur ĝin kaj reiris al la hotelo.

"Ni iru reen piede, malrapide kaj konstante," diris E-Z. "Mi ja finfine ne bezonas flugi. Ni faros ĉion trankvile, supreniros al nia ĉambro, kaj metos lin sur lian liton."

"Tiam mi redonos la platforman ĉareton, mi ja devis promesi, ke mi persone redonos ĝin."

"Sonas kiel plano. Ups."

Grupo da aĉetantoj okupis la plejparton de la trotuaro. Ili haltis por lasi ilin pasi, poste denove daŭrigis sian vojon kaj baldaŭ revenis al la hotelo.

En la hotelo, la platŝarĝilo ne eniris la normalan lifton, do ili devis uzi la servan lifton. Tio postulis iom da konvinkado, t.e., subaĉeton de la pordisto. Kiam la mono estis transdonita, li eĉ helpis ilin elporti la platŝarĝilon el la lifto. Li ankaŭ proponis redoni ĝin al la vendejo kiam ili finos. Propono, kiun Sam ĝentile rifuzis.

Nun, ekster la ĉambro de E-Z kaj Parker, la lifto malfermiĝis kaj elpaŝis Lia kaj ŝia patrino. Ĉiu portis multajn sakojn, kiam ili rimarkis la ulojn kaj la platan liton.

"Ho, ne! Kio okazis?! Lia demandis.

"Mi ne scias," diris E-Z.

"Li iel strangaĵis. Ni enportu lin," diris Sam.

Post kiam ili demetis siajn sakojn, la knabinoj helpis E-Z-on kaj Sam-on surlitigi Parker-on.

"Eble li estas sorĉita?" sugestis Lia.

"Tio estas sufiĉe stranga konkludo," diris Samantha. "Vi spektis multe tro da ripetoj de Sorĉita."

Lia ridis. "Jes, ĝi estis unu el miaj plej ŝatataj. Mi celas la antaŭan version, tiun kun la knabino el Kiu estas la estro?."

"Bone scii, ke vi ankaŭ spektas la kanalon de malnovaj filmoj en Nederlando," diris E-Z. Poste li alproksimiĝis al Parker. "Atendu momenton. Ĉu li ankoraŭ spiras?"

Ili observis la leviĝon kaj malleviĝon de la brusto de Parker. Tio ne okazis.

"Kontrolu la korbatadon – aŭ la pulson," sugestis Samantha.

"Oni aŭdas korbaton," diris Sam. "Kaj li spiras, sed tio estas sporada."

Samantha kliniĝis kaj palpis la frunton de Parker. "Ho, mia Dio, li brulas pro febro!"

"Prenu glacion!" kriis Sam, kaj poste, sekvante sian propran ordonon, li kuris eksteren en la koridoron, trenante la glacikeston.

"Ĉu ni ne devus voki kuraciston?" demandis Samantha.

# ĈAPITRO 23

"MI KONSENTAS KUN PANJO. Ni devas voki ambulancon, aŭ eble la hotelo havas kuraciston ĉi tie," diris Lia.

E-Z grimacis, telepatie sendante al Lia la mesaĝon – ni devas forigi Onklon Sam kaj vian panjon.

Sam revenis, kun sitelo plena je glacio. "Ni devas enmeti lin en la banujon." Li kaj Samantha eklevis Parker-on.

"Atendu!" diris Lia. "Hm, Sam kaj Panjo, kial vi du ne iras preni multegan da glacio? Mi volas diri, ni devas plenigi la banujon antaŭ ol ni metas lin en ĝin, ĉu ne?"

"Hm, mi pensas, ke ili provas forigi nin," diris Sam.

"Pardonu," diris E-Z. "Ĉu vi povas doni al ni kelkajn minutojn por provi eltrovi ĉi tiun aferon pri Parker?"

Samantha kaj Sam kapjesis, poste forlasis la ĉambron.

E-Z ripetis la magiajn vortojn, kiuj alvokis Eriel:

Roch-Ah-Or, A, Ra-Du, EE, El.

Tamen la arĥanĝelo ne aperis. Ke li estis ignorata senfine ĝenis E-Z-on, nun kiam li sciis, ke li estas konstante observata de Eriel.

Lia provis Haniel, sed ricevis neniun respondon.

E-Z kaj Lia ne sciis, kion fari, kiam la koro de Parker malrapidiĝis kaj preskaŭ tute ĉesis bati.

Sen esti vokita aŭ kun fanfarado, Ariel alvenis. Ŝi flugis rekte al Parker. Ŝi metis siajn manojn sur lian frunton. Ili rigardis, dum larmoj falis el ŝiaj okuloj kaj surteriĝis sur liajn vangojn. Ŝi ĉantis, kantante mildan kanton, kaj atendis. Kiam li ne moviĝis nek rekonsciiĝis, ŝi turniĝis por foriri. Sed antaŭ ol ŝi foriris, ŝi lamentis, "Li foriris." Kaj sekundojn poste, ankaŭ ŝi.

Kvankam ili estis sur la 45-a etaĝo kaj kvankam Alfred/Parker estis morta. Denove. E-Z levis lin de la lito kaj portis lin al la fenestro. Li rerigardis al Lia super sia ŝultro.

Ŝi ploris dum li kaj Parker falis.

Falante, falante. Ĝis la "flugiloj" de la rulseĝo de E-Z elstaris. For ili flugis, li kaj Alfred, li, kaj Parker. Ili ambaŭ estis la sama. Du por la prezo de unu.

Li komencis delirii, dum li altiĝis pli kaj pli. La metalaj partoj de lia seĝo fariĝis ĉiam pli varmaj.

Li timis, ke ili memflamiĝos.

Li devis ripari tion. Li simple devis. Li devis trovi Eriel.

La rulseĝo komencis konvulsi, igante E-Z-on kaj Alfred/Parker-on fali.

Ili surteriĝis senrulseĝe en la silo, kie E-Z alkroĉiĝis al la senviva korpo de sia amiko.

Ne pasis longe ĝis Eriel alvenis kaj, svingante en la aero antaŭ ili, ekkriis: "Mi diris al vi, ke tio okazos. Mi diris al vi, kaj li konsentis. La interkonsento estis farita."

E-Z sciis, ke tio estas vera, kaj tamen. "Kial vi do donis al li esperon, kaj kial la citaĵo de Ŝekspiro pri doni al li duan ŝancon?"

Eriel rigardis la senfortan korpon, kiun E-Z tenis. "Tio ne estis mia faro."

"Do kun kiu mi devas paroli?" demandis E-Z. "Alportu lin al mi. Dio, aŭ kiu ajn respondecas. Mi postulas vidi lin!"

# ĈAPITRO 24

ERIEL OFEGIS, POSTE MALAPERIS.

E-Z kaj Alfred/Parker restis. La nomo Parker estis nenio kaj neniu por li. Alfred estis lia amiko kaj nun, kiam li foriris, li memoros lin kiel Alfred kaj nur Alfred.

Atendante ion kaj nenion samtempe. E-Z lulis la formon de sia morta amiko, dezirante lin reviviĝi.

"Ĉu vi deziras trinkaĵon?" demandis la voĉo el la muro.

"Mi volus, ke mia amiko revivu. Ĉu vi povas revivigi lin? Ĉu vi bonvolu helpi min savi lin?"

"Bonvolu resti sidanta."

PFFT.

La milda aromo de lavendo plenigis la aeron. Li dronis en dormeton, en revan staton, kie li revivis memoron, memoron kiu ŝanĝiĝis kaj adaptiĝis al lia nuna situacio.

Jen ili estis, la patrino kaj patro de E-Z, vivaj kaj sanaj, sed pli junaj. Ili revenis el la hospitalo per aŭto, kiun li neniam antaŭe vidis. Lia patro, Martin, elkuris el la ŝoforsidloko por helpi sian patrinon, Laurel, eliri el la aŭto.

Kaj kune, ili atingis la malantaŭan sidlokon kaj ellevis beban seĝon. Ili ame rigardis la bebon en ĝi, kiu profunde dormis.

"Li estas kiel sia pli aĝa frato," diris Martin.

"Jes, E-Z ĉiam endormiĝis en la aŭto," diris Laurel.

"Eniru," flustris Martin.

"Kaj renkontu vian pli aĝan fraton," diris Laurel, dum la bebo mallonge malfermis la okulojn kaj poste denove ekdormis.

E-Z, kiu rigardis tra la fenestro, kun sia onklo Sam apud si, dezirante eliri por saluti sian novan beban fraton aŭ fratinon.

"Atendu, ke ili envenu," diris onklo Sam.

"Bone," diris la sepjara E-Z, kun la vizaĝo premita kontraŭ la fenestro, tenata de siaj du manoj.

La antaŭa pordo malfermiĝis, "Ni estas hejme!" vokis lia patrino Laurel.

E-Z kuris al la enirejo, kie liaj gepatroj brakumis lin. Ili genuis por prezenti la plej novan membron de la familio Dickens.

"Li estas tiel malgranda," diris E-Z.

"Li estas knabo," diris lia patro.

"Ho."

"Ĉu vi volas teni lin?" demandis lia patrino.

"Bone," diris E-Z, tenante siajn brakojn por ke lia patrino povu meti lian fraton en ilin. "Mi tamen ne volas veki lin. Ĉu li ĝenos?"

"Ne, li ne vekiĝos," diris Laurel.

"Se jes, tio estas ĉar li volas renkonti sian fraton."

"Ĉu li havas nomon?" demandis E-Z, prenante la novnaskiton en siajn brakojn kaj lulante lian kapon.

"Ankoraŭ ne, ĉu vi volas nomi lin?" demandis lia patrino.

"Bone, tenu lian kolon, ĝuste tiel... tre bone. Kiel vi sciis fari tion? Vi estas tiel bona pli aĝa frato."

"Bonege, amiko," diris lia patro.

E-Z rigardis malsupren en la vizaĝon de la cignido kaj diris, "Li aspektas kiel Alfred por mi."

Larmoj ruliĝis laŭ la vangoj de E-Z dum la du mondoj koliziis. En unu li lulis sian beban fraton nomitan Alfred. En la alia li lulis la mortan korpon de Alfred en la silo.

"La atendotempo nun estas sep minutoj," diris la voĉo en la muro.

"Sep minutoj," ripetis E-Z.

Li pensis pri Alfred, pri liaj povoj. Pri tio, kiel li povis resanigi aliajn vivformojn, inkluzive de homoj. Li scivolis, ĉu Alfred, resaniginte la junulon, mem faris la interŝanĝon? Ĉu tio estus ebla?

"Alfred," diris E-Z. "Alfred, ĉu vi aŭdas min?" Li skuis la korpon de sia amiko. "Alfred!" li diris, ree kaj ree, esperante, ke lia amiko iel povus aŭdi lin.

Dum la horloĝo de la muro retronombris, Ariel aperis. "Vi ne povas trakti la korpon tiel. Tio estas honto." Ŝi etendis siajn flugilojn kaj eklevis la senfortan korpon de Alfred el la brakoj de E-Z, intencante forporti ĝin.

"Ne!" diris E-Z. "Vi ne havos lin."

Ariel skuis siajn flugilojn, poste sian montra fingron al E-Z.

"Alfredo forlasis la konstruaĵon, vi tenas la haŭton, la kostumon kiu tenis lin. Alfredo estas nun tie, kie li devas esti. Liberigu lian korpon."

E-Z sidiĝis. Se Alfredo estis ie kun sia familio, se tio estis vera, tiam jes, li povus lasi lin foriri. Ĝis tiam li tenis sin.

"Kie li estas precize? Ĉu li estas kun sia familio?"

Arielo flugetis proksimen, rimarkinde proksimen, preskaŭ sidiĝante sur la nazo de E-Z.

"Tion mi ne povas diri."

"Do mi ne lasos lin foriri."

"Bone," diris Arielo. Ŝi ofenblovis kaj malaperis.

Super li, en la silo aperis du figuroj, viro kaj virino. Ili moviĝis al li kaj flosadis malsupren. Pli kaj pli proksimen.

Li frotegis siajn okulojn. Ĉu li denove sonĝis? Estis lia patrino kaj lia patro. Martin kaj Laurel. Anĝeloj, venantaj por saluti lin. Li skuis la kapon. Ne povus esti ili. Ne povus esti. Li sonĝis pri ili – ke ili alportas hejmen belan fraton. Nun ili estis ĉi tie, kun li en la silo. Tiel klare kiel tago – sed ĉu li ankoraŭ dormis? Sonĝis?

"E-Z," diris lia patrino. "Ĉi tiu persono, via amiko Alfred, estas morta. Vi devas lasi lin iri kaj daŭrigi vian laboron. Vi devas plenumi la provojn kaj la tempo premas. La tempo elĉerpiĝas al vi."

La patro de E-Z, Martin, diris, "Ĝi estas la sola maniero, ke ni ĉiuj povas denove esti kune."

"Sed ili mensogis al li," diris E-Z. "Ili diris al li, ke li estos kun sia familio. Li ne povas esti kun sia familio nun, ne tiel. Kiel mi sciu, ke ili ne mensogas al mi, pri tio, ke mi estos kun vi? Kiel mi sciu, ke vi ne estas manipulado de Eriel por igi min plenumi liajn dezirojn?"

"Kiu estas Eriel?" demandis lia patrino.

"Ni ne konas Erielon," diris lia patro.

Tio tute ne havis sencon. Tio estis la loko de Eriel. Ĉu ili konis lin aŭ ne, tio ne gravis; li respondecis pri ilia ĉeesto tie. Li sciis, kiel tuŝi la kordojn de la koro de E-Z. Li sciis, kiel igi lin fari tion, kion li volis, ke li faru.

Kion precize li volis? Kaj kial li uzis liajn gepatrojn por atingi tion? Tio estis senhonteca. En la aero super li, liaj gepatroj flosis, ŝaltante kaj malŝaltante siajn ridetojn kvazaŭ ili estus marionetoj. Tiam li eksciis certe, ke la du fantomoj, aŭ kio ajn ili estis, finfine ne estis liaj gepatroj. Ili estis produktoj de lia imago, aŭ eble de tiu de Eriel.

Kion li ne povis eltrovi, estis la kialo. Kial oni manipulis lin tiel kruele kaj senhonte?

"Vekiĝu, E-Z!"

Li estis ree en sia lito. En sia domo.

Li sin turnis kaj ree ekdormis... kaj ree alvenis en la silon.

# ĈAPITRO 25

TRI SILO-SIMILAJ AĴOJ FLOSIS ĉirkaŭ la ĉambro, kvazaŭ ludante la ludon "Sekvu la gvidanton".

Ili ne estis siloj. Ili estis aŭtentikaj eternaj ripozejoj nomataj Animan-Kaptiloj.

Ĉiufoje kiam vivanta estaĵo pereis, kondiĉe ke la korpo, en kiu ĝi vivis, estis naskita kun animo, ĝi iam daŭrigus sian ekziston. La Animan-Kaptiloj estis multaj, tro multnombraj por nombri. Ilia nombro estis multe pli granda ol ni homoj povas kompreni. Pli ol googolplekso, kiu estas la plej granda konata nombro.

Kiam E-Z alvenis, kiel antaŭe oni lokis lin en lian atendantan animkaptilon.

Alfred alvenis sekve, ankoraŭ morta; lia korpo estis lokita en lian animkaptilon.

Lia alvenis laste, ankoraŭ dormanta; ŝi estis lokita en sian animkaptilon.

Ne daŭris longe, ĝis E-Z komencis senti sin klaustrofobia.

"Ĉu vi deziras trinkaĵon?" demandis la voĉo en la muro.

"Ne, dankon," li diris, tamburante per siaj fingroj sur la brako de sia rulseĝo, kiam anĝelo aperis. Nova anĝelo, unu, kiun li ne vidis antaŭe.

Tiu anĝelo estis virino. Ŝi portis fluan nigran robon kaj ĉapelon – kvazaŭ ŝi partoprenus en diplomiĝa ceremonio. Sur ŝia severaspekta vizaĝo estis paro da okulvitroj. Similaj al tiuj, kiujn Marilyn Monroe portis sur la afiŝo ĉe la Kafejo. La diferenco estis, ke ĉi tiuj monturoj pulsis per ruĝa likvaĵo, kiu similis al sango.

"E-Z," ŝi diris, per trema kaj laŭta voĉo. Ŝia voĉo eĥis. "Bonvenon reen al via Animan Kaptilo."

"Animo-Kaptilo?" li diris. "Ĉu tiel oni nomas ĉi tiun aĵon? Al mi ĝi pli similas silon. Do, kio entute estas Animo-Kaptilo?"

"Ĝi estas eterna ripozejo por animoj," ŝi diris, kvazaŭ ŝi respondis la saman demandon milionfoje antaŭe.

"Sed ĉu tio ne estas por kiam homoj estas mortaj? Mi ne estas morta."

Li ja esperis, ke li ne estas morta!

"Atendu!" ŝi kriis.

Denove, ŝi skuis la murojn, kiam ŝi parolis. Kaj ankaŭ liaj dentoj vibris. Tiom, ke li preferus esti ekstere en la neĝo, ol devi aŭdi ŝin eldiri eĉ unu plian vorton.

"Mi ne diris al vi, ke ĉi tio estas tempo por demandoj kaj respondoj. Laŭ mia vidpunkto, vi sukcese plenumis la plejparton de viaj provoj. Kvankam Alfredo helpis en la dua provo. Kiel vi scias, nepermesita helpo ne estas permesita."

E-Z malfermis la buŝon por defendi Alfredon, sed nur remalfermis ĝin. Li ne volis riski, ke ŝi denove laŭtigu sian voĉon. Li ja deziris, ke ili plialtigu la varmon tie. Aliflanke, ĝi estis loko por animoj. Eble animoj preferis malvarman konservadon.

TIK-TAK.

Tuko nun estis ĵetita ĉirkaŭ liajn ŝultrojn.

"Dankon." Vi pravas, kiam vi mortos, via animo ripozos ĉi tie. Aŭ estus ripozinta ĉi tie, se ni estus lasintaj vin morti. Sed ni vivigis vin. Ni havis bonan kialon por fari tion. Tamen la aferoj ŝanĝiĝis. Tio ne sukcesis. Tial, ni ŝatus nuligi nian originan interkonsenton."

"Kion vi celas per nuligi ĝin? Vi ja havas kuraĝon! Provante nuligi interkonsenton, kial, nur ĉar mi estas infano? Ekzistas leĝoj kontraŭ infanlaboro. Krome, mi faris ĉion, kio estis petita de mi. Certe, mi devis lerni ĉion surloke. Sed tra bonaj kaj malbonaj tempoj mi plenumis tion. Mi plenumis mian parton de la interkonsento, kaj vi devus plenumi la vian!"

"Ho jes, vi faris tion, kio estis petita de vi. Jen la problemo – al vi mankas iniciatemo."

"Mankas iniciatemo!" ekkriis E-Z, frapante sian poŝon sur la brakapogilojn de sia rulseĝo. "La interkonsento estis, ke vi sendu al mi provojn kaj mi eltrovu, kiel venki ilin. Mi savis vivojn. Oni ne povas ŝanĝi la regulojn meze de la ludo."

"Vere, tio estis la originala interkonsento. Poste aferoj misiris kun Hadz kaj Reiki – ili, ekzemple, forgesis forviŝi mensojn – kaj Eriel devis enmiksiĝi."

"Li sendis al mi provojn, mi plenumis ilin. Mi eĉ venkis lin en duelo."

"Jes, vi ja faris. Mi petis lin taksi la ligojn inter vi kaj via Onklo Sam."

"Por taksi nin?"

"Jes. Arĥanĝelo ne devus KREI provojn por trejnata anĝelo. Pro via, nu, manko de iniciatemo, Eriel devis pli enmiksiĝi ol li devus."

"Atendu momenton! Do, vi diras, ke mi devis eliri kaj trovi miajn proprajn provojn? Kial neniu informis min pri tiuj postuloj?"

"Ni esperis, ke vi mem eltrovos tion. Estis indikoj. Indikoj pri la ĝenerala bildo. Similaĵoj. Ni esperis, ke vi havus aliajn, kun kiuj diskuti la provojn. La provojn, kiujn vi jam plenumis. Ke vi koncentriĝos pri la problemo. Alveni al la sama konkludo. Helpu nin. Eble eĉ konkeri ĝin – sen ke ni devu buŝmanĝigi ĝin al vi. Ni donis al vi ĉiun oportunon, sed vi ne faris tion. Do, ni iras alian vojon."

"Komercoj? Mi eble scias, kion vi celas."

"Se vi eltrovos ĝin kaj elektos la Superheroo-opcion... Tio funkcius. Kondiĉe ke ĉio estu kristale klara. Vi havis la plenan bildon. Sciis la riskojn."

"Do, ni ankoraŭ estos teamo? Kial vi ne klarigas ĉion? Faciligu al mi?"

"En la pasinteco, kvankam viaj kunuloj ricevis povojn, kiujn vi ne posedis – vi ne uzis ilin. Anstataŭe, vi tri sidadis – malŝparante tempon – atendante, ke ĉio okazu. Ĉu vi ne trovis stranga, kiam Eriel aperis en la amuzparko? Li famigis La Triopon. Tio ne estas la tasko de arĥanĝelo. Tio estas via tasko."

Li skuis la kapon.

"Mi ne estis centprocenta certa, ke estis Eriel, ĝis li identigis sin fine. Antaŭ tio mi havis miajn suspektojn. Kiu alia vestus sin kiel Abrahamo Lincoln? Krome, mi pensis, ke neniu devis scii. Ĝis tiu momento, mi pensis, ke la provoj estas sekretoj. Mi timis rompi mian interkonsenton kun vi. Ophaniel diris, ke se mi diros al iu, mi perdos la ŝancon revidi miajn gepatrojn. Mi sekvis la regulojn starigitajn por mi. Mi ne pensas, ke vi komprenas la koncepton de justa ludo."

"Tio ĉi ne estas ludo. Arĥanĝeloj povas fari kion ajn ni volas fari!" ŝi ekkriis, alproksimiĝante al la loko, kie E-Z sidis. Ŝi elpuŝis sian mentonon antaŭen. "Ni decidis, ke vi pli taŭgas por la Superherooa ludo ol por la Anĝela ludo. Tiam oni helpis vin en la PR-fako. Por kuraĝigi vin trovi viajn proprajn homojn por helpi. Dio scias, ke la tero estas plena je ili. Kion nomis ilin Ŝekspiro, tiujn, kiuj ploregas kaj vomas en la brakoj de sia vartistino."

"Mi ne legis Ŝekspiron, sed mi estas parencino de Karlo Dickenso. Ne ke tio gravas. Sed, bone, do, vi volas, ke mi daŭrigu, kiel Superheroo kun Alfred, se li vivas, kaj kun Lia ĉe mia flanko. Ni povas facile akiri multan subtenon kaj publikecon de la amaskomunikiloj.

"Mi ankoraŭ estas sindediĉita al vi. Se vi permesos al ni liberan regadon, nu, la ĉielo estos la limo. Ni konas multajn infanojn en la lernejo kaj en la sporta industrio. Ni povas starigi Superheroo-Telefonlinion, kaj retejon. Ni povas uzi sociajn retojn por konektiĝi kun homoj el la tuta mondo. Homoj viciĝos por ke ni helpu ilin. Estos tute nova ludkampo."

"Ha, finfine li parolas pri iniciato... sed mia kara knabo, tio estas multe tro malmulte, tro malfrue. Kiel mi diris antaŭe, ni volas liberiĝi de la devo al vi. Vi ne plu estas ligita al ni. Vi ne plu havas ŝuldon repagendan."

"Sed..."

"Ĉiuj tri el vi pruvis, ke vi agas nur por vi mem. Kiam la anĝeloj unue sugestis, ke vi povus helpi nin, reprezenti nin ĉi tie sur la tero – ni havis planon. Kun Alfred, estis same. Poste, Lia aperis. De tiam, ni havis iom da sukceso kun vi du. Ni inkluzivis ŝin en la triopon... sed nun vi fariĝis malnoviĝintaj."

"Ni savas homojn, ni helpas homojn."

"Ne parolu al mi tion. Se mi proponus al vi la ŝancon esti kun viaj gepatroj hodiaŭ, ĉi tie kaj nun. Vi ĵetus la mantukon. Vi forirus sen zorgo aŭ penso pri tiuj vivoj, kiujn vi eble savus, se la provoj daŭrus. Same pri Alfred, mi supozas – se li postvivos. Li forirus al kampo da rozoj kun sia familio sen palpebrumo. Kaj parolante pri okuloj, se Lia rekuperus sian vidpovon – ŝi ankaŭ forirus. Post zorga pripenso ni konstatis, ke neniu el vi estas sindediĉita al io ajn krom vi mem, tial ni transiris al Plano B."

"Atendu momenton. Ni difinu 'laboron'." Li guglis ĝin kaj plezure konstatis, ke li havis kvar trinkejojn. "Laŭ reta vortaro: plenumi laboron aŭ plenumi devojn regule kontraŭ salajro aŭ gajno. Mi laboris por vi, sen pago. Krom promeso pri kompenso. Ni havis buŝan interkonsenton.

"Mi ne certas pri la detaloj de la interkonsento, kiun havis Alfred, aŭ Lia, sed mi vetas, ke iliaj anĝeloj proponis al ili similajn instigojn. Mi plenumis mian parton de la interkonsento, kaj vi devus plenumi la vian. Mi estas dek-tri-jara kaj," li guglis ĝin.

"Jes, kiel mi pensis, laŭ la Usona Departemento pri Laboro, dek kvar estas la minimuma laboraĝo."

Ŝi ridis kaj reĝustigis siajn okulvitrojn. Li rimarkis, ke ŝi havis sangon sur la manoj. Ŝi viŝis ilin sur sian nigran vestaĵon. "Fruaj leĝoj ne apliklĝas al anĝeloj aŭ arĥanĝeloj. Estas naiva de vi pensi, ke tamen tio okazus." Ŝi paŭzis. "Ni pretas oferti al vi du elektojn. Opcio numero unu: Vi restos ĉi tie en via Anima Kaptilo dum la resto de via vivo."

"Kio?"

La memaj fundamentoj de lia Animan Kaptilo tremis. La ideo esti entombigita viva en ĉi tiu metala ujo naŭzis lin.

"La vivo, kiun vi vivos, dum viaj vivaj, spirantaj tagoj, pasos kiel promesite de tiuj imbecilaj arĥanĝeloj. Kun viaj gepatroj. Tio estas, vi revivos vian vivon kun viaj gepatroj ekde la tago, kiam vi naskiĝis, ĝis la preciza momento, kiam iliaj vivoj finiĝis. Vi neniam estus en rulseĝo, kaj ili neniam mortus." Ŝi paŭzis. "Nun, vi rajtas paroli."

"Ĉu vi volas diri, ke mi revivos mian vivon kun miaj gepatroj, ĉiun solan tagon, kiun ni havis kune, por la tuta eterneco, re kaj re?"

"Jes."

"Kio estas la dua opcio?"

"Ĉu vi ne povas diveni?" ŝi demandis kun denta subrido.

Ŝia rideto estis tiel mal sincera, ke li devis deturni la rigardon.

Li atendis.

"La dua opcio signifus, ke vi reiras vivi vian vivon kun via Onklo Sam." Ŝi hezitis, alproksimiĝante al E-Z. Li jam estis malvarma, kaj nun ŝi igis lin eĉ pli malvarma per ĉiu bato de siaj flugiloj. Li kovris sin per la litkovrilo. Ŝi daŭrigis. " Kiel vi eble jam divenis, vi ne estos, nek iam ajn estos reunuigita kun viaj gepatroj per iu ajn el la opcioj. Ni rekreus la pasintecon. Estus kvazaŭ vi vivus en teatraĵo aŭ televida spektaklo."

"Kio! Tio ne estas tio, kion mi konsentis!" ekkriis E-Z. "Ĉu vi diras, ke Hadz. Reiki, Eriel kaj Ophaniel mensogis al mi?"

"'Mensogis' estas forta vorto, sed jes. Rigardu vian ĉirkaŭaĵon. Animoj estas metitaj en individuajn kompartimentojn. Kompartimento estas antaŭpreparita por ĉiu animo."

"Do, vi diras, ke miaj gepatroj estas ĉiu en unu el ĉi tiuj aferoj?"

"Jes, iliaj animoj estas."

"Kaj kio okazas al ili poste?"

"Kial, ili flosas ĉirkaŭe en la ĉieloj."

"Tio estas malĝoja. Mi ĉiam pensis, ke miaj gepatroj estos kune, ie. Mi scias, ke tio estis la sola afero, kiu donis al Alfred ian konsolon. Ke lia edzino kaj infanoj estis ie kune. Neniu ŝatas pensi, ke ilia amato mortas sola. Des malpli pasigi eternecon en metala ujo, driviĝante de loko al loko."

"Homa sentimentaleco. Animoj simple ekzistas. Ili ne vivas kaj spiras, nek ili manĝas, aŭ sentas sin tro varmaj aŭ tro malvarmaj. Homoj ne komprenas la koncepton."

Li mokis.

"Mi ne celas insulti vian specion. Sed kiam korpo mortas, tio, kio restas, la animo, estas malfacila koncepto por kompreni. Homaj cerboj estas simple tro malgrandaj por kompreni la kompleksecojn de la universo. Tial la kreo de religiaj doktrinoj. Skribitaj en simplaj terminoj. Facile instruataj kaj sekvataj sen ajna pruvo."

"Ĉar animoj estas pli valoraj ol homoj kiel mi, kiel mi povus vivi la reston de mia vivo en unu el ĉi tiuj ujoj?"

"Ni faris alĝustigojn, kiel nun kaj antaŭe. Vi havis neniujn problemojn ekzisti ĉi tie, kiam ni enportis vin, ĉu ne?"

"Krom la klaustrofobio," li diris. "Kaj la fojoj, kiam ili bezonis trankviligi min per tiu lavenda ŝprucaĵo."

"Ho, jes. La reokazo de klaustrofobio kompreneble dependos de tio, kiun opcion vi elektos. Se vi elektos Opcion numero unu, la medio subtenos vin ĉiel ajn ĝis via animo estos preta. Tiam via tera formo povos esti forigita. Homoj adaptiĝas, kaj vi alkutimiĝus. Krome, vi estos kun viaj gepatroj, revivigante memorojn. Tio pasigos la tempon. Nu, nomu vian elekton!"

"Atendu, kio pri miaj flugiloj, kaj la flugiloj de mia seĝo? Kio okazos al ili?" Li hezitis, "Kio pri la povoj de Alfred kaj Lia? Se ni elektos opcion numero unu, ĉu ni revenos al la stato, en kiu ni estus? Mi celas, antaŭ ol vi kaj la aliaj arĥanĝeloj enmiksiĝis en niajn vivojn?"

"Kompreneble, ni ne forŝiros viajn flugilojn, mia kara knabo, nek forprenos iujn ajn povojn, kiujn vi ĉiuj jam ricevis. Ni estas arĥanĝeloj, ne sadistoj."

"Bone scii, do, ni povas daŭre esti Superherooj."

"Vi povas, sed vi devos krei vian propran publikecon – ĉar kiam ni foriros – ni foriros por ĉiam."

"Bonvolu resti sidanta," diris la voĉo el la muro, kvankam E-Z ne havis multan elekton pri la afero.

La arĥanĝelo diris nenion. Anstataŭe, ŝi distris sin purigante siajn okulvitrojn kaj poste remetante ilin.

"Ankoraŭ unu afero," demandis E-Z, "koncerne Alfredon."

"Daŭrigu, sed rapidu. Alia koncepto, kiun homoj ne komprenas, estas, ke la tempo ekzistas tra la tuta universo. Mi ja havas aliajn lokojn por esti kaj aliajn arĥanĝelojn por vidi."

"Bone, mi al la afero venos. Alfred nun estas en alia homa korpo. Se la animo restas kun la korpo, do, ĉu estas du animoj tie? Ĉu la animkaptisto atendas du animojn?"

La anĝelo turnis al li la dorson. Ŝi klarigis sian gorĝon antaŭ ol paroli, "Mi, ni, esperis, ke vi ne demandos tiun demandon. Vi estas pli inteligenta ol ni atendis." Ŝi fermis la okulojn, kapjesis, "Mhmmm." Ŝiaj okuloj restis fermitaj. E-Z rigardis por vidi, ĉu ŝi portis orelŝtopilojn, ĉar ŝi

ŝajnis aŭskulti iun. Aŭ eble li tion imagis. Ŝi kapjesis.
"Interkonsentite," ŝi diris.
"Ĉu estas iu alia ĉi tie kun ni?" li demandis.
Nova voĉo tondris ĉirkaŭ li. Kial ĉiuj arĥanĝeloj havis tiel laŭtajn voĉojn?

"Mi estas Raziel, la Gardanto de Sekretoj. E-Z Dickens, vi devas obei miajn vortojn. Ĉar post kiam ili estos parolitaj, vi ne plu memoros ilin. Nek ke mi estis ĉi tie. Anima-kaptistoj kaj iliaj celoj ne koncernas vin. Vi transpaŝis viajn limojn, kaj ni tion ne toleros! Ni malavare donis al vi du eblojn. Decidu NUN, aŭ mia klera amiko faros la decidon por vi."

E-Z ekparolis, sed tiam lia menso blokiĝis. Pri kio ili parolis?

La arĥanĝelo denove fermis la okulojn, silentmute formis la vortojn, "Dankon," kaj la voĉo de Raziel ne plu sonis.

***

Estis kvazaŭ la tempo saltis malantaŭen. "Ĉu vi atendas, ke mi decidu tuj, sen doni al mi tempon por pripensi ĝin? Sen paroli kun mia Onklo Sam aŭ kun miaj amikoj? Parolante pri tio, kio pri Alfred, oni diris al li, ke li reunuĝos kun sia familio? Kaj Lia, oni diris al ŝi, ke ŝi reakiros sian vidkapablon."

"Ĉar Alfred malaperis, via decido – ĉu li pluvivos sur la tero aŭ ne – estos lia decido. Lia unua opcio estos la sama kiel la via. Ĉu li volus revivi sian vivon kun sia familio ripete? Ĉar li malaperis, li eble jam revas pri ili agrable. Aliflanke, oni neniam scias, kiajn lertaĵojn la menso povas ludi. Li eble estas en ciklo de koŝmaroj kaj nur vi povas savi lin kaj lian familion, farante la ĝustan elekton por li."

"Ĉu vi diras, ke li neniam eliros el tio? Certe?"

"Tion mi ne povas diri. Ĉio, kion mi scias, estas, ke la animkaptisto ne pretas kolekti lian animon... ankoraŭ."

"Kaj Lia?"

"Ŝiaj homaj okuloj malaperis en ĉi tiu vivo, same kiel viaj kruroj. Ŝi povas revivi siajn tagojn kun vido, sed ŝi eble preferos, ke vi elektu ankaŭ por ŝi. Finfine, ŝi ne havis tempon por kreski kaj maturiĝi kiel normala infano. Ŝi jam perdis tri jarojn de sia vivo kaj pri ĉi tiu maljuniĝa epizodo, ni ne certas, ĉu ĝi estas unufoja, aŭ, ĉu ĝi okazos denove."

"Do vi volas diri, ke vi ankaŭ ne scias, kio okazos al ŝi?"

"Ne, ni ne scias. Krome, ŝi ankoraŭ dormas."

"Mi ne povas decidi tion ĉi por ni tri, kun limigita tempo. Ĝi estas granda decido kaj mi bezonas tempon."

"Do, vi ĝin havos." Apero aperis, dekalkulante de sesdek minutoj. "Via tempo komenciĝas nun. Donu al mi vian respondon antaŭ ol ĝi atingos nulon. Alie, ĉio, kion ni diskutis, estos senvalida. Kaj vi retrovos vin en la hotelo kun la mortinta korpo de via amiko." Ŝiaj flugiloj batis kaj ŝi leviĝis pli kaj pli alte.

"Atendu, antaŭ ol vi foriros," li kriis.

"Kio nun?"

"Ĉu ekzistas aliaj, mi volas diri, aliaj infanoj kiel ni?"

"Estis agrable koni vin," ŝi diris.

"La sento certe ne estas reciproka," li respondis.

# ĈAPITRO 26

**D**UM LA MINUTOJ PASIS, E-Z pripensis ĉion, kion oni ĵus diris al li. Li deziris, ke la silo estu sufiĉe larĝa, por ke li povu pli moviĝi. Almenaŭ li sidis komforte en sia rulseĝo. Kune ili estis kiel la dinamika duopo.

"Ĉu vi volas ion manĝi?" demandis la voĉo el la muro.

"Jes, certe," li diris. "Pomon, iom da pufmaizo – fromaĝ-gusta estus bona, kaj botelon da akvo. "

"Jen vi ricevos," diris la voĉo, dum metala tablo enpuŝiĝis tra fendo en la muro, kiun li antaŭe ne rimarkis. Ĝi haltis antaŭ li. El la fendo eliris hoko, portante unue la akvobotelon. Poste dua hoko portante glason. Tria hoko sekvis kun pomo. Antaŭ ol meti ĝin malsupren, la hoko poluris ĝin per viŝtuko. Poste kvara hoko aperis, portante bovlon da pufmaizo.

"Dankon," li diris, dum la kvar kaptantaj hokoj svingis kaj malaperis reen en la muron.

"Ne dankinde."

"Hm, ĉu vi povus alporti mian komputilon al mi? Ĝi estis detruita en la incendio. Mi ja ŝatus povi fari liston de la aferoj por fari ĉi tiun decidon."

"Kompreneble. Nur donu al mi minuton aŭ du."

Dum li finmanĝis la pomon kaj pripensis la pufmaizon, el alia fendo en la kontraŭa muro lia tekokomputilo aperis. La kroĉo tenis ĝin alte, atendante, ke E-Z movu la aliajn objektojn por loki ĝin. Kiam li ne faris tion, kroĉoj aperis el la alia flanko. Unu prenis la pomkernon kaj malaperis reen en la muron.

Alia verŝis la restantan akvon en la glason. Poste ĝi reprenis la malplenan botelon tra la fendo en la muro. Ĉar li volis konservi la pufmaizon kaj la glason da akvo, li forprenis ilin de la tablo. La kroĉo demetis lian tekokomputilon, poste reiris tra sia fendo en la muro.

E-Z pensis, ke la kroĉoj estis mojosaj akcesoraĵoj. Li povus facile vendi ilin al granda sveda ĉeno.

Nun, kiam la hokoj ĉiuj malaperis, li levis la kovrilon de sia tekokomputilo kaj ŝaltis ĝin. Unue, li kontrolis sian dosieron "Tatuita Anĝelo", ĉio ankoraŭ estis tie! Li estis tiel feliĉa; li estus plorinta, se la horloĝo ne forpasigus la tempon.

"Koran dankon," li diris, enŝovante plenmanon da fromaĝeca pufmaizo en sian buŝon. Kaj tiam li ektajpis. Li decidis trakti sin mem trie. Unue, skribu la avantaĝojn kaj malavantaĝojn pri Alfred. Tuj li sciis, ke Alfred ne ĝenus sin ripete travivi sian pasintecon kun sia familio. Li tuj elektus tiun opcion.

Tamen, ŝajnis al E-Z, ke tio ne estas opcio, kiun lia familio volus, ke li elektu. Ĉar li travivus denove tion, kio jam estis, ne antaŭenirante. En la vivo, oni devas antaŭeniri. Daŭre lerni kaj kreski. Ju pli li pensis pri tio, des pli li konstatis, ke tio estus kiel maratona spektado de la rakonto de sia vivo. Imagu vian vivon dudek kvar horojn tage, sep tagojn semajne, en konstanta buklo. Neniam sciante, kiam ĝi finiĝus. Aŭ ĉu ĝi iam finiĝus. Tio povus transformiĝi en alian specon de infero. Pri kiu eĉ ne indus pensi. Krom se li certe scius, ke Alfred ĉiam restos en komato. Kion la arĥanĝelo aludis. Tiam por li, fari la elekton forpelus ajnajn koŝmarojn. Alfred estus kun sia familio, por ĉiam. Kvankam tio ne estus la realaĵo... ĝi eble sufiĉus. Ĉu li elektus tion? Li ekrigardis la horloĝon, kvindek minutoj restis. Li ekpensis pri la kazo de Lia. Ŝia revo fariĝi fama baletistino estis interrompita. Ĉu ŝi volus revivi la infanaĝon, sciante ke tiu revo neniam realiĝus? Por ŝi, indus riski pri la estonteco. La okuloj en la manplatoj igis ŝin speciala, unika... kaj ŝi estis simpatia. Ŝi eble eĉ estus la plej nova versio de mirinda virino, se ŝi kapablus regi ĉiujn povojn.

"E-Z?" diris Lia. "Mi aŭdas vin pensi, sed kie vi estas?"

Ho ne! Nun, kiam ŝi vekiĝis, li devos klarigi ĉion al ŝi, kaj tio postulos tempon, kaj la tempo elĉerpiĝis. Li devos fari tion, rapide. "Aŭskultu, Lia," li komencis, "mi havas longan rakonton por rakonti al vi, bonvolu ne interrompi min ĝis la rakonto estos finita. La tempo malpliiĝas." Li ĉion klarigis, tio daŭris dek minutojn. Pliaj dek minutoj pasis. Restis kvardek minutoj.

"Bone, E-Z, vi pensu pri vi, kaj mi pensos pri mi. Ni prenu kvin minutojn, poste ni denove parolos. La tempo komenciĝas nun."

"Bona plano."

Kvin minutojn poste la horloĝo montris, ke restis tridek kvin minutoj. E-Z demandis al Lia, ĉu ŝi decidis.

"Mi jam decidis," ŝi diris. "Kaj vi?"

"Ankaŭ mi," li diris. "Unue vi, en kvin minutoj aŭ malpli, se vi povas."

"Por mi temas pri sufiĉe facila decido, E-Z. Mi ne volas resti en ĉi tiu afero kaj vivi mian vivon ĉi tie. Kiam la Animan

Kaptilon alportos min ĉi tien, kiam mi estos morta. Tio estas en ordo. Sed mi ne volas esti perforte enfermita en ĉi tiun spacon. Ne kiam mi povus esti ekstere, sentante la varmon de la sunbrilo, aŭskultante la birdojn, kun la vento en miaj haroj. Sen mencii pasigi tempon kun mia panjo kaj kun Onklo Sam, kaj espereble kun vi. La vivo estas tro mallonga por malŝpari kaj mi plejofte ŝatas miajn novajn okulojn." Ŝi ridis.

"Mi konsentas kaj se mi estus vi, mi farus la samon."

"Dankon, E-Z. Kioma horo restas nun?"

"Ankoraŭ dudek kvin minutoj," li konfirmis. "Nun jen mia penso, espereble en malpli ol kvin minutoj. Ne ĝenas min esti ĉi tie; ne estas multe da diferenco kompare kun esti ekstere. Mi lernis, ke esti en rulseĝo ne estas la fino de la mondo. Fakte, mi jam sufiĉe alkutimiĝis al ĝi. Mi povas fari aferojn, kiujn mi kutimis fari antaŭe, kiel ludi basbalon, kaj mi tute ne estas malbona en ĝi. Nu, oni eĉ ludos ĝin ĉe la Paralimpikoj.

"Miaj gepatroj ne volus, ke mi malŝparu mian vivon vivante en la pasinteco. Nek Onklo Sam. Mi ne pretas rezigni pri ĉio, nur ĉar tiuj stultaj arĥanĝeloj faris kelkajn malkonvenajn promesojn. Do, mi konsentas kun vi. Ni forlasos ĉi tiujn aferojn de la Animan Kaptilon. Ni vivos niajn vivojn ĝis ni finos vivi. Kaj tiam ĝi povas bone kaj ĝuste veni kaj kapti nin. Post jaroj, post kiam ni espereble kontribuos al la homaro kaj gvidos bonajn vivojn. Ni povus trovi aliajn kiel ni. Ni povus starigi superheroan helpolinion kaj kunlabori tra la tuta mondo. Ni povus uzi niajn povojn por fari la mondon pli bona loko. Ni povus vivi niajn vivojn plene; krei inspirajn vivojn, pri kiuj ni fierus, kaj ankaŭ niaj familioj."

"Bravo!" ekkriis Lia. "Sed ĉu ekzistas aliaj, kiel ni?"

"Mi demandis la anĝelon, kiu klarigis ĉion al mi, sed ŝi ne respondis. Tio igas min pensi, ke jes." Li ekrigardis la horloĝon. "Restis nur dudek unu minutoj."

"Kio pri Alfred? Ĉu li iam vekiĝos?"

"La anĝelo diris, ke ŝi ne scias, nur la Anima Kaptisto scias... sed ŝi ja diris, ke li eble spertas koŝmarojn. Se ekzistas ŝanco, ke li estas en viva infero, tiam ni prefere lasu lin iri. Ĉu la unua opcio, ke li revivu sian vivon kun sia familio senĉese, estas la ĝusta por li?"

"Mi malkonsentas. Neniu el ni scias certe, kiam la animkaptisto venos por ni. Alfred ne volus forvelki ĉi tie, ĉar koŝmaroj povus trovi lin. Ne kie ekzistas ŝanco, ke li povus helpi iun aŭ inspiri iun. Ni eniris ĉi tien kune kaj ni devus foriri ĉi tien kune. Laŭ mia opinio, tio estas tio."

Kvardek minutoj kaj daŭre tickis.

Ŝi aliris la problemon de Alfred laŭ unika maniero. Ĉu ŝi pravis? Ĉu Alfred vere dezirus rezigni pri sia familio en ĉi tiu scenaro por neesplorita estonteco? Ĉu ni ne ĉiuj ekzistas en neesplorita mondo? Ŝanĝante kurson, kliniĝante kaj plonĝante. Malfermante fenestrojn, fermante pordojn. Lasante niajn emociojn konduki nin erare kaj poste reen. Ĉio temas pri vivado. Jes, Lia pravis. La afero estis decidita.

Ok minutoj restis sur la horloĝo.

"Mi pensas, ke vi pravas, Lia. Ĉio por unu kaj unu por ĉiuj," diris E-Z. "La arĥanĝelo diris al mi, ke mi devas eldiri la vortojn antaŭ ol la horloĝo elĉerpiĝos. Tiam ni ĉiuj trovus nin reen en la hotelo... kvazaŭ ĉi tiu interludo de Animan Kaptisto neniam okazis."

"Ĉu vi tamen pensas, ke ni ankoraŭ memoros pri la animo-kaptistoj? Gravas, ke ni lernu el ĉi tiu sperto. Eĉ se ni ne kunhavis ĝin. Memoru, ke ĝi disblovas ĉion, kion ni scias pri la ĉielo kaj la postvivo."

Kvin minutoj restis.

"Jes, sed ni diskutos pri tio sur la alia flanko." Li kunpremis siajn pugnojn dum la horloĝo montris kvar minutojn restantajn. "Ni decidis!" li kriis. "Liberigu nin tri el ĉi tiuj, ĉi tiuj animkaptiloj – NUN!"

La muroj de la silo de E-Z ektremis. "Ĉu vi fartas bone, Lia?" li kriis. Ŝi ne respondis. La tero sub liaj piedoj ŝajnis klaki kaj tondri. Tiam ĝi komencis turniĝi, unue laŭhorloĝe, poste kontraŭhorloĝe, poste laŭhorloĝe.

En lia ventro io tordiĝis. Li elspuis fromaĝan pufmaizon kaj ĉie disĵetis maĉitajn pecetojn de ruĝa pomo.

Ili estis la solaj memoraĵoj, kiujn la Animan Kaptilon havus pri li. Espereble dum terure longa tempo.

# DANKON!

Karaj Legantoj,

Dankon pro la legado de la unua kaj dua libroj de la serio E-Z Dickens. Mi esperas, ke plaĉas al vi la aldono de ĉi tiuj novaj roluloj kaj ke vi avidas ekscii, kio okazos poste.

La du sekvaj libroj de la serio baldaŭ estos haveblaj!Denove dankon al miaj beta-legantoj, korektistoj kaj redaktistoj. Viaj konsiloj kaj kuraĝigo tenis min sur la ĝusta vojo pri ĉi tiu projekto, kaj via kontribuo estis kaj estas ĉiam aprezata.

Dankon ankaŭ al familio kaj amikoj pro tio, ke vi ĉiam estas tie por mi.

Kaj kiel ĉiam, Feliĉan Legadon!

Cathy

# Pri la aŭtoro

Cathy McGough estas kanada aŭtorino, kies verkaro ampleksas infanliteraturon, junularan fikcion, literaturan fikcion, psikologiajn suspensromanojn, poezion, novelojn kaj nefikcion. Ŝi loĝas kaj verkas en Ontario, Kanado, kun sia familio.

# *Baldaŭ!*

**Fikcio por junaj plenkreskuloj**
E-Z Dickens Superheroo Libro la Tria: Ruĝa Ĉambro
E-Z Dickens Superheroo Libro la Kvara: Sur Glacio

www.ingramcontent.com/pod-product-compliance
Lightning Source LLC
LaVergne TN
LVHW040134080526
838202LV00042B/2898